胡方文库

集句閨情百詠
〔明〕朱橚 輯
李正梅 王海英 校注

西征集
〔明〕梅國楨 編
王婧哲 校注

主編 胡玉冰

上海古籍出版社

圖書在版編目(CIP)數據

集句閨情百咏 /（明）朱栴輯；李正梅，王海英校注. 西征集 /（明）梅國楨編；王婧哲校注. —上海：上海古籍出版社，2023.9
（朔方文庫）
ISBN 978-7-5732-0787-6

Ⅰ.①集… ②西… Ⅱ.①朱… ②梅… ③李… ④王… ⑤王… Ⅲ.①刻書－研究－中國－明代②梅國楨－文集 Ⅳ.①G256.22②C53

中國國家版本館 CIP 數據核字(2023)第 149149 號

朔方文庫

集句閨情百咏

〔明〕朱 栴 輯 李正梅 王海英 校注

西征集

〔明〕梅國楨 編 王婧哲 校注

上海古籍出版社出版發行

（上海市閔行區號景路 159 弄 1-5 號 A 座 5F 郵政編碼 201101）
(1) 網址：www.guji.com.cn
(2) E-mail: guji1@guji.com.cn
(3) 易文網網址：www.ewen.co
上海展強印刷有限公司印刷

開本 710×1000 1/16 印張 15.5 插頁 6 字數 202,000
2023 年 9 月第 1 版 2023 年 9 月第 1 次印刷
ISBN 978-7-5732-0787-6
I·3747 定價：98.00 元
如有質量問題，請與承印公司聯繫
電話：021-66366565

國家社會科學基金重大項目
"《朔方文庫》編纂"（批准號：17ZDA268）經費資助出版

寧夏回族自治區"十三五"重點學科
"中國語言文學"學科建設經費資助出版

寧夏大學"民族學"一流學科群之"中國語言文學"學科
（NXYLXK2017A02）建設經費資助出版

《朔方文庫》委員會名單

學術委員會

主　任：陳育寧

委　員：（按姓氏筆畫排序）

　　　　于　亭　呂　健　伏俊璉　杜澤遜　周少川　胡大雷

　　　　陳正宏　陳尚君　殷夢霞　郭英德　徐希平　程章燦

　　　　賈三强　趙生群　廖可斌　漆永祥　劉天明　羅　豐

編纂委員會

主　編：胡玉冰

委　員：（按姓氏筆畫排序）

　　　　丁峰山　田富軍　安正發　李建設　李進增　李學斌

　　　　李新貴　邵　敏　胡文波　胡迅雷　徐遠超　馬建民

　　　　湯曉芳　劉鴻雁　趙彥龍　薛正昌　韓　超　謝應忠

總　　序

陳育寧

　　寧夏古稱"朔方",地處祖國西部地區,依傍黃河,沃野千里,有"塞上江南"之美譽。她歷史悠久,民族衆多,文化積澱豐厚。在這片土地上産生並留存至今的古代文獻檔案數量衆多、種類豐富,有傳統的經史子集文獻、地方史志文獻、西夏文等古代民族文字文獻、岩畫碑刻等圖像文獻,以及明清、民國時期的公文檔案等,這些文獻檔案記述了寧夏歷朝歷代人們在思想、文化、史學、文學、藝術等各方面的成就,蘊含着豐富而寶貴的、具有地域和民族特色的歷史文化内涵,是中華各民族人民共同的精神和文化財富,保護好、傳承好這批珍貴的文化遺産,守護好各民族共有的精神家園,扎實推進新時期文化的繁榮發展,是寧夏學者義不容辭的擔當。

　　黨和國家歷來高度重視和關心文化傳承與創新事業,積極鼓勵和支持古籍文獻的收集、保護和整理研究工作,改革開放以來,批准實施了一批文化典籍檔案整理與研究重大項目,取得了一大批重要成果。2017年1月,中共中央辦公廳、國務院辦公廳印發《關於實施中華優秀傳統文化傳承發展工程的意見》,把中華優秀傳統文化的傳承和發展推上了新的歷史高度。《意見》指出,要"實施國家古籍保護工程","加强中華文化典籍整理編纂出版工作"。這給地方文獻檔案的整理研究,帶來了新的機遇。

　　寧夏作爲西部地區經濟欠發達省份,一直在積極努力地推進優秀傳統文化傳承發展事業。2018年5月,《寧夏回族自治區實施中華優秀傳統文化傳承發展工程方案》和《寧夏回族自治區"十三五"時期文化發展改革規劃綱要》正式印發,爲寧夏文化事業的發展繪就了藍圖。寧夏提出了"小省區也能辦大文化"的理念,決心在地方文化的傳承發展上有所作爲,有大作爲。在地方文獻檔案整理研究方面,寧夏雖資源豐富,但起步較晚,力量不足,國家級項目少。

這種狀況與寧夏對文化事業的發展要求差距不小,亟須迎頭趕上。在充分論證寧夏地方文獻檔案學術價值及整理研究現狀的基礎上,以寧夏大學胡玉冰教授爲首席專家的科研團隊,依托自治區"古文獻整理與地域文化研究"人文社科重點研究基地以及自治區重點學科"中國語言文學"、重點專業"漢語言文學"的人才優勢,全面設計了寧夏地方歷史文獻檔案整理研究與編纂出版的重大項目——《〈朔方文庫〉編纂》,並於2017年11月申請獲批立項爲國家社科基金重大項目,這一項目的啓動,得到了國家的支持,也有了更高的學術目標要求。

編纂這樣一部大型叢書,涉及文獻數量大、種類多,時間跨度長,且對學科、對專業的要求高,既是整理,更是研究,必須要有長期的學術積累、學術基礎和人才支持。作爲項目主持人,胡玉冰教授1991年北京大學畢業後,一直在寧夏從事漢文西夏文獻、西北地方(陝甘寧)文獻、回族文獻等爲主的古文獻整理研究工作,他是寧夏第一位古典文獻專業博士,已主持完成了4項國家社科基金項目,包括兩項重點項目,出版學術專著10餘部。從2004年主持第一項國家社科基金項目開始,到2017年"《朔方文庫》編纂"作爲國家社科基金重大項目立項,十多年來,胡玉冰將研究目標一直鎖定在地方文獻與民族文獻領域。其間,他完成的國家社科基金項目結項成果《寧夏古文獻考述》,是第一部對寧夏古文獻進行分類普查、研究,具有較高學術價值的成果,爲全面整理寧夏古文獻提供了可靠的依據;他完成的《傳統典籍中漢文西夏文獻研究》入選《國家社科基金成果文庫》,爲《朔方文庫・漢文西夏史籍編》奠定了研究基礎;他完成出版的《寧夏舊志研究》,基本摸清了寧夏舊志的家底,梳理清楚了寧夏舊志的版本情況,爲《朔方文庫・寧夏舊志編》奠定了研究基礎。在項目實施過程中,胡玉冰注重與教學結合,重視青年人才培養,重視團隊建設。在寧夏大學人文學院,胡玉冰參與創建的西北民族地區語言文學與文獻博士學位點、中國古典文獻學碩士學位點,成爲寧夏培養古典文獻專業高級專門人才的重要陣地。他個人至今已培養研究生40多人,這些青年專業人員也成爲《朔方文庫》項目較爲穩定的團隊成員。關注相關學術動態,加強與兄弟省區和高校地方文獻編纂同行的學術交流,汲取學術營養,也是《朔方文庫》在實施過程中很重要的一則經驗。

《朔方文庫》是目前寧夏規模最大的地方文獻整理編纂出版項目,其學術意義與社會意義重大。第一,有助於發掘和整合寧夏地區的文化資源,理清寧夏文脈,拓展對寧夏區情的認識,有利於增強寧夏文化軟實力,提升寧夏的影響力,促進寧夏經濟社會全面發展;第二,有助於深入研究寧夏歷史文化的思想精髓和時代價值,具有歷史學、文學、文獻學、民族學等多學科學術意義,推動寧夏人文學科的建設與發展;第三,有助於推進寧夏高校"雙一流"建設,帶動自治區人文社科重點研究基地、重點學科、重點專業以及學位點建設,對於培養有較高學術素質的地方傳統文化傳承與創新的人才隊伍有積極意義;第四,在實施"一帶一路"倡議大背景下,深入探討民族地區文獻檔案傳承文明、傳播文化的價值,可以更好地爲西部地區擴大對外文化交流提供決策支持。

編纂《朔方文庫》,既是堅定文化自信、鑒古開新、傳承和弘揚中華優秀傳統文化的需要,也是服務當下經濟社會文化發展的需要,是一項功在當代、澤溉千秋的文化大業。截至2019年7月,本重大項目已出版大型叢書兩套、研究著作,依托重大項目完成碩士研究生學位論文9篇。叢書《朔方文庫》爲影印類古籍整理成果,按專題分爲《寧夏舊志編》《歷代人物著述編》《漢文西夏史籍編》《寧夏典藏珍稀文獻編》《寧夏專題文獻和文書檔案編》共五編。首批成果共112册,收書146種。其中《寧夏舊志編》32册36種,《歷代人物著述編》54册73種,《漢文西夏史籍編》15册26種,《寧夏典藏珍稀文獻編》10册7種,《寧夏專題文獻和文書檔案編》1册4種。《寧夏珍稀方志叢刊》共16册,爲點校類古籍整理成果,由中國社會科學出版社、上海古籍出版社分別於2015年、2018年出版。《朔方文庫》出版時,恰逢寧夏回族自治區成立60周年,這也説明,在寧夏這樣的小省區是可以辦成、而且已經辦成了不少文化大事,對於促進寧夏文化事業的發展、提升寧夏知名度起到了重要作用。同時也要看到,由於基礎薄弱,條件和力量有限,我們還有許多在學術研究和文化建設上想辦、要辦而還未辦的大事在等待着我們。

國內出版過多種大型地方文獻的影印類成果,但尚未見相應配套的點校類整理成果。即將由上海古籍出版社推出的《朔方文庫》點校類整理成果,是胡玉冰及其學術團隊在影印類成果的基礎上的再拓展、再創新。從這一點來説,國家社科基金重大項目"《朔方文庫》編纂"開創了一個很好的先例,即在基本完成影印任務的情況下,依托高質量的研究成果,及時推出高質量的點校類整理成果,將極大地便于學界的研究與利用。我相信,《朔方文庫》多類型學術成果的編纂與出版，再一次爲我們提供了經驗，增强了信心，展現了實力。祇要我們放開眼界，集聚力量，發揮優勢，精心設計，培養和選擇好學科帶頭人，一個項目一個項目堅持下去，一個個單項成績的積累，就會給學術文化的整體面貌帶來大的改觀，就會做成"大文化"，我們就會做出無愧於寧夏這片熱土、無愧於當今時代的貢獻！

2020年7月於銀川

（陳育寧，教授，博士生導師，寧夏回族自治區政協原副主席，寧夏大學原黨委書記、校長）

目　　録

總序 …………………………………… 陳育寧　1

集句閨情百咏

整理説明 ………………………………………… 3
《集句閨情百咏》叙 …………………………… 5
《集句閨情》序 ………………………………… 6
集句閨情百咏 …………………………………… 7
附録舊編集句閨情百咏 ……………………… 40
跋 ……………………………………………… 71
參考文獻 ……………………………………… 72

西　征　集

整理説明 ……………………………………… 85
梅衡湘先生《西征集》序 …………………… 87
叙 ……………………………………………… 89
敕監察御史梅國楨 …………………………… 91
西征集卷之一 ………………………………… 92
西征集卷之二 ……………………………… 113
西征集卷之三 ……………………………… 136
西征集卷之四 ……………………………… 147
西征集卷之五 ……………………………… 170

西征集卷之六	177
西征集卷之七	190
西征集卷之八	201
西征集卷之九	221
西征集卷之十	232
後語	235
書梅客生少司馬《西征集》後	237
參考文獻	238

集句閨情百詠

〔明〕朱栴 輯　李正梅、王海英 校注

整理説明

《集句閨情百咏》二卷,明代朱㮵輯。

朱㮵號凝真,明太祖朱元璋第十五子,生於明太祖洪武十一年(1378)正月,二十四年(1391)四月封爲慶王,二十六年(1393)五月入韋州就藩,三十四年(1401)十二月遷王府於寧夏鎮城(今寧夏銀川市),英宗正統三年(1438)八月薨,賜謚曰靖,史稱靖王或慶靖王。其生平資料參見《明實録》之《太祖高皇帝實録》《太宗文皇帝實録》《仁宗昭皇帝實録》《宣宗章皇帝實録》《英宗睿皇帝實録》,《明史》卷一〇二《諸王世表三》、卷一一七《慶王㮵傳》,《〔弘治〕寧夏新志》卷一《寧夏總鎮·藩封》、卷二《人物·國朝·宗室文學》,《〔嘉靖〕寧夏新志》卷一《封建·宗室》,以及寧夏同心縣大羅山下原韋州鄉周新莊村出土的《慶王壙志》(現藏寧夏博物館)。

明刻本《集句閨情百咏》傳入日本後爲荷田信鄉所藏,書肆額田正三郎於日本安永九年(1780)重刻此本。該和刻本原爲江户時代林衡所主持的湯島林氏家塾的舊藏,寬政九年(1797)歸於昌平坂學問所,明治初藏於淺草文庫,現藏於日本國立國會圖書館。該本書衣題"集句閨情百咏",版框高16.4厘米,寬10.9厘米。正文每半頁九行,行十八至二十一字。四周雙邊,白口,無魚尾。書口題書名"集句閨情百咏"。版心標頁次。序、正文及附録單獨編頁。書内有"林氏藏書""述齋衡新之章""昌平坂學問所""聽雨堂圖書記""日本政府圖書""淺草文庫"等鈐印。

《集句閨情百咏》正文前有序文兩篇,其一爲日本安永八年(1779)伏水龍公羑撰《集句閨情百咏叙》,其二爲明洪熙元年(1425)朱㮵所作《集句閨情叙》。正文包括兩部分内容,即《集句閨情百咏》《附録舊編集句閨情百咏》,各有集句七言詩一百首,共兩百首。詩歌内容多爲感嘆時光流逝、離愁别緒、閨怨閑愁等。書末有日本安永九年(1780)荷田信鄉跋。

據朱㮵序知，《集句閨情百咏》成非一時，而是分前後兩次集成。初次集詩一百首，在永樂年間傳世，即《集句閨情百咏》第二部分《附錄舊編集句閨情百咏》。朱㮵有感於前集不精，後又於韋州精摘唐宋名人詩詞，復集一百首詩，即《集句閨情百咏》第一部分。他於洪熙元年（1425）作序，并將兩部分合編在一起付梓。《集句閨情百咏》詩句大多取自選集如《唐詩鼓吹》《江湖小集》《分門纂類唐宋時賢千家詩選》等，或采自諸人別集。該書采摘名家詩詞集句成詩，各句後一般注明作者名，但著錄體例不一，或爲作者字號，或爲作者別稱，且人名頗多訛誤。

《集句閨情百咏》作爲明代慶王朱㮵的集句之作，具有獨特的研究價值。第一，該書是朱㮵爲數不多的傳世著述，且最早由慶藩刊刻流傳，成爲研究朱㮵其人其學和明代藩府刻書的難得史料，并進一步爲研究明代寧夏文學、明代宗室文學提供資料。第二，該書集句詩數量多，質量高，爲明代集句詩研究提供了範本。第三，該書集百餘位詩人的詩句，部分詩句與通行本有異文，部分詩句不見於他書，這就説明詩句具有一定的校勘、輯佚價值。第四，深入研究《集句閨情百咏》東傳日本的情況，也可爲研究明朝漢籍東傳提供一手材料。

《集句閨情百咏》最早著録於《〔弘治〕寧夏新志》卷二《人物·宗室文學》之"慶靖王"條下，載"《集句閨情》一卷"，同書卷二《經籍》載"《集句閨情》一册，有板，俱在慶府内"。此後該書不再見諸記載。部分學者在對朱㮵、明代慶藩以及寧夏文學進行研究，提及朱㮵《集句閨情百咏》一書時均援引《〔弘治〕寧夏新志》中記載，且都認爲該書已佚。

2004年，黄仁生著《日本現藏稀見元明文集考證與提要》，最早披露日本藏安永九年（1780）和刻本《集句閨情百咏》相關信息。該書在《佚名撰〈集句閨情百咏二卷〉》一文中，詳細介紹了藏於日本内閣文庫的《集句閨情百咏》，對其版式和在日本流傳的情況做了考證，但誤認爲《集句閨情百咏》爲明末作家所作。2012年，張明華、李曉黎著《集句詩文獻研究》，對《集句閨情百咏》做了進一步研究，認爲《集句閨情百咏》的作者是朱㮵，其説可從。

此次整理《集句閨情百咏》，以日藏安永九年（1780）和刻本爲底本，校以《唐詩鼓吹》《江湖小集》《分門纂類唐宋時賢千家詩選》及諸家別集。爲便於讀者研究，每句詩詞都注明其參考出處，并對詩詞作者生平作簡要介紹。對原編者誤注的詩詞作者名，均據所注出處給予糾正。爲省文起見，詩詞作者生平僅在首見處簡要注明。

《集句閨情百咏》叙

　　集句，亦作家之一風致也。升莽楊子曰："晋傅咸作《七經詩》，其《毛詩》一篇略曰：'聿修厥德，令終有俶。勉爾遁思，我言維服。盜言孔甘，其何能淑。讒人罔極，有靦面目。'此乃集句詩之始也。蓋其成也，亦久矣哉。世或謂集句起於宋王安石，太非也！"楊子之言可信也。蓋厥作爲之也，豈容易乎？若夫不見斧鑿之痕者，實匪奇才妙工之手則弗能焉。吾大東之詩家作之者亦往往不爲不多，而厥可特許焉者幾希。於乎！才之難，不獨今耳，自古而爾！屬日冀獲閨怨集句百首於三峰荷子晟氏，乃誦之吟之，則大非凡手之所爲也。唯憾未審作者之名，顧是明末詩家之爲。而所謂奇才妙工之高手數者非耶？可稱也！可稱也！

　　有書林額田某請上梓，且公羙之題言。公羙素有癖于詩者，不啻杜武庫之於太傅，則胡爲辭其請乎？遂蕪言以叙其由云。

　　安永己亥秋九月既望，彥藩前儒學教授伏水龍公羙書于鳧川三橋得月書樓之上。

《集句閨情》序

予嘗集古人詩句,作《閨情百咏》。初,但一時戲耳,不意流傳於人。永樂甲辰冬入覲,①過渭南豐原,驛中見有壁間者,因取舊本觀之,□□頗雜,以曲子中語貽□□□□,方思欲棄毀其藁,然已詩傳於人,嗟無及矣。

今年春,避暑來韋鄉,暇日精摘唐宋元名人詩詞中句,復集爲百咏,就注作者之名於其下,連篇盈卷,但寫兒女子閨中情,無關世教語。矧其詞意哀傷怨慕,夫《關雎》樂而不淫、哀而不傷之旨,信爲大雅君子之所鄙矣。使黃九復生,心堪一咲耳。雖然,用古人之陳□,變而成自家之新意亦不也。倘蒙不棄,偶遇知音,請□兒之口擊至賫之□,是所樂也。固古雕蟲篆刻,壯夫之所不爲,且無補於世,以各雕脂樓水,徒費日損功耳,觀者其無罪之。

昔韓致堯他《香奩集序》有曰:"若有責其不經,亦望以功掩過。"是篇也,實有禱焉。

洪熙初元龍集乙巳仲夏一日,②書於遠塞樓。

---

① 永樂甲辰:永樂二十二年(1424)。
② 洪熙初元龍集乙巳:洪熙元年(1425)。

集句閨情百詠

一

鞦韆院落夜沈沈，蘇東坡。① 強理琵琶弦上音。揭傒斯。②
君在江南相憶否，劉文房。③ 更無消息到如今。李遠。④

二

何人吹笛夕陽樓，白玉蟾。⑤ 樓上黃昏欲望休。李商隱。⑥
又是東風去時節，危昭德。⑦ 翠深紅淺已關愁。朱淑真。⑧

---

① 本詩句參見《蘇軾詩集》卷四七《春夜》。蘇軾（1037—1101），字子瞻，號東坡居士，眉州眉山（今四川眉山）人，北宋文學家、書法家，有《東坡全集》《東坡樂府》等傳世。

② 本詩句參見揭傒斯《文安集》卷二《李宮人琵琶引》。揭傒斯，原作"許渾"，據《文安集》卷二《李宮人琵琶引》改。揭傒斯（1274—1344），字曼碩，龍興富州人（今江西宜春）人，元朝史學家、文學家，有《文安集》傳世。

③ 本詩句參見《劉長卿詩編年箋注·編年詩·使次安陸寄友人》。劉長卿（約718—約725），字文房，宣城（今安徽宣城）人，中唐詩人，有《劉隨州集》傳世。

④ 本詩句參見《秦韜玉詩注　李遠詩注·失鶴》。李遠，生卒年不詳，字求古（一作承古），夔州雲安（今重慶）人，詩見《才調集》等。

⑤ 本詩句參見《白玉蟾真人全集》下冊《風咏·悲秋》。白玉蟾（1134—1229），原名葛長庚，字白叟，號瓊山道人，世稱紫清先生，南宋道士、文學家，生於瓊山五原（今海南海口），有《海瓊玉蟾先生文集》《海瓊白真人語錄》等傳世。

⑥ 本詩句參見《李商隱詩歌集解·未編年詩·代贈二首》之一。李商隱（約813—約858），字義山，號玉溪生，懷州河內（今河南沁陽）人，晚唐著名詩人，有《李義山詩集》《樊南文集》等傳世。

⑦ 本詩句參見《分門纂類唐宋時賢千家詩選》卷一《春晚》。危昭德，字子恭，邵武（今福建南平）人，宋代詩人，有《春山文集》傳世。

⑧ 本詩句參見《朱淑真集注》前集卷二《春日雜書十首》之八。朱淑真（約1135—約1180），號幽栖居士，錢塘（今浙江杭州）人，南宋女詞人，有《斷腸集》傳世。

三

人傳郎在鳳凰山，張潮。① 風物淒涼八月間。邵堯夫。②
道路悠悠不知處，張文昌。③ 書來未報幾時還。竇鞏。④

四

渺渺天涯君去時，朱長通。⑤ 幾將天外數歸期。范梈。⑥
珠簾夜夜空明月，徐秋雲。⑦ 百結新愁若亂絲。林季謙。⑧

五

錦機春暖鳳停梭，閻復。⑨ 睡起西窗日影過。[1]趙孟頫。⑩
何處相思不相見，[2]許渾。⑪ 無由縮地欲如何。元微之。⑫

---

① 本詩句參見《唐詩品彙》七言絕句卷三《江南行》。張潮，生卒年不詳，曲阿（今江蘇鎮江）人，大曆中處士，詩歌見《唐詩品彙》。

② 本詩句參見《邵雍集》卷九《秋日登石閣》。邵雍（1012—1077），字堯夫，林縣（今河南林州）人，北宋理學家、詩人，有《伊川擊壤集》《觀物內篇》等傳世。

③ 本詩句參見《張籍集繫年校注》卷一《各東西》。張籍（約766—約830），字文昌，和州烏江（今安徽馬鞍山）人，唐代詩人，有《張司業集》傳世。

④ 本詩句參見《唐詩品彙》七言絕句卷七《寄南游弟兄》。竇鞏（769—831），字友封，京兆金城（今陝西西安）人，唐代詩人，詩見《唐詩品彙》。

⑤ 本詩句參見《唐詩品彙》七言絕句卷五《送溫臺》。朱放，生卒年不詳，字長通，襄陽（今湖北襄陽）人，唐代詩人，有《朱放詩》傳世。

⑥ 本詩句參見《范德機詩集》卷六《憶得》。范梈（1272—1330），字亨父，一字德機，清江（今江西宜春）人，元代詩人，有《范德機詩集》傳世。

⑦ 本詩句參見《元音》卷一一《閨怨》。徐秋雲，原作"成廷珪"，據《元音》卷一一《閨怨》、《文翰類選大成》卷五八改。徐秋雲，生卒年不詳，吳江（江蘇蘇州）人，元代詩人，詩見《元音》等。

⑧ 本詩句參見《分門纂類唐宋時賢千家詩選》卷七《梅花》。林季謙，生卒年不詳，宋代詩人，詩見《分門纂類唐宋時賢千家詩選》。

⑨ 本詩句參見《靜軒集》卷一《遺山先生挽詩》。閻復（1236—1312），字子靖，號靜軒，東平高唐（今山東聊城）人，元代大臣，有《靜軒集》傳世。

⑩ 本詩句參見《松雪齋集》卷五《即事》、《元音》卷二《絕句三首》。趙孟頫：原作"鮮于樞"，據《松雪齋集》卷五《即事》、《元音》卷二《絕句三首》改。趙孟頫（1254—1322），字子昂，號松雪道人，吳興（今浙江湖州）人，元初詩人、書法家，有《松雪齋集》傳世。

⑪ 本詩句參見《丁卯集箋證》卷六《京口閑居寄兩都親友》。許渾（約791—約858），字用晦（一作仲晦），潤州丹陽（今江蘇鎮江）人，唐代詩人，有《丁卯詩集》傳世。

⑫ 本詩句參見《元稹集》卷二二《和樂天早春見寄》。元稹（779—831），字微之，河南洛陽（今河南洛陽）人，唐代文學家，有《元氏長慶集》傳世。

六

遠書歸夢兩悠悠，李商隱。① 落日傷情獨倚樓。方秋崖。②
人面只今何處去，崔護。③ 春風麥秀使人愁。趙孟頫。④

七

草滿池塘夢已殘，[3] 方秋崖。⑤ 一簾風雨杏花寒。華岳。⑥
少年易動傷春感，貢奎。⑦ 抱得秦箏不忍彈。崔顥。⑧

八

緑陰冉冉遍天涯，曹豳。⑨ 暗度流年感物華。周永言。⑩
別後此心君自見，韓君平。⑪ 馬蹄今去入誰家。張文昌。⑫

---

① 本詩句參見《李商隱詩歌集解·編年詩·端居》。
② 本詩句參見《秋崖詩詞校注》卷三《春晚》。方岳(1199—1262)，字巨山，號秋崖，徽州祁門(今安徽黃山)人，南宋詩人、詞人，有《秋崖集》《深雪偶談》傳世。
③ 本詩句參見《分門纂類唐宋時賢千家詩選》卷八《桃花》。崔護，生卒年不詳，字殷功，博陵(今河北衡水)人，唐代詩人，詩見《分門纂類唐宋時賢千家詩選》等。
④ 本詩句參見《松雪齋集》卷四《錢唐懷古》。趙孟頫，原作"鮮于樞"，據《松雪齋集》卷四《錢唐懷古》改。
⑤ 本詩句參見《秋崖詩詞校注》卷三《春暮》。
⑥ 本詩句參見《翠微南征録》卷一〇《上巳》。華岳，生卒年不詳，字子西，貴池(今安徽池州)人，南宋詩人，有《翠微南征録》傳世。
⑦ 本詩句參見《雲林集》卷五《無題》。作者名原闕，據《雲林集》卷五《無題》補。貢奎(1269—1329)，字仲章，宣城(今安徽宣城)人，元代文學家，有《雲林集》傳世。
⑧ 本詩句參見《崔顥詩注·代閨人答輕薄少年》。崔顥(704—754)，汴州(今河南開封)人，唐代詩人，有《崔顥集》傳世。
⑨ 本詩句參見《分門纂類唐宋時賢千家詩選》卷一《春暮》。曹豳(1170—1249)，字西士，號東畝(一作東獃)，溫州(今浙江溫州)人，宋代詩人，詩見《分門纂類唐宋時賢千家詩選》等。
⑩ 本詩句參見《元音》卷一一《春日感興》。周永言，生卒年不詳，字懷孝，富州(今江西宜春)人，元代詩人，詩見《元音》等。
⑪ 本詩句參見《韓君平集》卷下《送長史李少府入蜀》。韓翃，生卒年不詳，字君平，南陽(今河南南陽)人，唐代詩人。有《韓君平集》傳世。
⑫ 本詩句參見《張籍集繫年校注》卷六《逢賈島》。

九

杜鵑啼月小墻東，劉克莊。① 淡淡輕寒剪剪風。韓翊。②
不但幽人獨愁怨，白玉蟾。③ 飛花入戶笑床空。李太白。④

十

瘦緑愁紅倚暮烟，元遺山。⑤ 桐花垂在翠簾前。元微之。⑥
杜鵑叫落西樓月，朱淑真。⑦ 綉被焚香獨自眠。李商隱。⑧

十一

君去春山誰共遊，劉商。⑨ 計程今日到梁州。白樂天。⑩
閨中只是空相憶，[4]岑參。⑪ 一寸心中萬里愁。裴夷直。⑫

---

① 本詩句參見《劉克莊集箋校》卷一《晚春》。劉克莊，原作"劉改之"，據《劉克莊集箋校》卷一《晚春》改。劉克莊(1187—1269)，字潛夫，號後村，福建莆田(今福建莆田)人，南宋詩人、詞人，有《後村先生大全集》傳世。

② 本詩句參見《分門纂類唐宋時賢千家詩選》卷三《寒食》。韓翊，原作"項翊"，據《分門纂類唐宋時賢千家詩選》卷三《寒食》改。

③ 本詩句參見《白玉蟾真人全集》下册《風咏·春晚行樂四首》之三。

④ 本詩句參見《李太白全集》卷二五《春怨》。李白(701—762)，字太白，號青蓮居士，生於劍南道綿州(今四川江油)，唐代著名詩人，有《李太白集》傳世。

⑤ 本詩句參見《元好問全集》卷四四《鷓鴣天·蓮》。元好問(1190—1257)，字裕之，號遺山，太原秀容(今山西忻州)人，金朝末年文學家、歷史學家，有《元遺山先生全集》《中州集》等傳世。

⑥ 本詩句參見《元稹集》外集續補卷一《憶事》。

⑦ 本詩句參見《朱淑真集注》前集卷三《春宵》。

⑧ 本詩句參見《李商隱詩歌集解·未編年詩·碧城三首》之二。

⑨ 本詩句參見《唐詩品彙》七言絕句卷五《合溪送王永歸東郭》。劉商，生卒年不詳，字子夏，徐州彭城(今江蘇徐州)人，唐代詩人，詩見《唐詩品彙》等。

⑩ 本詩句參見《白居易詩集校注》卷一四《同李十一醉憶元九》。白居易(772—846)，字樂天，號香山居士，生於河南新鄭(今河南鄭州)，唐代著名詩人，有《白氏長慶集》傳世。

⑪ 本詩句參見《岑嘉州詩箋注》卷七《苜蓿峰寄家人》。岑參(約718—約769)，荆州江陵(今湖北荆州)人，一作南陽棘陽(今河南南陽)人，唐代詩人，有《岑嘉州詩集》傳世。

⑫ 本詩句參見《萬首唐人絕句》卷三八《秦中卧病思歸》。裴夷直，原作"裴束直"，據《萬首唐人絕句》卷三八《秦中卧病思歸》改。裴夷直，生卒年不詳，字禮卿，吴郡(今江蘇蘇州)人，唐代詩人，詩見《萬首唐人絕句》等。

十二

樹映闌干柳拂堤，温庭筠。① 鷓鴣休傍耳邊啼。韓退之。②
春風堪賞還堪恨，雍陶。③ 夜合花開日又西。[5]白樂天。④

十三

韶華不爲少年留，秦少游。⑤ 彈盡琵琶泪暗流。艾性夫。⑥
不許今年頭不白，陸放翁。⑦ 水流無限似儂愁。劉禹錫。⑧

十四

粉壁紗窗楊柳垂，崔顥。⑨ 子規啼徹四更時。謝疊山。⑩
綉衾不暖鴛鴦夢，[6]薩天錫。⑪ 空遣閑愁上兩眉。艾性夫。⑫

---

① 本詩句參見《温庭筠全集校注》卷四《經李徵君故居》。温庭筠，原作"王建"，據《温庭筠全集校注》卷四《經李徵君故居》改。温庭筠（約812—約866），字飛卿，太原祁縣（今山西晋中）人，唐代詩人、詞人，詩詞見《花間集》等。

② 本詩句參見《韓昌黎詩集編年箋注》卷一一《晚次宣溪辱韶州張端公使君惠書叙别酬以絶句二章》之一。韓愈（768—824），字退之，河南河陽（今河南孟州）人，唐代著名文學家，有《韓昌黎集》傳世。

③ 本詩句參見《雍陶詩注·過南鄰花園》。雍陶，生卒年不詳，字國鈞，成都（今四川成都）人，晚唐詩人，詩見《萬首唐人絶句》等。

④ 本詩句參見《白居易詩集校注》卷一九《閨婦》。

⑤ 本詞句參見《淮海居士長短句》卷上《江城子》。秦觀（1049—1100），字少游，一字太虚，號淮海居士，高郵（今江蘇揚州）人，北宋婉約詞人，有《淮海集》傳世。

⑥ 本詩句出處不詳。艾性夫，生卒年不詳，字天謂，江西東鄉（今江西撫州）人，元朝詩人，有《剩語》傳世。

⑦ 本詩句參見《劍南詩稿》卷一一《建安遣興》。陸游（1125—1210），字務觀，號放翁，越州山陰（今浙江紹興）人，南宋著名詩人，有《渭南文集》《劍南詩稿》等傳世。

⑧ 本詩句參見《劉禹錫全集編年校注》卷五《竹枝詞九首》之二。劉禹錫（772—842），字夢得，生於河南鄭州（今河南鄭州），唐代著名詩人，有《劉賓客集》等傳世。

⑨ 本詩句參見《崔顥詩注·代閨人答輕薄少年》。

⑩ 本詩句參見《疊山集》卷一《蠶婦吟》。謝疊山（1226—1289），名枋得，字君直，號疊山，江西弋陽（今江西上饒）人，南宋末詩人，有《疊山集》等傳世。

⑪ 本詩句參見《雁門集》卷一《楊花曲》。薩都剌（約1272—1355），字天錫，號直齋，出生於雁門（今山西忻州），元代著名詩人，有《雁門集》等傳世。

⑫ 本詩句參見《全元詩·艾性夫·用言客談奉謝》。

十五

閑愁閑悶日偏長，秦少游。[1] 懶掩金針綉鳳凰。[7]滕白。[2]
坐怨玉樓春欲盡，崔國輔。[3] 忍看新草遍橫塘。獨孤及。[4]

十六

枕上片時春夢中，岑參。[5] 彩雲天遠鳳樓空。楊巨源。[6]
相思相見知何日，李太白。[7] 君住江東我浙東。[8]釋行海。[8]

十七

桐陰覆井月斜明，李郢。[9] 徒自淒凉夢不成。邵雍。[10]
最是不禁橫笛怨，張仲舉。[11] 誰家巧作斷腸聲。杜子美。[12]

---

① 本詩句參見《淮海居士長短句·補遺·浣溪沙》。按，《浣溪沙》詞作者文獻記載互異，《元獻遺文·浣溪沙》載爲晏殊，《花庵詞選》卷二載爲歐陽修，《淮海居士長短句》載爲秦觀。

② 本詩句參見《萬首唐人絶句詩》卷七二《燕》。滕白，原作"陳允平"，據《萬首唐人絶句詩》卷七二《燕》改。滕白，生卒年不詳，宋初詩人，詩見《萬首唐人絶句詩》等。

③ 本詩句參見《崔國輔詩注·白紵辭》。崔國輔，生卒年不詳，吴郡（今江蘇蘇州）人，一説山陰（今浙江紹興）人，唐代詩人，詩見《萬首唐人絶句詩》等。

④ 本詩句參見《毗陵集校注》卷三《同皇甫侍御齋中春望見示之作》。獨孤及，原作"于鵠"，據《毗陵集校注》卷三《同皇甫侍御齋中春望見示之作》改。獨孤及（725—777），字至之，洛陽（今河南洛陽）人，唐代詩人、散文家，有《毗陵集》傳世。

⑤ 本詩句參見《岑嘉州詩箋注》卷七《春夢》。

⑥ 本詩句參見《唐詩鼓吹》卷三《酬于駙馬》。楊巨源（約755—？），字景山，後改名巨濟，河中治所（今山西運城）人，唐代詩人，詩見《唐詩鼓吹》等。

⑦ 本詩句參見《李太白全集》卷二五《三五七言》。

⑧ 本詩句參見《全元詩·釋行海·留别陳藏一》。釋行海，原作"吴大有"，據《全元詩·釋行海·留别陳藏一》改。釋行海（1224—？），號雪岑，剡（今浙江舟山）人，宋末詩人，有《雪岑和尚續集》傳世。

⑨ 本詩句參見《萬首唐人絶句詩》卷三六《曉井》。李郢，生卒年不詳，字楚望，長安（今陝西西安）人，唐代詩人，詩見《萬首唐人絶句詩》等。

⑩ 本詩句參見《邵雍集》卷二《和商守雪霽對月》。作者名原闕，據《邵雍集》卷二《和商守雪霽對月》補。

⑪ 本詩句參見《蜕庵集》卷三《上京秋日三首》之一。張翥（1287—1368），字仲舉，晋寧（今山西臨汾）人，元代詩人，有《蜕庵集》傳世。

⑫ 本詩句參見《杜詩詳注》卷一七《吹笛》。杜甫（712—770），字子美，號少陵野老，出生於河南鞏縣（今河南鄭州），唐代著名詩人，有《杜工部集》等傳世。

十八

一庭風雨自黃昏，趙孟頫。① 不是傷情即斷魂。張復之。②
無限別情多病後，許渾。③ 夜寒皴玉倩誰溫。陸放翁。④

十九

一春情調淡悠悠，宋素臣。⑤ 暗覺年光似水流。許渾。⑥
不獨淒涼眼前事，吳融。⑦ 楚雲湘雨等閑休。元遺山。⑧

二十

高樓獨上思依依，皇甫茂政。⑨ 芳草路長人未歸。譚用之。⑩
嶺樹重遮千里目，柳子厚。⑪ 離魂潛逐杜鵑飛。[9] 韋莊。⑫

---

① 本詩句參見《松雪齋集》卷五《絕句》。趙孟頫，原作"鮮于樞"，據《松雪齋集》卷五《絕句》改。

② 本詩句參見《張乖崖集》卷五《聞鷓鴣》。張詠（946—1015），字復之，號乖崖，濮州鄄城（今山東荷澤）人，北宋大臣、詩人，有《張乖崖集》傳世。

③ 本詩句參見《丁卯集箋證》卷九《下第有懷親友》。

④ 本詩句參見《劍南詩稿》卷四《十二月初一日得梅一枝，絕奇，戲作長句，今年於是四賦此花矣》。

⑤ 本詩句參見《分門纂類唐宋時賢千家詩選》卷一《春》。宋白（936—1012），字太素，一字素臣，大名府肥鄉（今河北邯鄲）人，北宋大臣、詩人，有《宮詞》傳世。

⑥ 本詩句參見《丁卯集箋證》卷九《竹林寺與李德元別》。許渾，原作"誰渾"，據《丁卯集箋證》卷九《竹林寺與李德元別》改。

⑦ 本詩句參見《唐英歌詩》卷下《廢宅》。吳融（850—903），字子華，越州山陰（今浙江紹興）人，唐代詩人，有《唐英歌詩》傳世。

⑧ 本詞句參見《元好問全集》卷四三《攤破浣溪沙》。

⑨ 本詩句參見《皇甫冉詩集·七言律詩·同溫丹徒登萬歲樓》。皇甫冉（約717—約771），字茂政，安定朝那（今甘肅平涼）人，唐代詩人，有《皇甫冉詩集》傳世。

⑩ 本詩句參見《唐詩鼓吹》卷九《渭城春晚》。譚用之，生卒年不詳，字源遠，唐末詩人，詩見《唐詩鼓吹》等。

⑪ 本詩句參見《柳宗元集校注》卷四二《登柳州城樓寄漳汀封連四州》。柳宗元（773—819），字子厚，河東（今山西運城）人，唐代著名詩人，有《河東先生集》等傳世。

⑫ 本詩句參見《浣花集》卷二《春日》。韋莊（約836—910），字端己，京兆（今陝西西安）人，晚唐詩人、詞人，有《浣花集》傳世。

二十一

倚闌愁立獨徘徊，温庭筠。① 江上芙蓉並蒂開。潘純。②
一度相思一惆悵，譚用之。③ 寸心爭忍不成灰。胡曾。④

二十二

夜殘銀燭見星河，黃清老。⑤ 況復新秋一雁過。皇甫冉。⑥
未許離人眠得熟，張仲舉。⑦ 滿天明月奈愁何。[10]周馳。⑧

二十三

香霧空濛月轉廊，蘇東坡。⑨ 桃花欲落柳條長。劉憲。⑩
眼看景物關情甚，高九萬。⑪ 不是愁人也斷腸。戴叔倫。⑫

---

① 本詩句參見《温庭筠全集校注》卷八《河中陪帥游亭》。
② 本詩句參見《元音》卷一一《題宋高宗劉妃圖》。潘純(1292—1352)，字子素，合肥(今安徽合肥)人，元代詩人，詩見《元音》等。
③ 本詩句參見《唐詩鼓吹》卷九《贈索處士》。
④ 本詩句參見《咏史詩・獨不見》。胡曾(約839—?)，號秋田，邵州(今湖南邵陽)人，唐代詩人，有《咏史詩》傳世。
⑤ 本詩句參見《元音》卷六《貢闈偶成呈同院諸公》。黃清老(1290—1348)，字子肅，號樵水，福建邵武(今福建南平)人，元代詩人，有《樵水集》傳世。
⑥ 本詩句參見《皇甫冉詩集・七言律詩・送孔巢父赴河南軍》。
⑦ 本詩句參見《蛻庵集》卷五《讀瀛海喜其絕句清遠因口號數詩示九成皆寔意也》。
⑧ 本詩句參見《元文類》卷八《和郭安道治書韵》。周馳，生卒年不詳，字景遠，號如是翁，聊城(今山東聊城)人，元代詩人，詩見《元文類》等。
⑨ 本詩句參見《蘇軾詩集》卷二二《海棠》。
⑩ 本詩句參見《文苑英華》卷一七二《奉和三日祓禊渭濱》。劉憲(655—711)，字元度，宋州寧陵(今河南商丘)人，唐代詩人，詩見《文苑英華》等。
⑪ 本詩句參見《菊磵集・春晴》。高翥(1170—1241)，字九萬，號菊磵，餘姚(今浙江寧波)人，南宋詩人，有《菊磵集》傳世。
⑫ 本詩句參見《戴叔倫詩集校注》卷二《夜發袁江寄李潁川劉侍御》。戴叔倫，原作"蘇叔倫"，據《戴叔倫詩集校注》卷二《夜發袁江寄李潁川劉侍御》改。戴叔倫(約732—約789)，唐代詩人，字幼公(一作次公)，潤州金壇(今江蘇常州)人，詩見《文苑英華》等。

二十四

白露無聲下竹枝,薩天錫。① 初涼天氣未寒時。邵康節。②
綉床倦倚人何在,陸游。③ 雲鬢無端怨別離。李商隱。④

二十五

百感中來不自由,杜牧之。⑤ 倚闌搔首思悠悠。陸放翁。⑥
情多莫舉傷春目,張泌。⑦ 一點春山一點愁。白玉蟾。⑧

二十六

柳絮飛時花滿城,蘇東坡。⑨ 晚愁多爲別離生。張泌。⑩
不堪容易少年老,楊廉夫。⑪ 獨有庭花春自榮。[11]張文潛。⑫

---

① 本詩句參見《雁門集》卷三《題屏風》。
② 本詩句參見《邵雍集》卷一二《月陂閑步》。
③ 本詩句參見《劍南詩稿》卷三九《白樂天詩云:倦倚綉床愁不動,緩垂綠帶髻鬟低,遼陽春盡無消息,夜合花前日又西,好事者畫爲倦綉圖,此花以五六月開山中多於茨棘,人殊不貴之,爲賦小詩以寄感嘆》。陸游,原作"白樂天",據《劍南詩稿》卷三九《白樂天詩云:倦倚綉床愁不動,緩垂綠帶髻鬟低。遼陽春盡無消息,夜合花前日又西。好事者畫爲倦綉圖,此花以五六月開山中多于茨棘,人殊不貴之,爲賦小詩以寄感嘆》改。
④ 本詩句參見《李商隱詩歌集解·未編年詩·別智玄法師》。
⑤ 本詩句參見《杜牧集繫年校注》卷三《登池州九峰樓寄張祜》。杜牧(803—852),字牧之,京兆(今陝西西安)人,唐代詩人,有《樊川集》傳世。
⑥ 本詩句參見《劍南詩稿》卷一〇《涪州》。
⑦ 本詩句參見《唐詩鼓吹》卷一〇《洞庭阻風》。張泌,生卒年不詳,字子澄,淮南(今安徽淮南)人,唐末詩人,詩見《唐詩鼓吹》等。
⑧ 本詩句參見《白玉蟾真人全集》下册《風咏·春晚行樂四首》之二。
⑨ 本詩句參見《蘇軾詩集》卷一五《東欄梨花》。
⑩ 本詩句參見《唐詩鼓吹》卷一〇《惆悵吟》。
⑪ 本詩句參見《楊維楨集·鐵崖逸編卷七·無題效李商隱體四首》。楊維楨(1296—1370),字廉夫,號鐵崖道人,諸暨州(今浙江諸暨)人,元末著名詩人,有《東維子文集》《鐵崖古樂府》等傳世。
⑫ 本詩句參見《柯山集》卷一六《京師廢宅》。張耒(1054—1114),字文潛,號柯山,亳州譙縣(今安徽亳州)人,北宋詩人,有《柯山集》傳世。

二十七

一燈明滅夜將分，艾性夫。① 雁叫沙汀不可聞。皇甫冉。②
被冷香銷新夢覺，李易安。③ 花牋好作斷腸文。皮日休。④

二十八

風中橫笛起高樓，[12]陸放翁。⑤ 離思茫茫正值秋。雍陶。⑥
最是斷腸聽不得，[13]朱淑真。⑦ 吹人不管聽人愁。林昉。⑧

二十九

秋河迢遞碧雲低，李材。⑨ 君去西秦更向西。劉禹錫。⑩
漢水楚雲千萬里，劉文房。⑪ 一封書寄數行啼。王少伯。⑫

三十

楓落吳江又一秋，陸放翁。⑬ 寂寥燈下不勝愁。陳羽。⑭

---

① 本詩句參見《剩語》卷下《宿洪巖寺》。
② 本詩句參見《皇甫冉詩集·七言律詩·送李錄事赴饒州》。
③ 本詞句參見《重輯李清照集》卷二《念奴嬌·春情》。李清照（1084—1155），號易安居士，齊州章丘（今山東濟南）人，宋代著名女詞人，有《漱玉詞》傳世。
④ 本詩句參見《松陵集校注》卷六《病後春思》。皮日休（約838—約883），字襲美，號逸少，復州竟陵（今湖北天門）人，晚唐詩人，有《皮子文藪》等傳世。
⑤ 本詩句參見《劍南詩稿》卷九《小飲落梅下戲作送梅》。
⑥ 本詩句參見《雍陶詩注·宿嘉陵驛》。
⑦ 本詩句參見《朱淑真集注》卷五《中秋聞笛》。
⑧ 本詩句參見《全元詩·林昉·夜笛》。林昉，生卒年不詳，字景初，號石田，粵人，元代詩人，詩見《全元詩》等。
⑨ 本詩句參見《元文類》卷六《送省郎楊耀卿使雲南》。李材，原作"李林"，據《元文類》卷六《送省郎楊耀卿使雲南》改。李材，生卒年不詳，字子構，京兆（陝西西安）人，元代詩人，詩見《元文類》等。
⑩ 本詩句參見《劉禹錫全集編年校注》卷一《洛中送楊處厚入關便游蜀謁韋令公》。
⑪ 本詩句參見《劉長卿詩編年箋注·編年詩·送李錄事兄歸襄鄧》。
⑫ 本詩句參見《王昌齡詩注》卷四《別李浦之京》。王昌齡（698—757），字少伯，河東晉陽（今山西太原），唐代詩人，有《王昌齡集》傳世。
⑬ 本詩句參見《劍南詩稿》卷一七《夜步》。
⑭ 本詩句參見《唐詩鼓吹》卷五《長安臥病秋夜言懷》。陳羽，生卒年不詳，唐代詩人，詩見《唐詩鼓吹》等。

誰人更唱陽關曲,譚用之。① 不啻秦人怨隴頭。胡宿。②

三十一

深院朱簾燕子飛,薩天錫。③ 新晴何物不芳菲。劉辰翁。④
一年春事空成夢,[14]沈惟肖。⑤ 脉脉無言對落暉。謝無逸。⑥

三十二

芙蓉花外夕陽樓,趙嘏。⑦ 醉倚西闌盡日愁。許渾。⑧
只有關山今夜月,謝無逸。⑨ 知君兩地結離憂。權德輿。⑩

三十三

一段清愁不自禁,趙崇森。⑪ 不因病起倦登臨。陸放翁。⑫
深知身在情長在,李商隱。⑬ 一日春光一日深。元遺山。⑭

---

① 本詩句參見《唐詩鼓吹》卷九《江館秋夕》。
② 本詩句參見《文恭集》卷三《古別》。胡宿(995—1064),字武平,常州晉陵(今江蘇常州)人,北宋大臣、詩人,有《文恭集》傳世。
③ 本詩句參見《雁門集》卷四《興聖寺即事三首》之一。
④ 本詩句參見《須溪集》卷七《春情》。劉辰翁(1232—1297),字會孟,別號須溪,廬陵灌溪(今江西吉安)人,南宋詞人,有《須溪集》傳世。
⑤ 本詩句參見《分門纂類唐宋時賢千家詩選》卷一《春暮》。沈說,生卒年不詳,字惟肖,號庸齋,龍泉(今浙江杭州)人,宋代詩人,有《庸齋小集》傳世。
⑥ 本詩句參見《溪堂集》卷五《梨花已謝戲作二詩傷之》。謝逸(1068—1113),字無逸,號溪堂。臨川城南(今江西撫州)人,北宋文學家,有《溪堂集》傳世。
⑦ 本詩句參見《趙嘏詩注·憶山陽》。趙嘏(約806—約853),字承佑,楚州山陽(今江蘇淮安)人,唐代詩人,詩見《唐詩鼓吹》等。
⑧ 本詩句參見《唐詩鼓吹》卷一《秋晚題雲陽驛西亭蓮池》。
⑨ 本詞句參見《溪堂集》卷六《江城子》。
⑩ 本詩句參見《權德輿詩文集編年校注·未繫年詩·和司門殷員外早秋省中書直夜寄荊南衛象端公》。權德輿(759—818),字載之,天水略陽(今甘肅天水)人,唐代詩人,有《權文公集》傳世。
⑪ 本詩句參見《分門纂類唐宋時賢千家詩選》卷一八《砧》。趙崇森,生卒年不詳,宋代詩人,詩見《分門纂類唐宋時賢千家詩選》等。
⑫ 本詩句參見《劍南詩稿》卷二《春陰》。
⑬ 本詩句參見《玉溪生詩醇·暮秋獨游曲江》。
⑭ 本詞句參見《元好問全集》卷四四《鷓鴣天》。

三十四

人生常苦歲華催，李昭玘。① 從此頻傷八月來。虞伯生。②
曉鏡但愁雲鬢改，李商隱。③ 此身蒲柳故應衰。王安石。④

三十五

天涯地角有窮時，晏殊。⑤ 逝水東流不盡悲。游莊。⑥
火冷烟青寒食過，張澮川。⑦ 兩鄉千里夢相思。嚴武。⑧

三十六

秋風千里雁初回，朱行中。⑨ 一寸相思一寸灰。李商隱。⑩
萬恨千愁言不得，薩天錫。⑪ 好懷百歲幾回開。陳師道。⑫

---

① 本詩句參見《樂靜集》卷三《暮冬書懷贈次膺》。李昭玘，原作"季昭己"，據《樂靜集》卷三《暮冬書懷贈次膺》改。李昭玘，生卒年不詳，字成季，濟南（今山東濟南）人，宋代詩人，有《樂靜集》傳世。

② 本詩句參見《虞集全集·次韵杜德常典籤秋日西山有感》。虞集（1272—1348），字伯生，號道園，臨川崇仁（今江西撫州）人，元代著名詩人，有《道園學古錄》等傳世。

③ 本詩句參見《李商隱詩歌集解·未編年詩·無題》。

④ 本詩句參見《王安石全集》卷七七《蔣山手種松》。王安石（1021—1086），字介甫，號半山，撫州臨川（今江西撫州）人，北宋文學家、政治家，有《臨川集》等傳世。

⑤ 本詞句參見《元獻遺文·玉樓春》。晏殊，原作"李俊民"，據《元獻遺文·玉樓春》、《花庵詞選》卷三《玉樓春·春恨》改。晏殊（991—1055），字同叔，臨川（今江西撫州）人，北宋著名詞人，有《元獻遺文》等傳世。

⑥ 本詩句參見《文翰類選大成》卷六一《戲馬臺》。游莊，生卒年不詳，字子敬，元代詩人，詩見《文翰類選大成》等。

⑦ 本詩句參見《分門纂類唐宋時賢千家詩選》卷三《寒食》。張澮川，生卒年不詳，宋代詩人，詩見《分門纂類唐宋時賢千家詩選》。

⑧ 本詩句參見《杜詩詳注》卷一一《巴嶺答杜二見憶》。嚴武（726—765），字季鷹，華州華陰（今陝西渭南）人，唐代名將、詩人，詩見《文翰類選大成》等。

⑨ 本詩句參見《分門纂類唐宋時賢千家詩選》卷四《客中》。朱服，生卒年不詳，字行中，湖州烏程（今浙江湖州）人，宋代詩人，詩見《分門纂類唐宋時賢千家詩選》。

⑩ 本詩句參見《李商隱詩歌集解·未編年詩·無題》之二。

⑪ 本詩句參見《雁門集》卷一《華清曲題楊妃病齒》。

⑫ 本詩句參見《後山詩集》卷五《絕句四首》之四。陳師道："道"字原脫，據《後山詩集》卷五《絕句四首》補。陳師道（1053—1102），字履常，一字無己，號後山居士，徐州彭城（今江蘇徐州）人，北宋詩人，有《後山集》等傳世。

三十七

绿窗今夜夢分明，元遺山。① 月上疏林正四更。陸放翁。②
獨抱琵琶空嘆息，揭曼碩。③ 井梧一葉報秋聲。程明道。④

三十八

行到花前泪滿腮，何應龍。⑤ 新春不換舊情懷。朱淑真。⑥
芳年誰惜去如水，薩天錫。⑦ 但苦無情白髮催。陸放翁。⑧

三十九

梅梢横月欲昏黄，方秋崖。⑨ 雌蝶雄蜂枉斷腸。元遺山。⑩
經歲別離心最苦，[15]許渾。⑪ 不堪端坐細思量。李後主。⑫

四十

青燈無奈憶君何，艾性夫。⑬ 欲寄家書少客過。[16]許渾。⑭
寒食清明都過了，參寥子。⑮ 堦前青草落花多。虞伯生。⑯

---

① 本詞句參見《元好問全集》卷四三《南鄉子》之八。
② 本詩句參見《劍南詩稿》卷二三《七月一日夜坐舍北水涯戲作》。
③ 本詩句參見《文安集》卷二《李宮人琵琶引》。
④ 本詩句參見《分門纂類唐宋時賢千家詩選》卷二《秋》。程顥（1032—1085），字伯淳，號明道，河南洛陽（今河南洛陽）人，北宋理學家，有《明道先生文集》等傳世。
⑤ 本詩句參見《分門纂類唐宋時賢千家詩選》卷一《傷春》。何應龍，生卒年不詳，字子翔，號橘潭，錢塘（今浙江杭州）人，南宋詩人，有《橘潭詩稿》傳世。
⑥ 本詩句參見《朱淑真集注》前集卷一《又絶句二首》之二。
⑦ 本詩句參見《雁門集》卷一《楊花曲》。
⑧ 本詩句參見《劍南詩稿》卷四《醉鄉》。
⑨ 本詩句參見《秋崖詩詞校注》卷一〇《至日》。
⑩ 本詞句參見《元好問全集》卷四四《鷓鴣天》。
⑪ 本詩句參見《丁卯集箋證》卷九《送元晝上人歸蘇州兼寄張厚二首》。
⑫ 本詩句參見《南唐二主詞箋注》附錄二《南唐二主生平資料》。李煜（937—978），原名從嘉，字重光，南唐末代君主、詞人，有《南唐二主詞》傳世。
⑬ 本詩句參見《剩語》卷下《寄清曠鄧隱夫》。
⑭ 本詩句參見《丁卯集箋證》卷七《鄭秀才東歸憑達家書》。
⑮ 本詩句參見《蘇軾文集》卷六八《書參寥詩》《記參寥詩》。道潛（1043—1106），本姓何，字參寥，賜號妙總大師，於潛（今浙江杭州）人，北宋僧人，有《參寥子詩集》傳世。
⑯ 本詩句參見《虞集全集·子昂人馬圖》。

四十一

楊柳樓心月滿床，薩天錫。① 海天愁思正茫茫。柳子厚。②
又聞塞曲吹蘆管，[17]蘇東坡。③ 此際嫦娥應斷腸。[18]李商隱。④

四十二

花壓闌干春晝長，[19]温廷筠。⑤ 情緣心事兩難忘。元遺山。⑥
分明更想殘霄夢，[20]吳商浩。⑦ 風月應知暗斷腸。韓偓。⑧

四十三

洞庭西望楚江分，李太白。⑨ 楚樹天遙我憶君。周必大。⑩
萬里寂寥音新斷，胡曾。⑪ 邊笳落日不堪聞。常建。⑫

四十四

曉角昏鐘爲底忙，陸放翁。⑬ 又驚社燕別彫梁。危景文。⑭

---

① 本詩句參見《雁門集》卷三《醉起》。
② 本詩句參見《柳宗元集校注》卷四二《登柳州城樓寄漳汀封連四州》。
③ 本詩句參見《蘇軾詩集》卷三七《次韵曾仲錫元日見寄》。
④ 本詩句參見《唐音》卷七《瑤池》。
⑤ 本詩句參見《温庭筠全集校注》卷一《湖陰詞》。
⑥ 本詞句參見《元好問全集》卷四四《鷓鴣天》之二。
⑦ 本詩句參見《才調集》卷九《塞上即事》。吳商浩，生卒年不詳，明州（今浙江寧波）人，唐代詩人，詩見《才調集》等。
⑧ 本詩句參見《韓偓集繫年校注》卷四《裊娜》。韓偓，原作"韓渥"，據《韓偓集繫年校注》卷四《裊娜》改。韓偓(844—923)，字致光，號致堯，京兆（今陝西西安）人，晚唐詩人，有《韓内翰別集》等傳世。
⑨ 本詩句參見《李太白全集》卷二〇《陪族叔刑部侍郎曄及中書賈舍人至遊洞庭五首》之一。
⑩ 本詩句參見《周必大全集》卷一《抵蘇臺寄季懷》。周必大(1126—1204)，字子充，一字洪道，吉州廬陵（今江西吉安）人，南宋政治家、文學家，有《文忠集》等傳世。
⑪ 本詩句參見《咏史詩·獨不見》。
⑫ 本詩句參見《常建詩集校注》卷下《張公子行》。常建，原作"常是"，據《常建詩集校注》卷下《張公子行》改。常建(708—765)，字少府，祖籍邢州（今河北邢臺），唐代詩人，有《常建詩集》傳世。
⑬ 本詩句參見《劍南詩稿》卷四八《冬莫》。
⑭ 本詩句出處不詳。危景文，生平不詳。

烟花樓閣西風裏，趙子昂。① 自是愁人枉斷腸。楊廷秀。②

四十五

朝來新火起新烟，杜子美。③ 每到東風剩黯然。[21]羅鄴。④
萬恨千愁人自老，[22]秦少游。⑤ 豈容華髮待流年。柳子厚。⑥

四十六

正是橙黄橘緑時，[23]蘇東坡。⑦ 冷猨秋雁不勝悲。嚴武。⑧
夜深霜角吹殘月，王公煒。⑨ 對此如何不泪垂。白樂天。⑩

四十七

夜深無伴倚空樓，[24]韓偓。⑪ 畫角三聲起百憂。皇甫冉。⑫
獨立無言風滿袖，趙子昂。⑬ 碧天無際思悠悠。梁棟。⑭

---

① 本詩句參見《松雪齋集》卷四《和姚子敬秋懷五首》之一。
② 本詩句參見《楊萬里集箋校》卷三二《聽蟬八絶句》之五。楊萬里（1127—1206），字廷秀，號誠齋，吉州吉水（今江西吉安）人，南宋理學家、文學家，有《誠齋集》等傳世。
③ 本詩句參見《杜詩詳注》卷二二《清明二首》之一。
④ 本詩句參見《羅鄴詩注·送春》。羅鄴（825—?），唐代詩人，詩見《唐詩韵彙》等。
⑤ 本詩句見載多部著作。作者名，《花庵詞選》卷三《蝶戀花》、《類編草堂詩餘》卷二、《堯山堂外紀》卷五三作"王詵"，《花草粹編》卷一三、《詩餘譜》卷一六、《詩學權輿》卷一二、《文翰類選大成》卷一六〇、《堯山堂外紀》卷五三作"秦少游"。
⑥ 本詩句參見《柳宗元集校注》卷四二《嶺南江行》。
⑦ 本詩句參見《蘇軾詩集》卷三二《贈劉景文》。
⑧ 本詩句參見《杜詩詳注》卷一一《巴嶺答杜二見憶》。
⑨ 本詩句參見《分門纂類唐宋時賢千家詩選》卷七《梅花》。王公煒，生卒年不詳，宋代詩人，詩見《分門纂類唐宋時賢詩選》等。
⑩ 本詩句參見《白居易詩集校注》卷一二《長恨歌》。
⑪ 本詩句參見《韓偓集繫年校注》卷四《寒食夜》。
⑫ 本詩句參見《皇甫冉詩集·七言律詩·宿淮陰南樓酬常伯熊》。
⑬ 本詩句參見《松雪齋集》卷四《次韵信仲晚興》。
⑭ 本詩句參見《元文類》卷八《杭州聞角》。梁棟（1243—1305），字隆吉，祖籍相州（今河南安陽），元代詩人，詩見《元文類》等。

四十八

閑衾欹卧覺霜清，[25]元遺山。① 耿耿銀河雁伴横。[26]譚用之。②
試問別來愁幾許，蘇東坡。③ 一江寒浪若爲平。張泌。④

四十九

百尺闌干送夕陽，虞伯生。⑤ 愁來一日即爲長。李益。⑥
桃花亂落如紅雨，李長吉。⑦ 見此躊躇空斷腸。[27]李太白。⑧

五十

雙鬟初合便分離，張文昌。⑨ 目送飛鴻有所思。[28]張仲舉。⑩
終日含顰緣底事，沈存中。⑪ 一春須有憶人時。周邦彦。⑫

五十一

沈鯉難憑碧海潮，雅正卿。⑬ 恨無消息至今朝。[29]劉禹錫。⑭

---

① 本詩句參見《元好問全集》卷四四《鷓鴣天》、《遺山樂府》卷三《鷓鴣天》。
② 本詩句參見《唐詩鼓吹》卷三《江館秋夕》。
③ 本詩句參見《蘇軾詩集》卷八《和沈立之留別二首》之二。
④ 本詩句參見《才調集》卷四《惆悵吟》。
⑤ 本詩句參見《虞集全集·滕王閣》。
⑥ 本詩句參見《李益詩集》卷二《同崔邠登鸛雀樓》。李益（746—829），字君虞，隴西姑臧（今甘肅武威）人，唐代詩人，詩見《唐詩鼓吹》等。
⑦ 本詩句參見《李長吉歌詩編年箋注》卷五《將進酒》。李賀（790—816），字長吉，河南福昌（今河南洛陽）人，唐代著名詩人，有《昌谷集》傳世。
⑧ 本詩句參見《李太白全集》卷四《采蓮曲》。
⑨ 本詩句參見《張籍集繫年校注》卷七《鄰婦哭征夫》。
⑩ 本詩句參見《蛻庵集》卷四《許編修克敬歸平水奉寄王秘監先輩》。
⑪ 本詩句參見《沈括全集》卷二一《峨眉亭》。沈括（1031—1095），字存中，號夢溪丈人，錢塘（今浙江杭州）人，北宋科學家、文學家，有《夢溪笔談》等傳世。
⑫ 本詞句參見《清真集校注》卷下《浣溪沙》。周邦彦，原作"歐陽修"，據《清真集校注》卷下《浣溪沙》改。周邦彦（1056—1121，一説 1058—1123），字美成，號清真居士，錢塘（今浙江杭州）人，北宋著名詞人，有《片玉集》傳世。
⑬ 本詩句參見《元音》卷九《洛神》。雅琥，生卒年不詳，字正卿，本名雅古，色目也里可温氏，元代詩人，詩見《元音》等。
⑭ 本詩句參見《劉禹錫全集編年校注》附錄三備考詩文《楊柳枝》。

傷春多少斑斑淚，薩天錫。① 縱得春風亦不消。高蟾。②

五十二

宿雨初晴春日長，羅虬。③ 翠簾垂匝護朱光。袁桷。④
桃花潭水深千尺，李太白。⑤ 春思如今未易量。獨孤及。⑥

五十三

日高猶睡綠窗中，白樂天。⑦ 細柳飛花拂曉風。虞伯生。⑧
羌管一聲何處曲，溫飛卿。⑨ 天涯此別恨無窮。劉文房。⑩

五十四

思君不見費人思，何得之。⑪ 秋雨梧桐葉落時。白樂天。⑫
惆悵舊歡如夢過，[30]趙子昂。⑬ 憐君何事到天涯。劉文房。⑭

---

① 本詩句參見《文翰類選大成》卷六〇《手帕》。
② 本詩句參見《唐音》卷一四《春》。高蟾，生卒年不詳，渤海（今河北滄州）人，唐代詩人，詩見《唐音》等。
③ 本詩句參見《萬首唐人絕句》卷五二《比紅兒詩》之九十。羅虬，生卒年不詳，唐代詩人，詩見《萬首唐人絕句》等。
④ 本詩句參見《清容居士集》卷一〇《馬伯庸擬李商隱無題次韵四首》之二。袁桷（1266—1327），字伯長，號清容居士，慶元鄞縣（今浙江寧波）人，元代詩人、書院山長，有《清容居士集》等傳世。
⑤ 本詩句參見《李太白全集》卷一二《贈汪倫》。
⑥ 本詩句參見《毗陵集校注》卷三《同皇甫侍御齋中春望見示之作》。獨孤及：原作"于鵠"，據《毗陵集校注》卷三《同皇甫侍御齋中春望見示之作》改。
⑦ 本詩句參見《白居易詩集校注》卷一九《妻初授邑號告身》。
⑧ 本詩句參見《虞集全集·書子昂延祐間墨跡後三首》之二。
⑨ 本詩句參見《溫庭筠全集校注》卷四《題柳》。
⑩ 本詩句參見《劉長卿詩編年箋注·編年詩·送李錄事兄歸襄鄧》。
⑪ 本詩句參見《元風雅》卷二〇《寄暢淳甫》。何失（約1247—1327），字得之，昌平（今北京）人，元代詩人，詩見《元風雅》等。
⑫ 本詩句參見《白居易詩集校注》卷一二《長恨歌》。
⑬ 本詩句參見《松雪齋集》卷四《次韵舜舉春日感興》。
⑭ 本詩句參見《劉長卿詩編年箋注·編年詩·長沙過賈誼宅》。

五十五

梧桐葉落雁初歸，杜牧之。① 秋暑侵人氣力微。陸放翁。②
日暮長亭正愁絕，吳融。③ 相思何故信音稀。趙子昂。④

五十六

臥看窗間唾碧茸，虞伯生。⑤ 瑞麟香暖玉芙蓉。仲殊。⑥
玉釵半脱雲垂耳，蘇東坡。⑦ 強把菱花照病容。朱淑真。⑧

五十七

木棉花落刺桐開，蘇東坡。⑨ 旅夢天涯相見回。韓偓。⑩
白日臥多嬌似病，王建。⑪ 玉樓春冷燕空來。陳允平。⑫

---

① 本詩句參見《杜牧集繫年校注·樊川外集·閨情代作》。
② 本詩句參見《劍南詩稿》卷八《書臥》。
③ 本詩句參見《唐英歌詩》卷下《金橋感事》。
④ 本詩句參見《松雪齋集》卷四《送劉安道指揮副使還都兼寄李士安學士》。
⑤ 本詩句參見《虞集全集·竹杏沙頭鸂鶒》。
⑥ 本詩句參見《詩人玉屑》卷二〇《仲殊》。仲殊，原作"仲珠"，據《詩人玉屑》卷二〇《仲殊》改。仲殊，生卒年不詳，字師利，本姓張，名揮，仲殊爲其法號，安州（今湖北孝感）人，北宋僧人、詞人，詩見《詩人玉屑》等。
⑦ 本詩句參見《蘇軾詩集》卷一六《章質夫寄惠崔徽真》。
⑧ 本詩句參見《朱淑真集注》前集卷九《睡起》。
⑨ 本詩句參見《蘇詩補注》卷四二《海南人不作寒食而以上巳上冢，予攜一瓢酒尋諸生，皆出矣，獨老符秀才在，因與飲至醉，符蓋儋人之安貧守静者也》。
⑩ 本詩句參見《韓偓集繫年校注》卷三《午夢曲江兄弟》。
⑪ 本詩句參見《王建詩集校注》卷一〇《宮詞一百首》之四四。王建（765—835），字仲初，許州潁川（今河南許昌）人，唐代詩人，有《王建詩集》等傳世。
⑫ 本詩句參見《詩淵·宮室門·長門曲》。陳允平，原作"陳允中"，據《詩淵·宮室門·長門曲》改。陳允平，生卒年不詳，字君衡，一字衡仲，號西麓，四明鄞縣（今浙江寧波）人，南宋末詞人，有《西麓詩稿》等傳世。

五十八

人事匆匆歲欲徂，_{楊仲弘。}① 西風吹妾妾憂夫。_{王駕。}②
吳魚嶺雁無消息，_{韓琮。}③ 天地無情淚眼枯。_{吳當。}④

五十九

臥來無睡欲如何，_{李商隱。}⑤ 銀箭金壺漏水多。_{李太白。}⑥
掠削雲鬟旋妝束，[31]_{元稹。}⑦ 倚闌無語看星河。_{曾元烈。}⑧

六十

楊花簾幕晚風閑，_{元遺山。}⑨ 晴倚南樓獨看山。_{崔魯。}⑩
欲問佳音向天末，_{范德機。}⑪ 春來江上幾人還。_{盧綸。}⑫

---

① 本詩句參見《楊仲弘集》卷六《留別京師》。楊仲弘，原作"楊仲宏"，據《楊仲弘集》卷六《留別京師》改。下同。楊載（1271—1323），字仲弘，蒲城（今福建南平）人，元代著名詩人，有《楊仲弘集》傳世。

② 本詩句參見《才調集》卷七《古意》。王駕，生卒年不詳，字大用，河中（今山西運城）人，自號守素先生，唐代詩人，詩見《才調集》等。

③ 本詩句參見《才調集》卷八《春愁》。韓琮，生卒年不詳，字成封（一作代封），唐代詩人，詩見《才調集》等。

④ 本詩句參見《學言稿》卷五《九江雜詠書懷》。吳當（1298—1362），字伯尚，崇仁（江西撫州）人，元代詩人，有《學言稿》傳世。

⑤ 本詩句參見《李商隱詩歌集解·編年詩·過招國李家南園二首》之二。

⑥ 本詩句參見《李白全集編年箋注》卷六《烏栖曲》。

⑦ 本詩句參見《元稹集》卷二四《連昌宮辭》。元稹，原作"元禛"，據《元稹集》卷二四《連昌宮辭》改。

⑧ 本詩句參見《元風雅》卷二五《崇安次舍弟君靜見寄韵》。曾元烈，生卒年不詳，字模遠，南豐（今江西撫州）人，元代詩人，詩見《元風雅》等。

⑨ 本詩句參見《元好問全集》卷四五《阮郎歸》之三。

⑩ 本詩句參見《唐詩鼓吹》卷五《春晚岳陽城言懷》。崔魯，一作"崔櫓"，生卒年不詳，唐代詩人，詩見《唐詩鼓吹》等。

⑪ 本詩句參見《元風雅》卷六《福州雜咏》。

⑫ 本詩句參見《盧綸詩集校注》卷四《長安春望》。盧綸（739—799），字允言，河中蒲縣（今山西臨汾）人，唐代詩人，有《盧户部詩集》傳世。

六十一

芭蕉分緑映窗紗，[32]楊萬里。① 溪上東風吹柳花。② 趙子昂。
但見時光流似箭，韋莊。③ 秖慚孤負好年華。朱淑真。④

六十二

一窗明月四簷聲，魏了翁。⑤ 喚起離人枕上情。朱淑真。⑥
殘夢不能全記省，[33]邵雍。⑦ 參橫斗轉月三更。[34]蘇東坡。⑧

六十三

蕭蕭殘照晚當樓，趙子昂。⑨ 惟見長江天際流。李太白。⑩
兩剪秋波多少恨，李梅墅。⑪ 明璫翠珮不勝愁。虞伯生。⑫

六十四

轆轆鳴曉夢初醒，彭元亮。⑬ 風透疏簾月滿庭。張泌。⑭

---

① 本詩句參見《楊萬里集箋校》卷二《閑居，初夏午睡起二絕句》。楊萬里，原作"趙信庵"，據《楊萬里集箋校》卷二《閑居，初夏午睡起二絕句》改。
② 本詩句參見《松雪齋集》卷四《溪上》。
③ 本詩句參見《浣花集》卷一《關河道中》。
④ 本詩句參見《朱淑真集注》前集卷一《春詞二首》。
⑤ 本詩句參見《鶴山集》卷一〇《十二月九日雪融夜起達旦》。魏了翁（1178—1237），字華父，號鶴山，邛州浦江（今四川成都）人，南宋理學家、詩人，有《鶴山集》傳世。
⑥ 本詩句參見《朱淑真集注》前集卷五《中秋聞笛》。
⑦ 本詩句參見《邵雍集》卷一七《偶得吟》。
⑧ 本詩句參見《蘇詩補注》卷四三《六月二十二日渡海》。
⑨ 本詩句參見《松雪齋集》卷四《次韵信仲晚興》。
⑩ 本詩句參見《李太白全集》卷一五《黃鶴樓送孟浩然之廣陵》。
⑪ 本詩句參見《事文玉屑》卷一三"秋波多恨"條。李梅墅，生平不詳。
⑫ 本詩句參見《虞集全集·題畫》。
⑬ 本詩句參見《元風雅》卷二四《樓上》。彭元亮，原作"走元亮"，據《元風雅》卷二四《樓上》改。彭炳，生卒年不詳，字元亮，崇安（今福建武夷山）人，元代詩人，詩見《元風雅》等。
⑭ 本詩句參見《唐詩鼓吹》卷一〇《春夕言懷》。

誰向東樓吹玉笛，宋無逸。① 愁霜怨月不堪聽。誠齋。②

六十五

春色醺人苦不禁，趙子昂。③ 自移枕簟對花陰。劉辰翁。④
悠悠午夢無歸着，虞伯生。⑤ 一寸幽芳萬里心。晏殊。⑥

六十六

一別音容兩渺茫，白樂天。⑦ 怕昏黃後又昏黃。[35]朱淑真。⑧
思量只合騰騰醉，羅隱。⑨ 説到悲秋更斷腸。文天祥。⑩

六十七

西風吹雨滴寒更，秦韜玉。⑪ 人在樓頭睡不成。朱淑真。⑫
一片傷心無處着，彭元亮。⑬ 砧聲中有玉關情。陸放翁。⑭

---

① 本詩句參見《庸庵集》卷一〇《題風梅圖》。宋禧，生卒年不詳，初名宋玄禧，字無逸，號庸庵，餘姚（今浙江寧波）人，元代詩人，有《庸庵集》傳世。
② 本詩句參見《楊萬里集箋校》卷一〇《霜夜無睡聞畫角孤雁》。
③ 本詩句參見《松雪齋集》卷五《題范蠡五湖杜陵浣花》。
④ 本詩句出處不詳。
⑤ 本詩句參見《虞集全集·酬吴子高》。
⑥ 本詩句參見《全芳備祖集》後集卷一〇《七言絕句》。晏殊，原作"林和靖"，據《全芳備祖集》後集卷一〇《七言絕句》改。
⑦ 本詩句參見《白居易詩集校注》卷一二《長恨歌》。
⑧ 本詩句參見《朱淑真集注》前集卷五《秋夜有感》。
⑨ 本詩句參見《羅隱集·甲乙集·春日獨游禪智寺》。羅隱（833—910），原名羅橫，字昭諫，新城（今浙江杭州）人，唐末詩人，有《讒書》等傳世。
⑩ 本詩句參見《文天祥詩集校箋》卷一四《又三絕》之三。文天祥（1236—1283），初名雲孫，字宋瑞，又字履善，自號文山，吉州廬陵（今江西吉安）人，南宋末名臣、文學家，有《文山集》等傳世。
⑪ 本詩句參見《秦韜玉詩注·長安書懷》。秦韜玉，生卒年不詳，字中明，京兆（今陝西西安）人，一作邠陽（今陝西渭南）人，唐代詩人，詩見《唐詩鼓吹》等。
⑫ 該詩句出處不詳。按《金華詩粹》卷一二王寬《秋日舟中呈郭畏齋寅丈》有"人在樓頭夢不成"句。
⑬ 本詩句參見《文翰類選大成》卷八四《樓上》。
⑭ 本詩句參見《劍南詩稿》卷一五《明河篇》。

六十八

秋河不動夜厭厭，李商隱。① 金鴨香消懶更添。朱淑真。②
樓上三更風露冷，陸放翁。③ 侵尋舊事上眉尖。蔡君謨。④

六十九

年年惆悵是春過，羅鄴。⑤ 怨入東風芳草多。劉滄。⑥
今夜秦城滿樓月，趙嘏。⑦ 共誰把酒共高歌。杜清碧。⑧

七十

暮笳嗚咽調孤城，崔魯。⑨ 風陪淒涼月陪明。朱淑真。⑩
倚遍欄干愁目眩，楊仲弘。⑪ 不堪聞此斷腸聲。朱元晦。⑫

七十一

時倚闌干望日華，趙子昂。⑬ 靜聞春水鬧鳴蛙。朱淑真。⑭

---

① 本詩句參見《李商隱詩歌集解・編年詩・水天閑話舊事》。
② 本詩句參見《朱淑真集注》前集卷一《又絕句》。
③ 本詩句參見《劍南詩稿》卷七《寺樓月夜醉中戲作》。
④ 本詩句參見《蔡襄全集》卷八《錢塘題壁》。蔡襄(1012—1067)，字君謨，仙游縣(今福建莆田)人，北宋書法家、文學家，有《蔡忠惠公文集》等傳世。
⑤ 本詩句參見《羅鄴詩注・洛水》。
⑥ 本詩句參見《唐詩鼓吹》卷五《經煬帝行宮》。劉滄，生卒年不詳，字薀靈，汶陽(今山東泰安)人，唐代詩人，詩見《唐詩鼓吹》等。
⑦ 本詩句參見《趙嘏詩注・長安月夜與友人話故山》。
⑧ 本詩句參見《清江碧嶂集・中秋》。杜本(1276—1350)，字伯原、原父、原文，號清碧，清江(今江西宜春)人，元代文學家、理學家，有《清江碧嶂集》等傳世。
⑨ 本詩句參見《唐詩韵彙》卷八《春晚岳陽言懷》。
⑩ 本詩句參見《朱淑真集注》後集卷三《對秋有感》。作者名原闕，據《朱淑真集注》後集卷三《對秋有感》補。
⑪ 本詩句參見《楊仲弘集》卷六《題豐樂樓》。
⑫ 本詩句參見《晦庵集》卷九《延水平南天慶觀夜作》。朱熹(1130—1200)，字元晦，又字仲晦，號晦庵，生於尤溪(今福建三明)，南宋著名理學家、文學家，有《四書章句集注》等傳世。
⑬ 本詩句參見《元音》卷二《杭州拱北樓》。
⑭ 本詩句參見《朱淑真集注》後集卷一《暮春有感》。

今年人日空相憶，高適。① 三月淮船當到家。虞伯生。②

七十二

夜來烟雨滿池塘，李商隱。③ 雨霽憑高只自傷。張泌。④
幾許別離多少淚，朱淑真。⑤ 春江萬斛若為量。蘇東坡。⑥

七十三

月華雲表露金盤，[36]歐陽修。⑦ 樓上人垂玉筯看。章碣。⑧
風景蒼蒼多少恨，劉滄。⑨ 乾坤萬事上眉端。林霽山。⑩

七十四

二月風光已杜鵑，黃潛卿。⑪ 可堪芳草更芊芊。韋莊。⑫
桃夭杏艷清明近，羅鄴。⑬ 書問蕭條已半年。吳正傳。⑭

---

① 本詩句參見《高適詩集編年箋注·編年詩·人日寄杜二拾遺》。高適（704—765），字達夫，滄州渤海（今河北滄州）人，唐代大臣、著名詩人，有《高常侍集》傳世。

② 本詩句參見《虞集全集·寄馬伯庸尚書》。

③ 本詩句參見《李商隱詩歌集解·編年詩·寄懷韋蟾》。

④ 本詩句參見《唐詩鼓吹》卷一〇《題華嚴寺木塔》。

⑤ 本詩句參見《朱淑真集注》前集卷二《恨春五首》之四。

⑥ 本詩句參見《蘇軾詩集》卷八《和沈立之留別二首》之二。

⑦ 本詩句參見《歐陽修全集》卷一二《內直對月寄子華舍人持國廷評》。歐陽修（1007—1072），字永叔，號醉翁，晚號六一居士，吉州廬陵（今江西吉安）人，北宋政治家、文學家，有《歐陽文忠公集》傳世。

⑧ 本詩句參見《唐詩鼓吹》卷四《春別》。章碣，原作"革碣"，據《唐詩鼓吹》卷四《春別》改。章碣（836—905），字麗山，睦州桐廬（今浙江杭州）人，唐代詩人，詩見《唐詩鼓吹》等。

⑨ 本詩句參見《唐詩鼓吹》卷五《咸陽懷古》。

⑩ 本詩句參見《霽山文集》卷一《春暮》。林景熙（1242—1310），字德暘，一作德陽，號霽山，平陽（今浙江溫州）人，南宋末詩人，有《白石稿》等傳世。

⑪ 本詩句參見《黃文獻集》卷二《獨立》。黃溍（1277—1357），字晉卿，義烏（今浙江金華）人，元代詩人，有《金華黃先生文集》傳世。

⑫ 本詩句參見《浣花集·補遺·長安清明》。

⑬ 本詩句參見《羅鄴詩注·東歸》。

⑭ 本詩句參見《吳師道集》卷七《和黃晉卿客杭見寄》。吳師道（1283—1344），字正傳，婺州蘭溪（今浙江金華）人，元代詩人，有《禮部集》等傳世。

七十五

小院開窗晚色濃,[37]宋無逸。① 斜陽和樹入簾櫳。[38]韋莊。②
新愁舊恨知無奈,[39]韓偓。③ 欲作家書意萬重。[40]張文昌。④

七十六

嬌心無着凭青衣,碧澗。⑤ 羞見階前蛺蝶飛。[41]菊磵。⑥
應笑西園舊桃李,錢塘妓胡楚。⑦ 留花不發待郎歸。韓愈。⑧

七十七

思却千思與萬思,許魯齋。⑨ 鷓鴣啼罷日西時。[42]楊仲弘。⑩
一懷幽恨無窮意,[43]林季謙。⑪ 懶對妝臺拂黛眉。朱淑真。⑫

七十八

惆悵嬋娟又隔年,朱淑真。⑬ 中間消息兩茫然。杜子美。⑭

---

① 本詩句參見《庸庵集》卷七《胡生芙蓉館觀花》。
② 本詩句參見《浣花集》卷一《貴公子》。
③ 本詩句參見《韓偓集繫年校注》卷三《三月》。韓偓,原作"韓屋",據《韓偓集繫年校注》卷三《三月》改。
④ 本詩句參見《張籍集繫年校注》卷六《秋思》。
⑤ 本詩句參見《江湖小集》卷八二《利登皴稿·玉臺體》。利登,生卒年不詳,字履道,號碧澗,南城(今江西撫州)人,一作金川(今四川阿壩州)人,南宋詩人,詩見《江湖小集》等。
⑥ 本詩句參見《菊磵集·春情四首》。
⑦ 本詩句參見《御選宋金元明四朝詩》卷七五《送周韶落籍》。胡楚,生卒年不詳,北宋錢塘妓(今浙江杭州),有詩名,詩見《御選宋金元明四朝詩》等。
⑧ 本詩句參見《韓昌黎詩集編年箋注》卷一二《鎮州初歸》。
⑨ 本詩句參見《許衡集》卷一一《七月望日思親》。許衡(1209—1281),字仲平,號魯齋,河內(今河南焦作)人,金末理學家、政治家,有《魯齋集》等傳世。
⑩ 本詩句參見《楊仲弘集》卷八《畫竹石》。
⑪ 本詩句參見《分門纂類唐宋時賢千家詩選》卷五《春晴》。
⑫ 本詩句參見《朱淑真集注》前集卷九《睡起》。
⑬ 本詩句參見《朱淑真集注》後集卷三《中秋月》。
⑭ 本詩句參見《杜詩詳注》卷一二《送路六侍御入朝》。

西亭翠被餘香薄，李商隱。① 掃地焚香閉閣眠。蘇東坡。②

七十九

捲簾清夜酒醒時，彭元亮。③ 應怕霜天畫角吹。[44]謝宗可。④
獨宿孤房泪如雨，李太白。⑤ 斷魂只有曉寒知。蕭東夫。⑥

八十

垂楊淺映綠窗紗，陳剛中。⑦ 梅子留酸濺齒牙。[45]楊萬里。⑧
後院落花人不到，謝薖。⑨ 春深料得客思家。周必大。⑩

八十一

誰家吹笛畫樓中，劉後村。⑪ 睡覺東窗日已紅。程明道。⑫
鴻雁不堪愁裏聽，李頎。⑬ 一川秋草恨無窮。張泌。⑭

---

① 本詩句參見《李商隱詩歌集解·編年詩·夜冷》。
② 本詩句參見《蘇詩補注》卷二二《南堂五首》之五。
③ 本詩句參見《文翰類選大成》卷八四《長笛》。
④ 本詩句參見《咏物詩·梅夢》。謝宗可：原作"黃商功"，據《咏物詩·梅夢》改。謝宗可，生卒年不詳，金陵(今江蘇南京)人，元代詩人，有《咏物詩》傳世。
⑤ 本詩句參見《李太白全集》卷三《烏夜啼》。
⑥ 本詩句參見《古今事文類聚》後集卷二八《古梅》。蕭東夫，原作"蕭東父"，據《古今事文類聚》後集卷二八《古梅》改。蕭德藻，生卒年不詳，字東夫，自號千巖老人，閩清(今福建福州)人，南宋詩人，詩見《古今事文類聚》等。
⑦ 本詩句參見《陳剛中詩集》卷一《嘉興》。陳孚(1240—1303)，字剛中，號勿庵，浙江臨海(今浙江台州)人，元代詩人，有《陳剛中詩集》傳世。
⑧ 本詩句參見《楊萬里集箋校》卷三《閑居，初夏午睡起二絕句》。楊萬里，原作"趙信庵"，據《楊萬里集箋校》卷三《閑居，初夏午睡起二絕句》改。
⑨ 本詩句參見《竹友集》卷七《暮春》。謝薖，原作"李太白"，據《竹友集》卷七《暮春》改。謝薖(1074—1116)，字幼盤，自號竹友居士，撫州臨川(今江西撫州)人，北宋詩人，有《竹友集》傳世。
⑩ 本詩句參見《周必大全集》卷二《范致能以詩求二色桃再次韵二首》之一。
⑪ 本詩句參見《分門纂類唐宋時賢千家詩選》卷一八《笛》。
⑫ 本詩句參見《二程集·文集卷三·秋日偶成二首》之二。
⑬ 本詩句參見《李頎詩歌校注》卷三《送魏萬之京》。李頎(690—751)，河南潁陽(今河南鄭州)人，唐代詩人，有《李頎集》傳世。
⑭ 本詩句參見《才調集》卷四《邊上》。

八十二

斜陽江上正飛鴻，杜牧之。① 恨自綿綿水自東。雅正卿。②
愁逐野雲消不盡，張泌。③ 誰家砧杵寂寥中。孫僅。④

八十三

一夜春陰徹曉寒，何失。⑤ 玉容寂寞泪闌干。白居易。⑥
情懷今日君休問，[46]沈存中。⑦ 安得愁中却暫歡。趙子昂。⑧

八十四

牢落星河欲曙天，張泌。⑨ 露華涼冷洗嬋娟。元遺山。⑩
侍兒扶起嬌無力，白樂天。⑪ 鬢滑金釵落枕邊。吳惟信。⑫

八十五

闕月臨階泣亂蛩，艾性夫。⑬ 舊愁依舊鎖眉峰。[47]朱淑真。⑭

---

① 本詩句參見《杜牧集繫年校注·集外詩一·江樓晚望》。
② 本詩句參見《元音》卷九《唐宫題業》。
③ 本詩句參見《才調集》卷四《春夕言懷》。
④ 本詩句參見《分門纂類唐宋時賢千家詩選》卷二《秋》。孫僅（969—1017），字鄰幾，汝陽（今河南洛陽）人，北宋詩人，詩見《分門纂類唐宋時賢千家詩選》等。
⑤ 本詩句參見《元風雅》卷二〇《燕都雜題》。何失，原作"張泌"，據《元風雅》卷二〇《燕都雜題》改。
⑥ 本詩句參見《白居易詩集校注》卷一二《長恨歌》。白居易，原作"孫僅"，據《白居易詩集校注》卷一二《長恨歌》改。
⑦ 本詩句參見《兩宋名賢小集》卷一二六《沈中允詩集·嘆老》。
⑧ 本詩句參見《松雪齋集》卷四《和姚子敬秋懷五首》之三。
⑨ 本詩句參見《才調集》卷四《長安道中早行》。
⑩ 本詞句參見《元好問全集》卷四四《鷓鴣天》之三。
⑪ 本詩句參見《白居易詩集校注》卷一二《長恨歌》。
⑫ 本詩句參見《江湖小集》卷二九《菊潭詩集·春夢謠》。吳惟信，原作"菊礀"，據《江湖小集》卷二九《菊潭詩集·春夢謠》改。吳惟信，生卒年不詳，字仲孚，霅川（今浙江湖州）人，宋末詩人，詩見《江湖小集》等。
⑬ 本詩句出處不詳。
⑭ 本詩句參見《朱淑真集注》前集卷九《舊愁》。

層城渺渺人傷別，胡宿。① 更隔蓬山一萬重。李商隱。②

八十六

草色青青柳色黄，賈至。③ 清明時節好風光。來鵬。④
窮愁不服春孤負，邵雍。⑤ 哭損雙眉斷盡腸。[48]朱淑真。⑥

八十七

每逢寒食一潸然，趙葭。⑦ 白日昏昏只醉眠。[49]杜子美。⑧
別後望君消息久，楊飛卿。⑨ 三春行樂在誰邊。宋之問。⑩

八十八

月下時聞落葉聲，黃清老。⑪ 此中多恨恨難平。盧弼。⑫
風開簾幕催香篆，趙信庵。⑬ 挑盡寒燈坐到明。[50]元遺山。⑭

---

① 本詩句參見《文恭集》卷五《津亭》。
② 本詩句參見《李商隱詩歌集解·未編年詩·無題四首》之一。
③ 本詩句參見《唐詩品彙》七言絕句卷三《春思二首》之一。賈至（718—772），字幼鄰，長樂郡（今河北衡水）人，唐代詩人，詩見《唐詩品彙》等。
④ 本詩句參見《才調集》卷七《清明日與友人游玉塘莊》。來鵬，生卒年不詳，豫章（今江西南昌）人，唐代詩人，詩見《才調集》等。
⑤ 本詩句參見《邵雍集》卷一五《春暮吟》。邵雍，原作"郡雀"，據《邵雍集》卷一五《春暮吟》改。
⑥ 本詩句參見《朱淑真集注》前集卷五《秋夜有感》。
⑦ 本詩句參見《趙葭詩注·東望》。
⑧ 本詩句參見《杜詩詳注》卷六《因許八奉寄江寧旻上人》。
⑨ 本詩句參見《元風雅》卷二六《雁》。楊雲鵬，一名楊鵬，字飛卿，號陶然，韓城（今陝西渭南）人，金末詩人，詩見《元風雅》等。
⑩ 本詩句參見《宋之問集校注·備考詩文·有所思》。宋之問（約656—約712），又名少連，字延清，汾州隰城人（今山西呂梁）人，一作虢州弘農（今河南三門峽）人，唐代詩人，有《宋之問集》傳世。
⑪ 本詩句參見《元風雅》卷一七《懷友時住夏玉泉山》。
⑫ 本詩句參見《才調集》卷八《秋夕寓居精舍書事》。盧汝弼，一作"盧弼"，字子諧，一作子諤，其先范陽（今北京）人，唐代詩人，詩見《才調集》等。
⑬ 本詩句參見《分門纂類唐宋時賢千家詩選》卷一《春》。趙葵（1186—1266），字南仲，號信庵，又號庸齋，衡山（今湖南衡陽）人，南宋詩人、名將，有《行營雜錄》等傳世。
⑭ 本詩句參見《元好問全集》卷九《鎮平縣齋感懷》。

八十九

燕子南來雁北飛，_{黃清老。}① 閉門連日雨霏霏。_{何得之。}②
橋頭柳色深如許，_{虞伯生。}③ 芳草王孫暮不歸。[51]_{韋莊。}④

九十

南陌鞦韆寂寞垂，_{王介甫。}⑤ 黃昏庭院雨絲絲。_{朱淑真。}⑥
倚闌且暮無他念，[52]_{謝疊山。}⑦ 十載思君久別離。_{虞伯生。}⑧

九十一

柳絮梨花寂寂春，_{周式。}⑨ 畫樓應有斷腸人。_{王繼學。}⑩
一從君客江城去，_{吳正傳。}⑪ 燕子啣泥兩度新。_{杜子美。}⑫

九十二

年去年來老漸催，_{元遺山。}⑬ 芙蓉開罷海棠開。_{郝伯常。}⑭

---

① 本詩句參見《元風雅》卷一七《題鄱陽方氏心遠亭》。
② 本詩句參見《元風雅》卷二〇《雨中睡起》。
③ 本詩句參見《虞集全集·與趙子期趙閱》。虞伯生，原作"虞伯山"，據《虞集全集·與趙子期趙閱》改。
④ 本詩句參見《浣花集》卷二《春日》。
⑤ 本詩句參見《王安石全集》卷二七《清明》。
⑥ 本詩句參見《朱淑真集注》前集卷三《海棠》。
⑦ 本詩句參見《疊山集》卷一《思親五首》。
⑧ 本詩句參見《虞集全集·悼亡四首》之三。
⑨ 本詩句參見《漁隱叢話》後集卷二。周式，原作"司空曙"，據《漁隱叢話》後集卷二、《詩人玉屑》卷一〇"乞兒相"條、《竹莊詩話》卷二四《警句下》等改。周式，生卒年不詳，湘陰（今湖南岳陽）人，宋代詩人，詩見《漁隱叢話》等。
⑩ 本詩句參見《元風雅》卷一二《題扇》。王士熙（約1266—約1343），字繼學，東平（今山東泰安）人，元代詩人，詩見《元風雅》等。
⑪ 本詩句參見《吳師道集》卷七《和黃晉卿客杭見寄》。
⑫ 本詩句參見《杜詩詳注》卷二三《燕子來舟中作》。
⑬ 本詩句參見《元好問全集》卷八《十月》。
⑭ 本詩句參見《陵川集》卷一五《感興》。郝經（1223—1275），字伯常，澤州陵川（今山西晉城）人，金元時期文學家，有《陵川集》傳世。

憑高目斷無消息,姚鵠。① 過盡行人君不來。蘇東坡。②

九十三

樓頭新月掛銀鉤,朱淑真。③ 照盡人間今古愁。[53]徐仲車。④
旅雁叫雲天似水,周馳。⑤ 銀河猶自隔牽牛。[54]郝伯常。⑥

九十四

今年依舊去年春,何扶。⑦ 對景無聊惱殺人。[55]朱淑真。⑧
嬾困風光酣午睡,楊萬里。⑨ 回文機上暗生塵。施肩吾。⑩

九十五

聞得黃鸝第一聲,[56]蘇東坡。⑪ 倚闌無事倍傷情。張泌。⑫
燕鴻去後湖天遠,僧謙。⑬ 江上幾看芳草生。崔魯。⑭

---

① 本詩句參見《又玄集》卷中《玉真觀尋趙尊師不遇》。姚鵠,生卒年不詳,字居雲,蜀(今四川)人,唐代詩人,詩見《又玄集》等。
② 本詩句參見《蘇軾詩集》卷四五《贈嶺上梅》。
③ 本詩句參見《朱淑真集注》前集卷五《秋日雜書二首》之一。
④ 本詩句參見《節孝集》卷二《淮之水示門人馬存》。徐仲車,原作"喻汝楫",據《節孝集》卷二《淮之水示門人馬存》改。徐積(1028—1103),字仲車,楚州山陽(今江蘇淮安)人,北宋詩人,有《節孝先生文集》等傳世。
⑤ 本詩句參見《元風雅》卷三《懷郭安道》。
⑥ 本詩句參見《陵川集》卷一五《戊辰七夕》。
⑦ 本詩句參見《唐詩紀事》卷四九"何扶"條。何扶,生卒年不詳,唐代詩人,詩見《唐詩紀事》等。
⑧ 本詩句參見《朱淑真集注》後集卷一《春日雜興》。
⑨ 本詩句參見《楊萬里集箋校》卷三四《清明日午憩黃池鎮》。楊萬里,原作"石屏",據《楊萬里集箋校》卷三四《清明日午憩黃池鎮》改。
⑩ 本詩句參見《才調集》卷七《望夫詞》。施肩吾(780—861),字東齋,號棲真子,生於睦州(今浙江杭州),唐代詩人,詩見《才調集》等。
⑪ 本詩句參見《蘇軾詩集》卷四八《壽陽岸下》。
⑫ 本詩句參見《唐詩鼓吹》卷一〇《春夕言懷》。
⑬ 本詩句參見《詩人玉屑》卷二"絕弦體"條。僧謙,原作"杜子美",據《詩人玉屑》卷二、《詩學權輿》卷一、《菊坡叢話》卷二四"絕弦體"條改。
⑭ 本詩句參見《唐詩品彙》卷九《春晚岳陽言懷》。

九十六

雨過幽庭長綠苔，劉秉忠。① 好花猶解向人開。② 邵雍。
問君別後情多少，蔡君謨。③ 不盡長江滾滾來。杜子美。④

九十七

小春又上海棠枝，[57]周必大。⑤ 歲歲開花知爲誰。[58]李覯。⑥
此際懷人徒自切，宋無逸。⑦ 東風消得幾相思。[59]毛直方。⑧

九十八

一夜月明千里心，許用晦。⑨ 新愁祇與舊愁深。[60]宋無逸。⑩
相思極處番成恨，[61]碧澗。⑪ 瘦覺寬餘臂上金。[62]朱淑真。⑫

九十九

春日凝妝上翠樓，王昌齡。⑬ 滿川烟草替人愁。[63]黃庭堅。⑭

---

① 本詩句參見《藏春集》卷四《有懷遂長老十一首》之五。劉秉忠，原作"劉東志"，據《藏春集》卷四《有懷遂長老十一首》改。劉秉忠（1216—1274），初名劉侃，法名子聰，字仲晦，號藏春散人，邢州（今河北邢臺）人，元初文學家，有《藏春集》等傳世。

② 本詩句參見《邵雍集》卷一四《對花吟》。邵雍，原作"郡雍"，據《邵雍集》卷一四《對花吟》改。

③ 本詩句參見《古今圖書集成》卷八〇《夢中贈歌者》。

④ 本詩句參見《唐詩品彙》七言律詩卷三《九日登高》。

⑤ 本詩句參見《周必大全集》卷四二《小詩戲王駒甫請來早轉約伯威德源得善彥和志伯西美粹夫及愚卿兄弟共不托一盃已有定例不設他味》。

⑥ 本詩句參見《李覯詩歌校注》卷三《題盧五舊居》。

⑦ 本詩句參見《庸庵集》卷七《二月十二日即事書懷》。

⑧ 本詩句參見《元風雅》卷一二《寄梅村山人》。毛直方，生卒年不詳，字靜可，建安（今福建南平）人，詩見《元風雅》等。

⑨ 本詩句參見《丁卯集箋證》卷六《凌歊臺送韋秀才》。

⑩ 本詩句參見《庸庵集》卷七《二月十二日即事書懷》。

⑪ 本詩句參見《注解章泉澗泉二先生選唐詩》卷四"別友人"條。

⑫ 本詩句參見《朱淑真集注》前集卷九《恨別》。

⑬ 本詩句參見《王昌齡詩注》卷四《閨怨》。

⑭ 本詩句參見《黃庭堅詩集注》外集卷一四《夜發分寧寄杜澗叟》。黃庭堅，原作"寇萊公"，據《黃庭堅詩集注》外集卷一四《夜發分寧寄杜澗叟》據改。黃庭堅（1045—1105），字魯直，號山谷道人，洪州府分寧（今江西九江）人，北宋著名文學家，有《山谷詞》等傳世。

情知三十非年少，黄潛卿。① 嫁得蕭郎愛遠遊。于鵠。②

<h2 style="text-align:center">一百</h2>

花落紅堤簇暖烟，[64]鄭谷。③ 緑楊高映畫鞦韆。韋莊。④
一春行樂誰爲伴，菊磵。⑤ 數盡飛花一愴然。黄潛卿。⑥

【校勘記】

[1] 西窗：《集句閨情百咏》同《元音》卷二《絕句三首》之三，《松雪齋集》卷五《即事》作"茶餘"。
[2] 何處相思：《丁卯集箋證》卷六《京口閑居寄兩都親友》作"相思何處"。
[3] 殘：《秋崖詩詞校注》卷三《春暮》作"闌"。
[4] 相憶：《岑嘉州詩箋注》卷七《苜蓿峰寄家人》作"思想"。
[5] 開：《白居易詩集校注》卷一九《閨婦》作"前"。
[6] 綉衾不暖鴛鴦夢：《雁門集》卷一《楊花曲》作"綉裳不暖錦鴛夢"。
[7] 懶掩：《萬首唐人絕句詩》卷七二《燕》作"正把"。
[8] 江東：《全元詩·釋行海·留别陳藏一》作"江西"。
[9] 潛：《浣花集》卷二《春日》作"漸"。
[10] 愁：《元文類》卷八《和郭安道治書韵》作"秋"。
[11] 自：《柯山集》卷一六《京師廢宅》作"正"。
[12] 風中横笛起高樓：《劍南詩稿》卷九《小飲落梅下戲作送梅》作"更禁横笛起危樓"。
[13] 最：《朱淑真集注》卷五《中秋聞笛》作"自"。
[14] 空：《分門纂類唐宋時賢千家詩選》卷一《春暮》作"又"。
[15] 最：《丁卯集箋證》卷九《送元晝上人歸蘇州兼寄張厚二首》作"自"。
[16] 少客過：《丁卯集箋證》卷七《鄭秀才東歸憑達家書》作"客未過"。
[17] 又：《蘇軾詩集》卷三七《次韵曾仲錫元日見寄》作"愁"。

---

① 本詩句參見《黄文獻集》卷二《旅夜》。
② 本詩句參見《才調集》卷七《題美人》。于鵠，生卒年不詳，唐代詩人，詩見《才調集》等。
③ 本詩句參見《鄭守愚文集》卷一《曲江春草》。鄭谷，原作"革谷"，據《鄭守愚文集》卷一《曲江春草》改。鄭谷（約851—約910），字守愚，袁州宜春（江西宜春）人，唐代詩人，有《雲臺編》傳世。
④ 本詩句參見《浣花集·補遺·長安清明》。
⑤ 本詩句參見《菊磵集·春情四首》之三。
⑥ 本詩句參見《黄文獻集》卷二《獨立》。

[18] 際：《唐音》卷七《瑤池》作"夜"。
[19] 闌干：《溫庭筠全集校注》卷一《湖陰詞》作"欄杆"。
[20] 宵：《才調集》卷九《塞上即事》作"宵"。
[21] 每到：《羅鄴詩注·送春》作"欲別"。
[22] 恨：《淮海居士長短句·補遺·蝶戀花》作"苦"。
[23] 正是：《蘇軾詩集》卷三二《贈劉景文》作"最是"。
[24] 空：《韓偓集繫年校注》卷四《寒食夜》作"南"。
[25] 欹卧：《元好問全集》卷四四《鷓鴣天》之十五作"欹枕"，《遺山樂府》卷三《鷓鴣天》之十五作"欹枕"。
[26] 伴：《唐詩鼓吹》卷三《江館秋夕》作"半"。
[27] 躊躇：《李太白全集》卷四《采蓮曲》作"踟躕"。
[28] 飛：《蛻庵集》卷四《許編修克敬歸平水奉寄王秘監先輩》作"歸"。
[29] 至：《劉禹錫全集編年校注》附錄三備考詩文《楊柳枝》作"到"。
[30] 惆悵：《松雪齋集》卷四《次韵舜舉春日感興》作"回首"。
[31] 妝：《元稹集》卷二四《連昌宮辭》作"裝"。
[32] 映：《楊萬里集箋校》卷二《閑居，初夏午睡起二絕句》作"與"。
[33] 記省：《邵雍集》卷一七《偶得吟》作"省記"。
[34] 月：《蘇詩補注》卷四三《六月二十二日渡海》作"欲"。
[35] 昏黃後又：《朱淑真集注》前集卷五《秋夜有感》作"黃昏後到"。
[36] 露：《歐陽修全集》卷一二《內直對月寄子華舍人持國廷評》作"溢"。
[37] 小：《庸庵集》卷七《胡生芙蓉館觀花》作"山"。
[38] 斜：《浣花集》卷一《貴公子》作"夕"。
[39] 知：《韓偓集繫年校注》卷三《三月》作"真"。
[40] 家：《張籍集繫年校注》卷六《秋思》作"歸"。
[41] 階：《菊磵集·春情四首》之三作"花"。
[42] 鷓鴣：原作"鷓胡"，據《楊仲弘集》卷八《畫竹石》改。
[43] 恨：《分門纂類唐宋時賢千家詩選》卷五《春晴》作"事"。
[44] 霜：《詠物詩·梅夢》作"江"。
[45] 濺：《楊萬里集箋校》卷三《閑居，初夏午睡起二絕句》作"軟"。
[46] 今：《兩宋名賢小集》卷一二六《沈中允詩集·嘆老》作"此"。
[47] 舊：《朱淑真集注》前集卷九《舊愁》作"亂"。
[48] 眉：《朱淑真集注》前集卷五《秋夜有感》作"眸"。
[49] 白日：《杜詩詳注》卷六《因許八奉寄江寧旻上人》作"頭白"。
[50] 到：《元好問全集》卷九《鎮平縣齋感懷》作"不"。
[51] 暮：《浣花集》卷二《春日》作"莫"。

[52] 倚闌且暮:《叠山集》卷一《思親五首》之二作"倚閭旦暮"。
[53] 照盡:《節孝集》卷二《淮之水示門人馬存》作"盡是"。
[54] 猶自:《陵川集》卷一五《戊辰七夕》作"依舊"。
[55] 惱:《朱淑真集注》後集卷一《春日雜興》作"愁"。
[56] 聞得:《蘇軾詩集》卷四八《壽陽岸下》作"偶聽"。
[57] 又:《周必大全集》卷四二《小詩戲王駒甫請來早轉約伯威德源得善彥和志伯西美粹夫及愚卿兄弟共不托一盃已有定例不設他味》作"仍"。
[58] 開花:《李頎詩歌校注》卷三《題盧五舊居》作"花開"。
[59] 東風:《元風雅》卷一二《寄梅村山人》作"春風"。
[60] 祇:《庸庵集》卷七《二月十二日即事書懷》作"底"。
[61] 番成:《注解章泉澗泉二先生選唐詩》卷四"別友人"條作"反相"。
[62] 臂上金:《朱淑真集注》前集卷九《恨別》作"纏臂金"。
[63] 烟草:《黃庭堅詩集注》外集卷一四《夜發分寧寄杜澗叟》作"風月"。
[64] 紅:《鄭守愚文集》卷一《曲江春草》作"江"。

附録舊編集句閨情百咏

一

子規枝上月三更，崔塗。[1] 展轉紗厨睡不成。陸放翁。[2]
有約不來過夜半，趙紫芝。[3] 清光此夜爲誰明。陳剛中。[4]

二

綺窗睡起早聞鶯，[1]薩天錫。[5] 小雨霏霏欲弄晴。何應龍。[6]
寂寞閑庭春欲晚，劉方平。[7] 酒兵無力破愁城。成廷珪。[8]

三

寂寞閑堦草亂生，來鵠。[9] 不堪愁裏聽鶯聲。朱淑真。[10]

---

[1] 本詩句參見《才調集》卷二《春夕旅游》。崔塗，原作"崔浩"，據《才調集》卷二《春夕旅游》改。崔塗（約公元887年前後在世），字禮山，今浙江桐廬、建德一帶人，唐代詩人。

[2] 本詩句參見《陸游詩全集》卷四《夏夜》。

[3] 本詩句參見《永嘉四靈詩集·清苑斎集》卷一《約客》。趙師秀（1170—1219），字紫芝、靈芝，號靈秀、天樂，永嘉（今浙江温州）人，南宋詩人，"永嘉四靈"之一，有《清苑齋詩集》《衆妙集》等傳世。

[4] 本詩句參見《陳剛中詩集》卷二《保定府》。

[5] 本詩句參見《雁門集》卷一〇《織女圖》。

[6] 本詩句參見《江湖小集》卷二五《清明》。

[7] 本詩句參見《才調集》卷七《春怨》。劉方平（約710—約749），字、號均不詳，洛陽（今河南洛陽）人，唐玄宗天寶年間詩人。

[8] 本詩句參見《居竹軒集》卷四《春夜》。成廷珪（1289—約1362），字原，一字原章，又字禮執，揚州（今江蘇揚州）人，元末著名詩人。

[9] 本詩句參見《古今事文類聚》卷五〇《絶句》。來鵠，原作"于鵠"，據《古今事文類聚》卷五〇《絶句》、《王荆公詩注》卷四五《省中二首》之一改。來鵠（？—883），即來鵬，豫章（今江西南昌）人，唐朝詩人。

[10] 本詩句參見《朱淑真集注·外編》卷二《補遺·鶯》。

芭蕉不展丁香結，李商隱。① 道是無情却有情。[2]劉禹錫。②

四

羞把腰身並柳枝，羅虬。③ 心情不似舊年時。[3]朱淑真。④
兒家夫婿多輕薄，崔顥。⑤ 說與時人未必知。戴石屏。⑥

五

流年冉冉去無情，陸放翁。⑦ 還到春時別恨生。張泌。⑧
最是半窗初睡省，[4]朱淑真。⑨ 春風樓下賣花聲。何應龍。⑩

六

誰家今夜搗寒衣，[5]宋之問。⑪ 長恨愁多酒力微。邵雍。⑫
醉了又愁愁又醉，白玉蟾。⑬ 臥聞燕雁向南飛。許渾。⑭

七

木蘭花盡失春期，李商隱。⑮ 始是思君腸斷時。[6]周必大。⑯

---

① 本詩句參見《李商隱詩歌集解・未編年詩・代贈二首》之一。
② 本詩句參見《劉禹錫集》卷五《竹枝詞二首》。
③ 本詩句參見《萬首唐人絕句》卷五二《二十九》。
④ 本詩句參見《朱淑真集注・前集》卷四《夏景・端午》。
⑤ 本詩句參見《崔顥詩注・代閨人答輕薄少年》。
⑥ 本詩句參見《石屏詩集》卷六《烏聊山登覽》。戴復古(1167—約1248)，字式之，自號石屏、石屏樵隱，天台黃岩(今浙江台州)人，南宋江湖詩派詩人，有《石屏詩集》《石屏詞》等傳世。
⑦ 本詩句參見《劍南詩稿》卷三七《聞鳥聲有感》。
⑧ 本詩句參見《才調集》卷四《寄人》。
⑨ 本詩句參見《朱淑真集注・前集》卷三《花柳・瑞香》。
⑩ 本詩句參見《江湖小集》卷二五《清明》。
⑪ 本詩句參見《宋之問集校注》卷一《詩・明河篇》。
⑫ 本詩句參見邵雍《邵雍集》卷八《問春》。邵雍，原作"何應節"，據《邵雍集》卷八《問春》改。
⑬ 本詩句參見《文翰類選大成》卷八二《春游》。
⑭ 本詩句參見《丁卯詩集》卷上《臥疾》。
⑮ 本詩句參見《李商隱詩歌集解・編年詩・三月十日流杯亭》。
⑯ 本詩句參見《周必大全集》卷一《道中憶胡季懷》。周必大，原作"邵康節"，據《周必大全集》卷一《道中憶胡季懷》改。

人壽幾何禁此別，碧澗。① 真成薄命久尋思。王少伯。②

八

半簾花影月三更，成廷珪。③ 冰簟銀床夢不成。温庭筠。④
寶鴨烟消香未歇，朱淑真。⑤ 藕花香冷水風清。方秋崖。⑥

九

半窗落月照清愁，陸放翁。⑦ 人自傷心水自流。劉文房。⑧
天若有情天亦老，孫巨源。⑨ 百壺芳醑豈消憂。胡宿。⑩

十

杏花園裏短牆頭，[7]楊基。⑪ 情緒牽人不自由。韓偓。⑫
未得離魂如倩女，雅正卿。⑬ 期君不至更沉憂。李商隱。⑭

---

① 本詩句參見《江湖小集》卷八二《玉臺體》。
② 本詩句參見《唐人萬首絕句》卷一七《長信秋詞五首》之四。
③ 本詩句參見《居竹軒集》卷四《春夜》。
④ 本詩句參見《温庭筠全集校注》卷五《詩·瑤瑟怨》。
⑤ 本詩句參見《朱淑真集注·前集》卷三《春景·春宵》。
⑥ 本詩句參見《秋崖集》卷二《詩·七言絕句·立秋》。
⑦ 本詩句參見《劍南詩稿》卷一七《夜步》。
⑧ 本詩句參見《劉長卿詩編年箋注·編年詩·重送裴郎中貶吉州》。
⑨ 本詩句參見《花庵詞選》卷三《何滿子·秋怨》。孫洙(1031—1079)，字巨源，廣陵(今江蘇揚州)人，北宋時期官吏、詞人。
⑩ 本詩句參見《文恭集》卷三《送別》。
⑪ 本詩句參見《眉庵集·補遺·半身美人圖》。楊基，原作"薩天錫"，據《眉庵集·補遺·半身美人圖》改。楊基(1326—1378)，字孟載，號眉庵，嘉州(今四川樂山)人，元末明初詩人，有《眉庵集》傳世。
⑫ 本詩句參見《韓偓集繫年校注》卷四《青春》。韓偓，原作"韓渥"，據《韓偓集繫年校注》卷四《青春》改。
⑬ 本詩句參見《石倉歷代詩選》卷二三七《崔徽寫真》。
⑭ 本詩句參見《李商隱詩歌集解·未編年詩·十字水期韋潘侍御同年不至時韋寓居水次故郭邠寧宅》。

十一

八月悲風九月霜，鄭谷。① 離人到此倍堪傷。羅鄴。②
不應寂寞求鳳意，[8]元遺山。③ 一曲伊州泪萬行。溫庭筠。④

十二

十二樓中月自明，溫庭筠。⑤ 海枯石爛古今情。元遺山。⑥
獨挑殘燭魂堪斷，司空圖。⑦ 衾鐵棱棱夢不成。魏了翁。⑧

十三

斷腸魂夢兩沈沈，章楶。⑨ 更入新年恐不禁。李商隱。⑩
惆悵近來消瘦盡，袁不約。⑪ 倚樓無語理瑤琴。李清照。⑫

十四

西去長安萬里餘，[9]岑參。⑬ 水長天遠雁無書。白玉蟾。⑭

---

① 本詩句參見《鄭守愚文集》卷二《雁》。
② 本詩句參見《才調集》卷八《僕射陂晚望》。
③ 本詩句參見《元好問全集》卷四四《鷓鴣天·一八》。
④ 本詩句參見《溫庭筠全集校注》卷五《彈箏人》。
⑤ 本詩句參見《溫庭筠全集校注》卷五《瑤瑟怨》。
⑥ 本詩句參見《元好問全集》卷四四《鷓鴣天·薄命妾辭》。
⑦ 本詩句參見《唐詩鼓吹》卷九《長信宮》。司空圖(837—908)，字表聖，自號知非子，又號耐辱居士，祖籍臨淮(今安徽泗縣)，後遷居河中虞鄉(今山西永濟)，晚唐詩人，詩論家，有《二十四詩品》《司空表聖詩集》等傳世。
⑧ 本詩句參見魏了翁《鶴山集》卷一〇《十二月九日雪融夜起達旦》。
⑨ 本詞句參見《北宋詞譜·聲聲令》。章楶，原作"愈克成"，據《北宋詞譜·聲聲令》《全宋詞·章楶·聲聲令》改。章楶(1027—1102)，字質夫，建州浦城(今福建浦城)人，北宋名將、詩人。
⑩ 本詩句參見《李商隱詩歌集解·編年詩·寫意》。
⑪ 本詩句參見《唐詩鼓吹》卷九《病宮人》。袁不約(約835年前後在世)，字還樸，新登(今浙江富陽)人，唐代詩人。
⑫ 本詩句參見《重輯李清照集》卷一《漱玉詞之一·浣溪紗》。李清照，原作"歐陽永叔"，據《重輯李清照集》卷一《漱玉詞之一·浣溪紗》改。
⑬ 本詩句參見《岑嘉州詩箋注》卷七《玉關寄長安李主簿》。
⑭ 本詩句參見《石倉歷代詩選》卷二二四《秋日有懷》。

自憐改盡青青鬢，劉改之。① 雲鬢朝來不欲梳。徐凝。②

十五

種種閑愁先上眉，艾性夫。③ 愁腸正遇斷猨時。柳子厚。④
玉關西望腸堪斷，[10]岑參。⑤ 滿鬢秋風不受吹。虞伯生。⑥

十六

幾看人間歲月新，陸放翁。⑦ 夫君久戍漢江濱。吳大有。⑧
一行書信千行泪，王駕。⑨ 江燕初飛不見人。李嘉祐。⑩

十七

酒力初消去夜寒，[11]華岳。⑪ 中天月色好誰看。杜子美。⑫
芙蓉露冷秋宵永，虞伯生。⑬ 銀漢無聲轉玉盤。蘇東坡。⑭

---

① 本詩句參見《劉克莊集箋校》卷八《詩·別宋斌文叔》之二。劉克莊，原作"劉改之"，據《劉克莊集箋校》卷八《詩·別宋斌文叔》之二改。

② 本詩句參見《唐人萬首絕句》卷三九《讀遠書》。徐凝，生卒年不詳，睦州分水（今浙江杭州）人，中唐詩人。

③ 本詩句參見《全元詩·年逾古希鬢髪幷白惟眉玄如初》。

④ 本詩句參見《柳宗元集》卷四二《古今詩·再授連州至衡州酬柳柳州贈別》。

⑤ 本詩句參見《岑嘉州詩箋注》卷七《玉關寄長安李主簿》。

⑥ 本詩句參見《虞集全集·次韵杜德常典籤秋日西山有感》之四。

⑦ 本詩句參見《劍南詩稿》卷四〇《遣興》。

⑧ 本句出處不詳。吳大有，生卒年不詳，字有大，號松壑，嵊縣（今浙江紹興）人，宋代詩人。

⑨ 本詩句參見《才調集》卷七《古意》。

⑩ 本詩句參見《唐詩鼓吹》卷五《自蘇臺至望亭驛人家盡空春物增思悵然有作》。李嘉祐，生卒年不詳，字從一，趙州（今河北石家莊）人，天寶七年進士。

⑪ 本詩句參見《翠微南征錄·宿溪上》。

⑫ 本詩句參見《杜詩詳注》卷一四《宿府》。

⑬ 本詩句參見《虞集全集·白翎雀歌》。

⑭ 本詩句參見《蘇軾詩集》卷一五《中秋月》。蘇東坡，原作"杜牧之"，據《蘇軾詩集》卷一五《中秋月》改。

十八

南望千山没盡期，韓君平。① 江天況值雨垂垂。曾布。②
芙蓉帳小雲屏暗，劉長卿。③ 正是愁人不寐時。羅鄴。④

十九

早是傷春夢兩天，韋莊。⑤ 別離可奈落花前。王士熙。⑥
愁來欲奏相思曲，崔顥。⑦ 却恨青娥誤少年。司空圖。⑧

二十

不盡蛾眉過盡春，吳大有。⑨ 燭花連夜爲誰新。揭曼碩。⑩
江南江北多離別，羅鄴。⑪ 水遠山長愁殺人。李文山。⑫

二十一

梧桐窗下雨聲多，艾性夫。⑬ 已有新霜著芰荷。周馳。⑭

---

① 本詩句參見《唐音》卷五《送長沙李少府入蜀》。
② 本詩句參見《分門纂類唐宋時賢千家詩選》卷一《二月》。曾布（1036—1107），字子宣，江西撫州人，曾鞏弟，諡"文肅"，《宋史》卷四七一有傳。
③ 本詩句參見《劉長卿詩編年箋注·編年詩·昭陽曲》。
④ 本詩句參見《才調集》卷八《聞子規》。
⑤ 本詩句參見《浣花集·浣花集補遺·長安清明》。
⑥ 本詩句參見《全元詩·送袁道士二首》之一。王士熙，原作"王之熙"，據人名及《全元詩·送袁道士二首》之一改。
⑦ 本詩句參見《崔顥詩注·代閨人答輕薄少年》。
⑧ 本詩句參見《唐詩鼓吹》卷九《長信宮》。
⑨ 本句出處不詳。
⑩ 本詩句參見《文安集》卷一《病夜》。
⑪ 本詩句參見《萬首唐人絕句》卷五一《雁》。
⑫ 本詩句參見《李群玉詩集·後集》卷三《黃陵廟二首》之二。李群玉（約808—862），字文山，澧州（今湖南澧縣）人，唐代詩人，有《李群玉集》等傳世。
⑬ 本詩句參見《剩語》卷下《蓮花簾》。
⑭ 本詩句參見《元文類》卷八《和郭安道治書韻》。

百尺朱樓閑倚遍，晏同叔。① 江南江北望烟波。劉禹錫。②

二十二

金荷銀燭夜如年，[12]元遺山。③ 月在鞦韆影外圓。張仲舉。④
莫惜尊前更斟酒，胡東。⑤ 强憑杯酒一潸然。[13]張泌。⑥

二十三

一片年光覽鏡慵，譚用之。⑦ 樓頭殘夢五更鐘。晏同叔。⑧
東君有意能相顧，朱淑真。⑨ 只望郎君説着儂。陸放翁。⑩

二十四

草長江南鶯亂飛，蘇東坡。⑪ 春心欲斷正霏霏。胡宿。⑫
行人一去無消息，薩天錫。⑬ 過盡征鴻猶未歸。曹元用。⑭

---

① 本詩句參見《晏殊詞集·蝶戀花》，又見《歐陽修全集》卷一三一《蝶戀花二十二首》之八，《蘇軾詞編年校注·附編·蝶戀花·考辯》一説作者爲歐陽修。

② 本詩句參見《劉禹錫全集編年校注》卷三《隄上行三首》之一。

③ 本詩句參見《元好問全集》卷四四《新樂府三·鷓鴣天·一七》。

④ 本詩句參見《蜕庵集》卷四《清明日杏園獨坐》。

⑤ 本詩句參見《文翰類選大成》卷八四《贈别二首》之二。胡東，原作"胡東山"，據《文翰類選大成》卷八四《贈别二首》之二、《元音》卷六《贈别二首》之二改。胡東，生卒年不詳。

⑥ 本詩句參見《才調集》卷四《春日旅泊桂州》。

⑦ 本詩句參見《唐詩鼓吹》卷九《感懷呈所知》。

⑧ 本詩句參見《晏殊詞集·玉樓春》。

⑨ 本詩句參見《朱淑真集注·前集》卷三《花柳·窗西桃花盛開》。朱淑真，原作"未叔真"，據人名及《朱淑真集注·前集》卷三《花柳·窗西桃花盛開》改。

⑩ 本詩句參見《劍南詩稿》卷一七《夜步》。

⑪ 本詩句參見《蘇軾詩集》卷一一《常潤道中，有懷錢塘，寄述古五首》之二。

⑫ 本詩句參見《文恭集》卷三《次韵和朱况雨中之什》。

⑬ 本詩句參見《雁門集》卷一〇《織女圖》。

⑭ 本詩句參見《元文類》卷八《秋懷》。曹元用，原作"曹無用"，據《元文類》卷八《秋懷》、《御選元詩》卷七〇《秋懷》改。曹元用(1268—1329)，字子貞，號超然，汶上(今山東濟寧)人，有《超然集》傳世。

附録舊編集句閨情百咏　47

二十五

索寞襟懷酒半醒，韓偓。① 數聲啼鳥不堪聽。危昭德。②
斜陽欲送西軒影，[14]高克恭。③ 夜合花開香滿庭。竇叔向。④

二十六

離人獨上洞庭船，李頻。⑤ 莫要留心在妾邊。陸放翁。⑥
明日相望在何處，劉因。⑦ 江流無際海連天。張仲舉。⑧

二十七

林烟池影共離情，徐鉉。⑨ 二月清江照眼明。黃溍。⑩
北望塞雲魂夢斷，胡安國。⑪ 良人萬里事征行。陸放翁。⑫

---

　① 本詩句參見《韓偓集繫年校注》卷一《寄湖南從事》。韓偓，原作"韓渥"，據《韓偓集繫年校注》卷一《寄湖南從事》改。
　② 本詩句參見《分門纂類唐宋時賢千家詩選》卷一《暮春》。
　③ 本詩句參見《元文類》卷八《題道院》。高克恭（1248—1310），字彥敬，西域人，家族入居中原，先寓大同，後定居涿州房山（今北京房山），元代畫家、詩文家。
　④ 本詩句參見《石倉歷代詩選》卷一一七《夏夜宿袁兄宅書書》。竇叔向（約729—約780），字遺直，京兆金城（今陝西興平）人，唐代詩人、官員。
　⑤ 本詩句參見《李頻詩集編年箋注·湖口送友人》。李頻，原作"李頎"，據《李頻詩集編年箋注·湖口送友人》改。李頻（818—876），字德新，睦州壽昌（今浙江壽昌）人，有《梨岳集》等傳世。
　⑥ 本詩句參見《渭南文集·放翁逸稿卷下·吳娃曲》之四。
　⑦ 本詩句參見《劉因集》卷一六《次韵答王之才見寄》。劉因（1249—1293），字夢吉，號靜修，保定容城（今河北保定）人，元代理學家、詩人，有《靜安修集》《靜修先生文集》等傳世。
　⑧ 本詩句參見《蜕庵集》卷四《憶廣陵舊事》。
　⑨ 本詩句參見《徐鉉集校注》卷五《御筵送鄧王》。徐鉉（917—992），字鼎臣，廣陵（今江蘇揚州）人，五代宋初文學家、書法家，有《徐公文集》《稽神録》等傳世。
　⑩ 本詩句參見《黃溍集》卷四《龍潭山》。黃溍（1277—1357），字晋卿，號曰損齋，義烏（今浙江金華）人，元代理學家、史學家、文學家、教育家、書畫家，有《金華黃先生文集》《日損齋筆記》等傳世。
　⑪ 本詩句參見《分門纂類唐宋時賢千家詩選》卷三《十二月立春》。胡安國（1074—1138），又名胡迪，字康侯，號青山，謚號文定，學者稱武夷先生，後世稱胡定文公，有《春秋傳》《文集》等傳世。
　⑫ 本詩句參見《劍南詩稿》卷一五《明河篇》。

二十八

酒衝愁陣出奇兵。韓偓。① 世上愁痕滴合平。陸龜蒙。②
最是五更殘酒醒，[15]鄭合敬。③ 一聲塞雁又關情。[16]周必大。④

二十九

柳梢殘日弄微晴，[17]周美成。⑤ 紫蝶黃蜂俱有情。李商隱。⑥
感事鏡鸞悲獨舞，陸放翁。⑦ 命如葉薄可憐生。元遺山。⑧

三十

翠衾歸臥綉房中。李商隱。⑨ 寒月沈西水自東。[18]許渾。⑩
嫌到清明時節冷，[19]范真卿。⑪ 子規啼血淚春風。[20]李群玉。⑫

---

① 本詩句參見《韓偓集繫年校注》卷二《殘春旅舍》。
② 本詩句參見《陸龜蒙全集校注》卷九《看壓新醅寄懷襲美》。陸龜蒙（？—約881），字魯望，別號天隨子、甫里先生、江湖散人等，蘇州（今江蘇蘇州）人，晚唐文學家、詩人，有《甫里先生文集》《耒耜經》《笠澤叢書》等傳世。
③ 本詩句參見《唐詩紀事校箋》卷六七《鄭合敬》。鄭合敬，原作"鄭谷"，據《唐詩紀事校箋》卷六七《鄭合敬》改。鄭合敬，生卒年不詳，鄭州滎澤（今河南滎陽）人，乾符二年（875）以狀元登進士第，仕至諫議大夫，今存詩一首。
④ 本詩句參見《周必大全集》卷一《行舟憶永和兄弟》。
⑤ 本詩句參見《清真集校注》卷下《浣溪沙》之二。
⑥ 本詩句參見《玉谿生詩醇・二月二日》。
⑦ 本詩句參見《劍南詩稿》卷一一《雪中感成都》。
⑧ 本詩句參見《元好問全集》卷四四《新樂府三・鷓鴣天・五首》之二。
⑨ 本詩句參見《李商隱詩歌集解・未編年詩・藥轉》。
⑩ 本詩句參見《丁卯詩集》卷上《同韋少尹傷故衛尉李少卿》。
⑪ 此詩作者有三説，《江湖後集》卷二〇《緋桃》作者名"李龏"，《分門纂類唐宋時賢千家詩選》卷八《緋桃》作者名"施真卿"，《御定佩文齋咏物詩選》卷二九六《桃》題名曾季貍。李龏，生卒年不詳，吳江（今江蘇蘇州）人，字和父，一字仲甫，號雪林，南宋詩人，有《剪綃集》等傳世。施清臣，生卒年不詳，號東洲，字真卿，通州靜海（今江蘇南通）人，宋代詩人，有《東洲几上語》《東洲枕上語》等傳世。曾季貍，生卒年不詳，字裘父，自號艇齋，南豐（今江西撫州）人，南宋詩人，有《艇齋詩話》等傳世。
⑫ 本詩句參見《李群玉詩集・補遺・題二妃廟》。

三十一

二月春華已半歸，曾布。① 況逢寒食欲沾衣。韓偓。②
日斜醉倚鞦韆柱，趙信庵。③ 桃李陰陰柳絮飛。王維。④

三十二

暗擲金錢卜遠人，于鵠。⑤ 倚樓情緒暗愁新。楊廉夫。⑥
飄紅墮白堪惆悵，韋莊。⑦ 可惜熙熙一片春。邵康節。⑧

三十三

風雨經旬怯倚闌，陸放翁。⑨ 刺桐花發共誰看。張文昌。⑩
愁腸斷處春何限，溫庭筠。⑪ 蠟燭成灰淚始乾。[21]李商隱。⑫

三十四

半窗殘月有鶯啼，溫庭筠。⑬ 粉堆丹軒畫障西。[22]曹唐。⑭
斷夢不成離玉枕，[23]歐陽炯。⑮ 令人憎殺五更雞。陸放翁。⑯

---

① 本詩句參見《分門纂類唐宋時賢千家詩選》卷一《二月》。
② 本詩句參見《韓偓集繫年校注》卷三《避地寒食》。
③ 本詩句參見《分門纂類唐宋時賢千家詩選》卷一《春游》。
④ 本詩句參見《王維集校注》卷四《酬郭給事》。王維（約701—約761），字摩詰，蒲州（今山西永濟）人，盛唐山水詩人，有《王右丞集》等傳世。
⑤ 本詩句參見《萬首唐人絕句》卷三六《七言·江南意》。
⑥ 本句出處不詳。
⑦ 本詩句參見《浣花集》卷一《嘆落花》。
⑧ 本詩句參見《邵雍集》卷一一《可惜吟》。
⑨ 本詩句參見《劍南詩稿》卷三三《燈下看海》。
⑩ 本詩句參見《張籍集繫年校注》卷四《送汀州元使君》。
⑪ 本詩句參見《溫庭筠全集校注》卷四《李羽處士故里》。
⑫ 本詩句參見《李商隱詩歌集解·未編年詩·無題·相見時難別亦難》。
⑬ 本詩句參見《溫庭筠全集校注》卷四《經李徵君故居》。溫庭筠，原作"王建"，據《溫庭筠全集校注》卷四《經李徵君故居·校注》、《王建詩集校注》卷八《附·誤之作·李處士故居·辯證》改。
⑭ 本詩句參見《曹唐詩注·長安客舍叙邵陵舊寄永州蕭使者五首》之三。
⑮ 本詩句參見《花庵詞選》卷一《玉樓春》、《類編草堂詩餘》卷一《春睡》。歐陽炯（896—971），字不詳，益州華陽（今四川成都）人，五代後蜀詞人，有《武信軍衙記》《花間集序》傳世，王國維爲其輯有《歐陽平章詞》。
⑯ 本詩句參見《劍南詩稿》卷一〇《夢至成都悵然有作》。

三十五

百憂如草雨中生，_{薛逢。}① 對酒無聊醉不成。_{陸放翁。}②
江上有樓君莫望，[24]_{陸魯望。}③ 情隨春浪去難平。_{張泌。}④

三十六

雲淡秦淮月映沙，_{陳剛中。}⑤ 星星兩鬢怯年華。_{陸放翁。}⑥
無端嫁得金龜婿，_{李商隱。}⑦ 十一回圓不在家。_{李才江。}⑧

三十七

高低碧樹映紅樓，_{李昌武。}⑨ 獨倚西風滿眼愁。_{張芸叟。}⑩
青鳥不傳雲外信，_{李璟。}⑪ 蓼花風起思悠悠。[25]_{趙嘏。}⑫

三十八

萋萋芳草政愁人，_{趙子昂。}⑬ 布穀聲中夏令新。_{陸放翁。}⑭

---

① 本詩句參見《唐詩鼓吹》卷二《長安夜雨》。薛逢，生卒年不詳，字陶臣，河東(今山西永濟)人，詩見《唐詩鼓吹》等。

② 本詩句參見《劍南詩稿》卷五七《久雨》之二。

③ 本詩句參見《陸龜蒙全集校注》卷一二《有別二首》之一。

④ 本詩句參見《才調集》卷四《春夕言懷》。

⑤ 本詩句參見《陳剛中詩集》卷一《雨華臺》。

⑥ 本詩句參見《渭南文集·放翁逸稿卷下·過江至蕭山縣驛東軒海棠已謝》。

⑦ 本詩句參見《李商隱詩歌集解·未編年詩·爲有》。

⑧ 本詩句參見《才調集》卷三《客亭對月》。李洞(? —約897)，字才江，京兆(今陝西西安)人。

⑨ 本句出處不詳。李宗諤(964—1012)，字昌武，饒陽(今河北衡水)人，李昉子，現存《先公李昉談錄》一卷。

⑩ 本詩句參見《畫墁集》卷四《九日》。張舜民，生卒年不詳，字芸叟，自號浮休居士，又號矴齋，邠州(今陝西彬縣)人。

⑪ 本詩句參見《南唐二主詞箋注·南唐中主李璟·浣溪沙》。李璟，原作"李景"，據《南唐二主詞箋注·南唐中主李璟·浣溪沙》改。李璟(916—961)，初名徐景通、徐瑤(李瑤)，徐州彭城縣(今江蘇徐州)人，詩詞收錄于《南唐二主詞》中。

⑫ 本詩句參見《唐詩品彙》七言律詩卷八《發剡中》。

⑬ 本詩句參見《元文類》卷七《春日言懷》。

⑭ 本詩句參見《劍南詩稿》卷三二《初夏》。

別易會難長自嘆，韓偓。① 天涯去住各沾巾。司空文明。②

三十九

白苧新裁暑氣微，趙子昂。③ 漸開荷芰落薔薇。徐寅。④
日高睡起無情思，趙信庵。⑤ 垂柳陰陰晝掩扉。蘇東坡。⑥

四十

滿湖青草雁聲春，盧綸。⑦ 雨過芳洲杜若新。[26]虞伯生。⑧
惆悵東君太情薄，朱淑真。⑨ 紛紛紅紫已成塵。陸放翁。⑩

四十一

春愁滿眼與誰論，陸放翁。⑪ 夢覺瓊樓空斷魂。蘇東坡。⑫
整了翠鬟勻了面，宋景文。⑬ 月明花落又黃昏。杜牧之。⑭

---

① 本詩句參見《韓偓集繫年校注》卷四《復偶見三絕》之一。
② 本詩句參見《唐音》卷七《峽口送友人》。司空曙（約720—約790），字文明，或作文初，廣平（今河北邯鄲）人，大曆年間舉進士，唐代詩人。
③ 本詩句參見《元文類》卷八《絕句四首》之二。
④ 本詩句參見《釣磯文集·釣磯文集補·初豐戲題》。徐寅，生卒年不詳，"寅"一作夤，字昭夢，莆田（今福建莆田）人，唐末至五代間文學家，有《徐正字詩賦》《釣磯文集》等傳世。
⑤ 本詩句參見《分門纂類唐宋時賢千家詩選》卷二《初夏》之二。
⑥ 本詩句參見《蘇軾詩集》卷一三《首夏官舍即事》。
⑦ 本詩句參見《盧綸詩集校注》卷五《送崔琦赴宣州幕》。
⑧ 本詩句參見《虞集全集》卷二《送李通甫赴湖廣行省都事》。虞伯生，原作"盧伯生"，據人名及《虞集全集》卷二《送李通甫赴湖廣行省都事》改。
⑨ 本詩句參見《朱淑真集注·前集》卷二《春景·恨春五首》之一。
⑩ 本詩句參見《劍南詩稿》卷三二《初夏》。
⑪ 本詩句參見《劍南詩稿》卷七《行武擔西南村落有感》。
⑫ 本詩句參見《蘇軾詩集》卷三九《六月十二日，酒醒步月，理髮而寢》。
⑬ 本詩句參見《花庵詞選》卷三《蝶戀花》。宋祁（998—1061），字子京，小字選郎，雍丘（今河南杞縣）人，北宋官員、著名文學家、史學家、詩人，近人趙萬里輯有《宋景文公長短句》一卷。
⑭ 本詩句參見《杜牧集繫年校注·樊川外集·宮詞二首》之二。

四十二

爆竹聲中一歲除，王安石。① 金壺傳箭雁來初。[27]甘立。②
不眠數盡雞三唱，陸放翁。③ 兩轉三回讀遠書。徐凝。④

四十三

夕陽江上浩烟波，劉滄。⑤ 歲歲無如老去何。劉文房。⑥
泪眼看花愁入骨，[28]林李謙。⑦ 一番匀了一番多。[29]蘇東坡。⑧

四十四

借問春畈有底忙，王安石。⑨ 困人天氣日初長。朱淑真。⑩
東風自是人間客，晏叔原。⑪ 燕語鶯啼亦可傷。何敏中。⑫

四十五

斜陽淡淡柳陰陰，羅隱。⑬ 小院閑窗春色深。李清照。⑭

---

① 本詩句參見《王安石全集》卷二七《元日》。
② 本詩句參見《文翰類選大成》卷九六《古長信秋詞二首》之一。甘立，生卒年不詳，字允從，西夏人，占籍陳留（今河南開封），元代詩人，詩見《元詩選》。
③ 本詩句參見《劍南詩稿》卷一七《舟中感懷三絕句呈太傅相公兼簡岳大用郎中》之三。
④ 本詩句參見《唐人萬首絕句》卷三九《讀遠書》。
⑤ 本詩句參見《唐詩鼓吹箋注·唐詩鼓吹》卷五《經隋帝行宮》。
⑥ 本詩句參見《劉長卿詩編年箋注·編年詩·贈崔九載華》。
⑦ 本詩句參見《分門纂類唐宋時賢千家詩選》卷一〇《桂花》。林李謙，生卒年不詳。
⑧ 本詩句參見《蘇軾詩集》卷九《席上代人贈別三首》之一。
⑨ 本詩句參見《王安石全集》卷二十七《陂麥》。
⑩ 本詩句參見《朱淑真集注·前集》卷三《春景·清晝》。朱淑真，原作"朱叔真"，據人名及《朱淑真集注·前集》卷三《春景·清晝》改。
⑪ 本詩句參見《侯鯖錄》卷四《晏叔原與鄭俠詩》。晏幾道（1038—1110），字叔原，號小山，撫州臨川（今江西南昌）人，北宋著名詞人，有《小山集》傳世。
⑫ 本詩句參見《重編瓊臺藁》卷六《悼亡五首》之三。何敏中，字元功，婺州浦江（今浙江金華）人，宋代詩人。
⑬ 本詩句參見《羅隱集·鷺鷥》。
⑭ 本詞句參見《重輯李清照集》卷一《漱玉詞之一·浣溪紗》。李清照，原作"歐陽永叔"，據《重輯李清照集》卷一《漱玉詞之一·浣溪紗》改。

自古佳人多命薄，蘇東坡。① 樽中綠醑且頻斟。鄭史。②

四十六

古烟高木隔綿州，[30]羅隱。③ 忍報年年兩地愁。羅鄴。④
便做春江都是泪，秦少游。⑤ 斷腸容易付東流。陸放翁。⑥

四十七

翠鵝羞照恐驚鸞，[31]薛逢。⑦ 鬢亂釵橫特地寒。王安石。⑧
午醉醒來愁未醒，張子野。⑨ 却登小閣倚闌干。陸放翁。⑩

四十八

海棠時節又清明，曹組。⑪ 紅夾羅裙縫未成。[32]張文昌。⑫
撲蝶西園隨伴走，蘇東坡。⑬ 綠楊烟外曉雲輕。宋子京。⑭

---

① 本詩句參見《蘇軾詩集》卷九《薄命佳人》。
② 本詩句參見《文苑英華》卷二一六《秋日陵零與幕下諸賓游河夜宴》。鄭史，生卒年不詳，字惟直，宜春（今江西宜春）人，鄭谷父，唐代詩人。
③ 本詩句參見《羅隱集·魏城逢故人》。
④ 本詩句參見《萬首唐人絕句》卷五一《雁》。
⑤ 本詞句參見《淮海居士長短句·上·江城子》之一。
⑥ 本詩句參見《劍南詩稿》卷一六《小飲落梅下戲作送梅》。作者名原闕，據《劍南詩稿》卷一六《小飲落梅下戲作送梅》及《集句閨情百咏》書例補。
⑦ 本詩句參見《唐詩鼓吹》卷二《貧女吟》。
⑧ 本詩句參見《王安石全集》卷二七《題畫扇》。
⑨ 本詞句參見《花庵詞選》卷五《天仙子·春恨》。張先（990—1078），字子野，烏程（今浙江吳興）人，北宋詞人，有《張子野詞》傳世。
⑩ 本詩句參見《劍南詩稿》卷一六《醉中夜至村市歸》。
⑪ 本詩句參見《文翰類選大成》卷五七《輦下寒食》。曹組，原作"宋組"，據《文翰類選大成》卷五七《輦下寒食》、《宋詩紀事》卷四十《曹組·輦下寒食》改。曹組，生卒年不詳，初字彥章，後字符寵，或元寵，潁昌陽翟（今河南禹州）人，曹勛之父，北宋詞人，《全宋詞》存其詞三十七首。
⑫ 本詩句參見《張籍集繫年校注》卷六《吳楚歌詞》。張文昌，原作"梅聖俞"，據人名及《張籍集繫年校注》卷六《吳楚歌詞》改。
⑬ 本詩句參見《蘇軾詞編年校注·蝶戀花》。
⑭ 本詩句參見《類編草堂詩餘·草堂詩餘》卷一《玉樓春·春景》。

四十九

殘燈無焰影幢幢，元微之。① 金縷歌殘月滿江。袁桷。②
漏下秋宵何杳杳，[33]楊仲弘。③ 竹搖清影罩幽窗。朱淑真。④

五十

梨花飄粉小桃紅，華岳。⑤ 柳絮池塘淡淡風。晏元獻。⑥
萬樓春愁正如織，[34]薩天錫。⑦ 夕陽樓外晚烟籠。謝無逸。⑧

五十一

花落平堤水滿初，彭元亮。⑨ 故人安否略無書。石屏。⑩
西樓悵望芳菲節，韓偓。⑪ 浴罷雲鬟亂未梳。[35]朱淑真。⑫

五十二

陌頭楊柳綠烟絲，趙子昂。⑬ 屈指清明數日期。朱淑真⑭。
日暮鷓鴣啼更急，薩天錫。⑮ 桃花枝映杏花枝。誠齋。⑯

---

① 本詩句參見《元稹集》卷二〇《聞樂天授江州司馬》。
② 本詩句參見《袁桷集校注》卷一〇《馬伯庸擬李商隱無題次韵四首》之一。
③ 本詩句參見《楊仲弘集》卷六《送范德機》。
④ 本詩句參見《朱淑真集注·前集》卷三《春景·清晝》。朱淑真，原作"朱叔真"，據人名及《朱淑真集注·前集》卷三《春景·清晝》改。
⑤ 本詩句參見《翠微南征錄北征錄合集·翠微南征錄·冬晴》。
⑥ 本詩句參見《竹莊詩話》卷一八《寄遠》。
⑦ 本詩句參見《雁門集》卷一〇《織女圖》。
⑧ 本詩句參見《溪堂詞》卷一《江神子·思春》。
⑨ 本詩句參見《元風雅》卷二四《懷關中故人》。
⑩ 本句出處不詳。
⑪ 本詩句參見《韓偓集繫年校注》卷二《半醉》。
⑫ 本詩句參見《朱淑真集注》前集卷一〇《雜題·浴罷》。
⑬ 本詩句參見《松雪齋集》卷五《東城》。
⑭ 本詩句參見《朱淑真集注》前集卷一《春景·春詞二首》之二。
⑮ 本詩句參見《雁門集》卷一〇《越臺懷古》。
⑯ 本詩句參見《楊萬里集箋校》卷九《上巳》。

五十三

榕葉滿庭鶯亂啼，柳子厚。① 醉眠未起畫簾低。[36]虞伯生。②
眼前無限傷春意，[37]朱淑真。③ 小雨斑斑作燕泥。歐陽修。④

五十四

二月江南鶯亂飛，趙子昂。⑤ 塞鴻來見度斜暉。[38]楊飛卿。⑥
春光不管人憔悴，趙信庵。⑦ 萬里征夫去不歸。徐天逸。⑧

五十五

燭花垂燼忽堆盤，陸放翁。⑨ 孤影無眠坐夜闌。[39]朱淑真。⑩
心事十分誰會得，寇萊公。⑪ 彩雲聲斷玉簫寒。辛敬。⑫

五十六

紅櫻零落杏花開，司馬光。⑬ 依舊春愁自滿懷。菊磵。⑭

---

① 本詩句參見《柳宗元集》卷四二《古今詩·柳州二月榕葉落盡偶題》。
② 本詩句參見《虞集全集·聞子規》。
③ 本詩句參見《朱淑真集注》前集卷一《春景·春日即事》。
④ 本詩句參見《歐陽修全集》卷一三《下直》。
⑤ 本詩句參見《松雪齋集》卷四《紀舊游》。
⑥ 本詩句參見《元風雅》卷二六《雁》。
⑦ 本詩句參見《分門纂類唐宋時賢千家詩選》卷一《春暮》。
⑧ 本詩句參見《元風雅》卷二九《轆轤怨》。徐天逸，生卒年不詳，號天倪，臨川（今江西撫州）人，元代詩人。
⑨ 本詩句參見《劍南詩稿》卷七《夜宴》。
⑩ 本詩句參見《朱淑真集注》前集卷三《春景·夜雨二首》之一。
⑪ 本詩句參見《錦綉萬花谷》後集卷二四《樓》。寇準（961—1023），字平仲，華州下邽（今陝西渭南）人，北宋政治家、詩人，有《寇忠愍公詩集》傳世。
⑫ 本詩句參見《小鳴稿》卷七《擬劉文綱少參悼亡》。辛敬（？—1360），字好禮，汴梁（今河南開封）人，詩見《光岳英華》《文翰類選大成》等。
⑬ 本詩句參見《司馬溫公集編年箋注》卷一二《送酒與范堯夫》。司馬光，原作"邵雍"，據《司馬溫公集編年箋注》卷一二《送酒與范堯夫》改。司馬光（1019—1086），字君實，號迂叟，陝州夏縣（今山西運城）人，北宋政治家、史學家、文學家，世稱涑水先生，有《溫國文正司馬公文集》《稽古錄》《涑水記聞》《潛虛》等傳世。
⑭ 本詩句參見《菊磵集·春情四首》之四。

細柳新蒲爲誰緑，杜子美。① 花臺竟日獨徘徊。李梅墅。②

五十七

不堪夢覺聽啼鵑，虞伯生。③ 帳外青燈照不眠。朱淑真。④
何處玉簫天似水，⑤薩天錫。 月移花影到窗前。司空圖。⑥

五十八

小樓人靜月侵床，元遺山。⑦ 樓下誰家燒夜香。蘇東坡。⑧
添得情懷無是處，朱淑真。⑨ 況將衰病偶年光。[40]獨孤及。⑩

五十九

笛聲哀怨起誰家，[41]李五峰。⑪ 目斷西雲日又斜。楊紫陽。⑫
忽見陌頭楊柳色，王少伯。⑬ 芳時無語惜年華。陳雲嶠。⑭

---

① 本詩句參見《杜詩詳注》卷四《哀江頭》。
② 本句出處不詳。
③ 本詩句參見《虞集全集·至正改元辛巳寒食日示弟及諸子侄》之二。
④ 本詩句出處不詳。
⑤ 本詩句參見《雁門集》卷一〇《過揚州》。
⑥ 本詩句參見《唐詩鼓吹》卷九《長信宮》。
⑦ 本詩句參見《元好問全集》卷四四《新樂府三·鷓鴣天·十二》。
⑧ 本詩句參見《蘇軾詩集》卷八《望海樓晚景五絶》之四。
⑨ 本詩句參見《朱淑真集注》前集卷一〇《雜題·得家嫂書》。
⑩ 本詩句參見《毘陵集校注》卷三《同皇甫侍御齋中春望示之作》。
⑪ 本詩句參見《元風雅》卷二三《寄薩天錫》之二、《草堂雅集》卷後一《寄薩天錫二首》之二。李孝光(1285—1350)，字季和，號五峰狂客，樂清(今浙江溫州)人，元代詞人，有《五峰集》等傳世。
⑫ 本詩句參見《元風雅》卷一一《草亭既成招肥鄉竇子聲》。楊奂(1186—1255)，又名知章，字煥然，乾州奉天(今陝西乾縣)人，有《山陵雜記》傳世。
⑬ 本詩句參見《王昌齡詩注》卷四《閨怨》。
⑭ 本詩句參見《元風雅》卷二五《和王參政崔徽寫真韵》。陳柏(？—1339)，字新甫，號雲嶠，泗州(今江蘇淮安)人，元代詩人。

六十

香入薰爐禁火天，沈存中。① 鶯嬌燕黠弄風烟。張禹錫。②
誰家玉笛吹春怨，姜白石。③ 多病多愁損少年。[42]張泌。④

六十一

花落猿啼又一年，趙嘏。⑤ 悶懷依舊思淒然。朱淑真。⑥
春深晝永簾垂地，邵雍。⑦ 何處東風一信傳。虞伯生。⑧

六十二

臥看年年江水生，[43]揭曼碩。⑨ 感時心事杳難平。[44]李後主。⑩
良辰美景俱成恨，朱淑真。⑪ 卯酒微微解宿醒。馬祖常。⑫

六十三

熟梅天氣半晴陰，石屏。⑬ 秪使離愁攪寸心。[45]楊仲弘。⑭

---

① 本詩句參見《分門纂類唐宋時賢千家詩選》卷一六《集句·十一》。
② 本詩句參見《記纂淵海》卷二《寒食》。張禹錫，原作"劉叔錫"，據《記纂淵海》卷二《寒食》改。張禹錫，生卒年不詳，元代詩人。
③ 本詩句參見《白石詩集·白石道人詩集》卷下《除夜自石湖歸苕溪》。姜夔（1155—1220），字堯章，號白石道人，又號石帚，饒州鄱陽（今江西鄱陽）人，南宋文學家、音樂家，有《白石道人詩集》《白石道人歌曲》《續書譜》等傳世。
④ 本詩句參見《才調集》卷四《春日旅泊桂州》。
⑤ 本詩句參見《唐詩鼓吹》卷四《憶山陽》。
⑥ 本句出處不詳。
⑦ 本詩句參見《邵雍集》卷一三《暮春吟》。
⑧ 本詩句參見《虞集全集·雙禽圖》。
⑨ 本詩句參見《文安集》卷一《張君壽先生鵠山隱居》。
⑩ 本詩句參見《唐詩鼓吹》卷一〇《九月十日偶書》。
⑪ 本詩句參見《朱淑真集注》前集卷九《閨怨·訴愁》。
⑫ 本詩句參見《石田先生文集》卷五《宮詞十首》之七。馬祖常（1279—1338），字伯庸，雍古部人，寓居光州（今河南潢川），元代詩人，有《石田先生文集》等傳世。
⑬ 本詩句參見《石屏詩集》卷七《初夏游張園》。
⑭ 本詩句參見《楊仲弘集》卷六《送范德機》。

獨凭闌干意難寫，[46]崔魯。① 落花流水怨離琴。[47]李群玉。②

六十四

寒燈一點伴三更，[48]楊廷秀。③ 萬里無雲河漢明。宋之問。④
腸斷樓頭秋月白，虞伯生。⑤ 可堪無寐枕蛩聲。秦韜玉。⑥

六十五

十載思君久別離，虞伯生。⑦ 音容無復見當時。許魯齋。⑧
劉郎已恨蓬山遠，李商隱。⑨ 空指燈花與侍兒。陸叡。⑩

六十六

酒醒香銷午夢殘，滕賓。⑪ 不禁連雨作春寒。劉克莊。⑫
凭高此日堪腸斷，楊飛卿。⑬ 翠袖籠香倚玉闌。吳大有。⑭

---

① 本詩句參見《唐詩鼓吹》卷五《春晚岳陽城言懷二首》之一。
② 本詩句參見《李群玉詩集》卷中《奉和張舍人送秦煉師歸岑公山》。李群玉，原作"李郡玉"，據人名及《李群玉詩集》卷中《奉和張舍人送秦煉師歸岑公山》改。
③ 本詩句參見《楊萬里集箋校》卷四〇《寒燈》。
④ 本詩句參見《宋之問集校注》卷一《詩·明河篇》。
⑤ 本詩句參見《虞集全集·述懷四首》之四。
⑥ 本詩句參見《才調集》卷五《長安書懷》。
⑦ 本詩句參見《虞集全集·悼亡四首》之三。
⑧ 本詩句參見《許衡集》卷一一《七月望日思親》。
⑨ 本詩句參見《李商隱詩歌集解·未編年詩·無題四首》之一。
⑩ 本句出處不詳。陸叡(？—1266)，字景思，號雲西。會稽（今浙江紹興）人，《全宋詞》存其詞三首。
⑪ 本詩句參見《元音》卷二《吟人》。滕賓，原作"唐賓"，據《元音》卷二《吟人》、《全元詩·滕賓·吟人》改。滕賓，生卒年不詳，一作滕斌、滕霄，字玉霄，別號玉霄山人，歸德（今河南商丘）人，元代散曲作家。
⑫ 本詩句參見《劉克莊集箋校·附錄一·劉克莊集補遺·詩·寒》。劉克莊，原作"劉改之"，據《劉克莊集箋校·附錄一·劉克莊集補遺·詩·寒》改。
⑬ 本詩句參見《元風雅》卷二六《雁》。
⑭ 本詩句參見《全元詩·春閨》。

附録舊編集句閨情百咏　　59

六十七

吹笛西樓月色凉，楊廉夫。① 天寒猶着薄衣裳。蘇東坡。②
虛堂永夜耿無寐，鄭毅夫。③ 柳色陰陰暗畫墻。朱淑真。④

六十八

拂曉樓窗一半開，薩天錫。⑤ 數聲新雁送寒來。高九萬。⑥
長安西望腸堪斷，元遺山。⑦ 且盡生前有限杯。杜子美。⑧

六十九

春雨瀟瀟作暮寒，[49]宋無逸。⑨ 殘妝滿面淚闌干。薛逢。⑩
愁將玉笛傳遺恨，胡宿。⑪ 寂寞東風獨倚欄。[50]林霽山。⑫

七十

綉屏斜立正銷魂，[51]韓偓。⑬ 雨送輕寒半掩門。[52]陸放翁。⑭
目斷故園人不至，李商隱。⑮ 鳥啼花落幾黄昏。鮑仲華。⑯

---

① 本詩句參見《文翰類選大成》卷六〇《無題四首》之二。
② 本詩句參見《蘇軾詩集》卷四四《芍藥》。
③ 本詩句參見《分門纂類唐宋時賢千家詩選》卷五《閔雨》。郑獬（1022—1072），字毅夫，一作義夫，號雲谷，寧都（今江西贛州）人，有《鄖溪集》傳世。
④ 本詩句參見《朱淑真集注》前集卷二《春景·恨春五首》之五。
⑤ 本詩句參見《雁門集》卷九《題淮安王氏小樓四首》之二。
⑥ 本詩句參見《菊磵集·秋晚即事》。
⑦ 本詩句參見《元好問全集》卷四四《新樂府三·鷓鴣天·薄命妾辭》。
⑧ 本詩句參見《杜詩詳注》卷九《絕句漫興九首》之二。
⑨ 本詩句參見《庸庵集》卷九《題李石樓清明墨竹二首》之一。
⑩ 本詩句參見《唐詩鼓吹》卷二《貧女吟》。
⑪ 本詩句參見《全唐詩》卷七三一《殘花》。
⑫ 本詩句參見《霽山文集》卷一《春暮》。
⑬ 本詩句參見《韓偓集繫年校注》卷四《宮詞》。
⑭ 本詩句參見《劍南詩稿》卷二《雨中泊趙屯有感》。
⑮ 本詩句參見《李商隱詩歌集解·編年詩·潭州》。
⑯ 本詩句參見《元文類》卷八《過郝參政穆林》。鮑仲華，生卒年不詳，明代詩人。

七十一

春半如秋意轉迷，柳子厚。① 亂山凝恨色高低。李後主。②
東風吹泪對花落，趙碬。③ 自在嬌鶯恰恰啼。杜子美。④

七十二

南北征人去不歸，[53]宋之問。⑤ 謾教啼鳥怨斜暉。劉改之。⑥
幽窗空結相思夢，[54]張泌。⑦ 遠別從今見面稀。楊飛卿。⑧

七十三

昨夜星辰昨夜風，李商隱。⑨ 霜天寥落思無窮。邵雍。⑩
更闌自算明年事，[55]劉後村。⑪ 絳蠟凝輝到曉紅。仲殊。⑫

七十四

月引庭花影上窗，梅屋。⑬ 玉蟲膏冷暗銀缸。鞏仲至。⑭

---

① 本詩句參見《柳宗元集》卷四二《古今詩·柳州二月榕葉落盡偶題》。
② 本詩句參見《唐詩鼓吹》卷一〇《送鄧王二十弟從益牧宣城》。
③ 本詩句參見《才調集》卷七《寒食新豐別友人》。
④ 本詩句參見《杜詩詳註》卷一〇《江畔獨步尋花七絕句》之四。
⑤ 本詩句參見《宋之問集校注》卷一《詩·明河篇》。
⑥ 本詩句參見《龍洲集》卷九《春歸》。劉過（1154—1206），字改之，號龍洲道人，吉州太和（今江西泰和）人，南宋文學家，有《龍洲集》《龍洲詞》傳世。
⑦ 本詩句參見《才調集》卷四《春夕言懷》。
⑧ 本詩句參見《元風雅》卷二六《送王希仲北歸》。
⑨ 本詩句參見《李商隱詩歌集解·編年詩·無題二首》之一。
⑩ 本詩句參見《邵雍集》卷二《秋游六首》之六。
⑪ 本詩句參見《劉克莊集箋校》卷二《除夕》。
⑫ 本詩句參見《詩人玉屑》卷二〇《仲殊》。
⑬ 本詩句參見《梅屋集》卷一《閨怨五首》之三。許棐（？—1249），字忱父，海鹽（今浙江嘉興）人，自號梅屋，宋代詩人，有《梅屋集》《樵談》等傳世。
⑭ 本句出處不詳。鞏豐（1148—1217），字仲至，號栗齋，婺州（今浙江武義）人，南宋詩人。

東君若也憐孤獨，朱淑真。① 並蒂芙蓉本自雙。杜子美。②

七十五

不慣相思乍別離，朱淑真。③ 且維輕舸去遲遲。[56]李後主。④
江花日暮吹紅雪，吳正傳。⑤ 此恨綿綿無絕期。白樂天。⑥

七十六

白欲重玄髮最難，艾性夫。⑦ 百年光景雜悲歡。陸放翁。⑧
重陽獨酌杯中酒，杜子美。⑨ 撥悶惟憑酒力寬。朱淑真。⑩

七十七

月來庭院伴梨花，杜子美。⑪ 又見秦城換物華。張蠙。⑫
黃犬既難通遠信，楊飛卿。⑬ 吟詩空恨夕陽斜。宋無逸。⑭

七十八

烟花零落過清明，崔魯。⑮ 草怨王孫取次生。呂夷簡。⑯

---

① 本詩句參見《朱淑真集注》前集卷一《春景·訴春》。
② 本詩句參見《杜詩詳注》卷一〇《進艇》。
③ 本句出處不詳。
④ 本詩句參見《唐詩鼓吹》卷一〇《送鄧王二十弟從益牧宣城》。
⑤ 本詩句參見《元風雅》卷一八《和黃晉卿客杭見寄》之二。
⑥ 本詩句參見《白居易詩集校注》卷一二《長恨歌》。
⑦ 本句出處不詳。
⑧ 本詩句參見《劍南詩稿》卷七《夜宴》。
⑨ 本詩句參見《讀杜心解》卷四之二《七律·起代宗大曆元年訖五年·九日五首》之一。
⑩ 本詩句參見《朱淑真集注·後集》卷四《冬景·圍爐》。
⑪ 本詩句參見《杜詩詳注》卷二〇《九日五首》之一。
⑫ 本詩句參見《才調集》卷九《長安春望》。張蠙（約901年前後在世），字象文，清河（今河北邢臺）人，唐代著名詩人、才子。
⑬ 本詩句參見《元風雅》卷二六《至日》。
⑭ 本詩句參見《庸庵集》卷一〇《王山農畫梅》。
⑮ 本詩句參見《唐詩鼓吹》卷五《春晚岳陽城言懷二首》之一。
⑯ 本詩句參見《詩人玉屑》卷四《女夷鼓歌·春景》。呂夷簡（979—1044），字坦夫，壽州（今安徽鳳臺）人，北宋政治家。

高挂珠簾凝望處,[57]朱淑真。① 遠山如畫翠眉橫。韋莊。②

七十九

芙蓉深苑鬥鞦韆,沈存中。③ 畫出清明三月天。[58]韋莊。④
風絮入簾晴晝永,菊磵。⑤ 子規啼破隔江烟。蔣夢炎。⑥

八十

温雲如夢雨如塵,崔魯。⑦ 只見鶯啼不見人。邵雍。⑧
晝日倚總情脉脉,[59]朱淑真。⑨ 一庭芳草自生春。虞伯生。⑩

八十一

春日偏能惹恨長,賈至。⑪ 倚床自炷水沉香。虞伯生。⑫
一痕心事難消遣,[60]朱淑真。⑬ 幾樹黃鸝欲斷腸。彭元亮。⑭

八十二

香生玉帳曉醒遲,黃南功。⑮ 花落南園聽子規。[61]虞伯生。⑯

---

① 本詩句參見《朱淑真集注》前集卷三《春景·元夜三首》之二。
② 本詩句參見《浣花集》卷一〇《汧陽間》。
③ 本詩句參見《分門纂類唐宋時賢千家詩選》卷一八《寒食》。
④ 本詩句參見《浣花集》卷九《丙辰年鄜州遇寒食,城外醉吟》。
⑤ 本詩句參見《菊磵集·春日雜興二首》之二。
⑥ 本詩句參見《分門纂類唐宋時賢千家詩選》卷三《寒食》。蔣夢炎,生卒年不詳,全州(今廣西桂林)人,宋代詩人。
⑦ 本詩句參見《萬首唐人絶句》卷七二《華清宫》。
⑧ 本詩句參見《邵雍集》卷一一《可惜吟》。
⑨ 本詩句參見《朱淑真集注》前集卷一《春景·春日即事》。
⑩ 本詩句參見《虞集全集·虛齋》。
⑪ 本詩句參見《詩林廣記》後集卷五《題小景扇》。
⑫ 本詩句參見《虞集全集·偶成》之三。
⑬ 本詩句參見《朱淑真集注》前集卷四《夏景·日永》。
⑭ 本詩句參見《元風雅》卷二四《小橋》。
⑮ 本句出處不詳。黃南功,生卒年不詳。
⑯ 本詩句參見《虞集全集·聞子規》。

只恐離人腸不斷，[62]邵雍。① 愁中畫角不勝吹。趙子昂。②

八十三

狼藉深江點緑苔，歐陽修。③ 爲誰零落爲誰開。凝伯復。④
期人未至情如海，冷齋。⑤ 肯信愁腸日九回。崔魯。⑥

八十四

春風送客使人悲，高達夫。⑦ 有甚心情更賦詩。朱淑真。⑧
離別不堪無限意，杜子美。⑨ 江流脉脉草離離。陳益稷。⑩

八十五

花霧陰陰入畫堂，泰不華。⑪ 宿醒未醒倦梳妝。朱淑真。⑫
要知別後思君處，杜仲梁。⑬ 庭草春深綬帶長。劉禹錫。⑭

---

① 本詩句參見《邵雍集》卷六《垂柳短吟》。
② 本詩句參見《松雪齋集》卷四《和姚子敬秋懷五首》之二。
③ 本詩句參見《歐陽修全集》卷一三《金鳳花》。
④ 本詩句參見《竹莊詩話》卷二〇《惜花》。凝伯復，生卒年不詳。一説作者爲嚴惲，嚴惲（？—870），字子重，吳興（今浙江湖州）人，唐朝詩人。
⑤ 本詩句參見《冷齋夜話》卷五《上元詩》。惠洪（1071—1128），一名德洪，字覺範，自號寂音尊者。俗姓喻（一作姓彭），江西宜豐縣（今江西宜春）人，北宋著名詩僧，有《冷齋夜話》傳世。
⑥ 本詩句參見《唐詩鼓吹》卷五《春日長安即事》。
⑦ 本詩句參見《高適詩集編年箋注·編年詩·東平別前衛縣李寀少府》。
⑧ 本詩句參見《朱淑真集注》前集卷四《夏景·梅蒸滋甚因懷湖上二首》之二。
⑨ 本詩句參見《杜詩詳注》卷一二《送王十五判官扶侍還黔中》。
⑩ 本詩句參見《元風雅》卷二八《送元復初》。陳益稷（1254—1329），越南陳朝宗室，陳朝開國皇帝陳太宗第五子，封昭國王。
⑪ 本詩句參見《石倉歷代詩選》卷二六五《絶句二首》之一。泰不華，原作"秦不花"，據《石倉歷代詩選》卷二六五《絶句二首》之一、《全元詩·泰不華·絶句二首》之一改。泰不華（1304—1353），字兼善。西域（或蒙古）伯牙吾台氏。祖籍在西域白野山，故自署籍貫白野。原名達普化，元文宗御賜泰不華之名。入中原家族定居台州（浙江臨海），生平見《元史》卷一三四本傳，顧嗣立《元詩選》初集有泰不華《顧北集》，存詩二十四首。
⑫ 本詩句參見《朱淑真集注》前集卷八《吟賞·西樓寄情》。
⑬ 本詩句參見《元風雅》卷一九《延津待渡寄仲温參議》。杜仁傑（約1201—1282），原名之元，字仲梁，號善夫（"夫"也作"甫"），又號止軒，濟南長清（今山東濟南）人，元代散曲家。
⑭ 本詩句參見《劉禹錫全集編年校注》卷五《送周使君罷渝州歸郢中別墅》。

八十六

午醉醒來獨倚樓，寇萊公。① 雙鬟慵整玉搔頭。袁不約。②
春風一把相思骨，碧澗。③ 和雨和風作許愁。菊磵。④

八十七

閉門聽雨不勝情，管訥。⑤ 寂寂高堂聞燕臺。程顥。⑥
醉夢春風吹不醒，宋無逸。⑦ 夜來還到洛陽城。戎昱。⑧

八十八

生死情深可奈何，真桂芳。⑨ 江城相送阻烟波。皇甫冉。⑩
西流白日東流水，蘇東坡。⑪ 未似幽懷別恨多。朱淑真。⑫

八十九

落花飛絮正紛紛，鄭谷。⑬ 欲寄音書那得聞。[63]李太白。⑭
獨有倚樓無限意，李林。⑮ 烟郊四望夕陽曛。陳上美。⑯

---

① 本句出處不詳。
② 本詩句參見《唐詩鼓吹》卷九《病宮人》。
③ 本詩句參見《隱居通議》卷九《利碧澗詩詞》。
④ 本詩句參見《菊磵集·秋日三首》之三。
⑤ 本詩句參見《文翰類選大成》卷六七《次句答朱孟辯見寄》。管訥（1338—1421），字時敏，號竹澗，松江府華亭（今上海松江）人，明代官吏，著有《蚓竅集》。
⑥ 本詩句參見《分門纂類唐宋時賢千家詩選》卷二《春》。
⑦ 本詩句參見《庸庵集》卷八《題唐玄宗擊毬醉歸圖》。
⑧ 本詩句參見《唐詩品彙·七言絕句》卷五《旅次寄湖南張郎中》。戎昱（約740—約800），荊州（今湖北江陵）人，唐代詩人，所作《苦哉行》《桂州臘友》較爲有名。
⑨ 本詩句參見《小鳴稿》卷七《擬劉文綱少參悼亡》。真山民（約1274年前後在世），真名不詳，或云本名桂芳，或爲真德秀之從孫，括蒼（今浙江麗水）人，宋末進士，有《真山民集》傳世。
⑩ 本詩句參見《唐詩鼓吹箋注·唐詩鼓吹》卷三《送孔巢父赴河南軍》。
⑪ 本詩句參見《蘇軾詩集》卷三八《寓居合江樓》。
⑫ 本詩句參見《朱淑真集注》後集卷八《雜咏·舟行即事七首》之四。
⑬ 本詩句參見《鄭守愚文集》卷二《結綬鄠郊縻攝府署偶有自咏》。
⑭ 本詩句參見《李太白全集》卷二五《思邊》。
⑮ 本詩句參見《元音》卷三《和春詩》。李林，生卒年不詳。
⑯ 本詩句參見《才調集》卷九《咸陽懷古》。陳上美（約847年前後在世），字號、籍貫不詳，唐代詩人，《全唐詩》存詩一首。

九十

缺月流光入綺疏，甘允從。① 酒醒孤枕雁來初。杜牧之。②
龍山萬里無多遠，李商隱。③ 兩見秋風不寄書。楊紫陽。④

九十一

寒花影照綠窗燈，宋無逸。⑤ 此際哀吟幾不勝。唐彥謙。⑥
莫對琵琶思往事，王繼學。⑦ 只將寂寞付篔簹。張仲舉。⑧

九十二

感時傷別思悠悠，[64]許渾。⑨ 芳草何年恨始休。杜牧之。⑩
獨坐黃昏誰是伴，白樂天。⑪ 愁聽畫角起譙樓。[65]嚴華谷。⑫

九十三

綠窗睡覺日三竿，虞伯生。⑬ 漸覺東風料峭寒。蘇東坡。⑭

---

① 本詩句參見《石倉歷代詩選》卷二七九《古長信秋詞二首》之一。
② 本詩句參見《杜牧集繫年校注·樊川外集》卷三《齊安郡晚秋》。
③ 本詩句參見《李商隱詩歌集解·編年詩·對雪二首》之一。
④ 本詩句參見《元風雅》卷一一《憶君美》。
⑤ 本詩句參見《庸庵集》卷一〇《八月廿五為人題畫梅》。
⑥ 本詩句參見《又玄集》卷下《蒲津河亭》。唐彥謙(？—893)，字茂業，號鹿門先生，并州晉陽(今山西太原)人，晚唐詩人，有《鹿門集》傳世。
⑦ 本詩句參見《元風雅》卷一二《李宮人琵琶引》。
⑧ 本詩句參見《蛻庵集》卷五《元夜獨坐》。
⑨ 本詩句參見《丁卯詩集》卷上《送元晝上人歸蘇州兼寄張厚二首》之一。
⑩ 本詩句參見《杜牧集繫年校注·樊川外集》卷三《登池州九峰樓寄張祜》。
⑪ 本詩句參見《白居易詩集校注》卷一九《紫薇花》。
⑫ 本詩句參見《江湖小集》卷一一《二水聞角》。嚴粲，生卒年不詳，字坦叔，又字明卿，號華谷、邵武(今福建南平)人，南宋詩人，傳世有《華谷集》《詩緝》等。
⑬ 本詩句參見《虞集全集·偶成》之三。
⑭ 本詩句參見《蘇軾詩集》卷四七《送范德孺》。

小立樓頭檢春事，危稹。① 閑愁先占許多般。朱淑真。②

九十四

暮春多雨晝冥冥，虞伯生。③ 芳草和烟暖更青。羅鄴。④
爲報故人憔悴盡，王摩詰。⑤ 鏡中何止髮星星。陸放翁。⑥

九十五

江水悠悠只自流，鮮于樞。⑦ 不知供得幾多愁。李商隱。⑧
淮雲楚樹情如此，[66]揭曼碩。⑨ 南望令人欲白頭。[67]趙子昂。⑩

九十六

緑楊花撲一溪烟，張泌。⑪ 日薄雲濃三月天。洪朋。⑫
恨紫愁紅滿平野，溫飛卿。⑬ 不知春色爲誰妍。朱淑真。⑭

---

① 本詩句參見《江湖小集》卷六〇《春日即事》。危稹(1158—1234)，原名科，字逢吉，自號巽齋，又號驪塘，撫州臨川(今江西撫州)人，南宋文學家，詩人，有《巽齋小集》傳世。
② 本詩句參見《朱淑真集注》前集卷三《春景·雨中寫懷》。
③ 本詩句參見《虞集全集·羅若川畫松》。
④ 本詩句參見《萬首唐人絶句》卷五一《賞春》。
⑤ 本詩句參見《王維集校注》卷一《齊州送祖三》。
⑥ 本詩句參見《劍南詩稿》卷五三《飽食》。
⑦ 本詩句參見《元風雅》卷四《錢唐懷古》。鮮于樞(1246—1302)，字伯機，晚年營室名"困學之齋"，自號困學山民，又號寄直老人。祖籍金代德興府(今河北張家口)，生於汴梁(今河南開封)，元代著名書法家，《新元史》有傳。
⑧ 本詩句參見《李商隱詩歌集解·編年詩·代贈二首》之二。
⑨ 本詩句參見《文安集》卷一《張君壽先生鵠山隱居》。
⑩ 本詩句參見《松雪齋集》卷四《送李元讓赴行臺治書侍御史》。
⑪ 本詩句參見《才調集》卷四《洞庭阻風》。
⑫ 本詩句參見《洪龜父集》卷下《上巳日南池作》。洪朋(1060—1104)，字龜父，號清非居士，江西南昌(今江西南昌)人，江西詩派詩人，《宋史翼》有傳，清代據《永樂大典》輯爲《洪龜父集》二卷。
⑬ 本詩句參見《溫庭筠全集校注》卷二《詩·懊惱曲》。
⑭ 本詩句參見《朱淑真集注》前集卷八《吟賞·東馬塍》。

九十七

片片飛花欲送春,趙子昂。① 一年生意屬流塵。李商隱。②
子規夜半猶啼血,王逢原。③ 偏惱幽窗獨睡人。[68]朱淑真。④

九十八

倚樓無語欲魂消,寇萊公。⑤ 看見鵝黃上柳條。姜白石。⑥
縱有芳樽心不醉,[69]許渾。⑦ 祇將離恨寄寒潮。[70]張仲舉。⑧

九十九

小樓昨夜又東風,李後主。⑨ 回首悲歡一夢中。蘇召叟。⑩
吹徹玉簫人未寢,王仁父。⑪ 半輪殘月斗相東。[71]陸放翁。⑫

一百

花擁弦歌咽畫樓,張蠙。⑬ 鷓鴣清怨碧雲愁。許渾。⑭

――――――

① 本詩句參見《松雪齋集》卷四《見章得一詩因次其韵》。
② 本詩句參見《李商隱詩歌集解·編年詩·回中牡丹爲雨所敗二首》之一。
③ 本詩句參見《王令集》卷一〇《春怨二首》之一。作者名原闕,據《王令集》卷一〇《春怨二首》之一及《集句閨情百咏》書例補。王令(1032—1059),初字鍾美,後改字逢原,原籍元城(今河北大名),後居廣陵(今江蘇揚州),北宋詩人,有《廣陵集》傳世。
④ 本詩句參見《朱淑真集注》前集卷七《冬景·冬日梅窗書事四首》之二。
⑤ 本詩句參見《類編草堂詩餘·草堂詩餘》卷一《春閨》。
⑥ 本詩句參見《白石詩集·白石道人詩集》卷下《除夜自石湖歸苕溪》。
⑦ 本詩句參見《丁卯詩集》卷上《陵陽春日寄汝洛舊游》。
⑧ 本詩句參見《蛻庵集》卷四《分韵瓜步送司執中之江西憲府照磨》。
⑨ 本詩句參見《南唐二主詞箋注·虞美人》。
⑩ 本詩句參見《泠然齋集》卷八《無題》。蘇召叟,原作"鮮召叟",據《泠然齋集》卷八《無題》改。蘇洞(約1200年前後在世),字召叟,一作趙叟,山陰(今浙江紹興)人,宋代詩人,清四庫館臣據《永樂大典》輯爲《泠然齋詩集》八卷。
⑪ 本詩句參見《元風雅》卷一三《絕句二首》之一。王戀德,生卒年不詳,字仁父,一作仁甫,山東高唐縣(今山東聊城)人,元代詩人,詩見《元風雅》等。
⑫ 本詩句參見《劍南詩稿》卷三九《泛舟澤中夜歸》。
⑬ 本詩句參見《才調集》卷三《公子家》。
⑭ 本詩句參見《丁卯詩集》卷上《聽吹鷓鴣》。

離情有似東流水，周馳。① 往事悠悠與酒謀。王李鳴。②

【校勘記】

［1］早聞鶯：《雁門集》卷一〇《織女圖》作"聞早鶯"。
［2］却有晴：《劉禹錫集》卷五《竹枝詞二首》之一作"還有情"。
［3］年：《朱淑真集注·前集》卷四《夏景·端午》作"家"。
［4］半窗：《朱淑真集注·前集》卷三《花柳·瑞香》作"午窗"。
［5］衣：《宋之問集校注》卷一《詩·明河篇》作"夜"。
［6］思：《周必大全集》卷一《道中憶胡季懷》作"憶"。
［7］園：《眉庵集·補遺·半身美人圖》作"院"。
［8］求：原作"來"，據《元好問全集》卷四四《鷓鴣天·一八》改。
［9］西去：《岑嘉州詩箋注》卷七《玉關寄長安李主簿》作"東去"。
［10］腸堪斷：《岑嘉州詩箋注》卷七《玉關寄長安李主簿》作"堪腸斷"。
［11］去：《翠微南征録·宿溪上》作"却"。
［12］荷：《元好問全集》卷四四《新樂府三·鷓鴣天·一七》作"壺"。
［13］一：《才調集》卷四《春日旅泊桂州》作"亦"。
［14］欲：《元文類》卷八《題道院》作"又"。
［15］最：《唐詩紀事校箋》卷六七《鄭合敬》作"好"。
［16］塞：《周必大全集》卷一《行舟憶永和兄弟》作"寒"。
［17］微：《清真集校注》卷下《浣溪沙》之二作"微"。
［18］自：《丁卯詩集》卷上《同韋少尹傷故衛尉李少卿》作"向"。
［19］到：《江湖後集》卷二〇《緋桃》作"近"。
［20］泪春風：《李群玉詩集·補遺·題二妃廟》作"滴松風"。
［21］燭：《李商隱詩歌集解·未編年詩·無題·相見時難別亦難》作"炬"。
［22］粉雉：《曹唐詩注·長安客舍叙邵陵舊寄永州蕭使君五首》之三作"粉堞"。
［23］斷：《花庵詞選》卷一《玉樓春》、《類編草堂詩餘》卷一《春睡》均作"殘"。
［24］望：《陸龜蒙全集校注》卷一二《有别二首》之一作"上"。
［25］思：《唐詩品彙》七言律詩卷八《發剡中》作"路"。
［26］芳洲：《虞集全集》卷二《送李通甫赴湖廣行省都事》作"滄州"。
［27］雁來初：《文翰類選大成》卷九六《古長信秋詞二首》之一作"夢回初"。

---

① 本詩句參見《元風雅》卷三《雜興》。
② 本詩句參見《元風雅》卷三〇《無題》。王李鳴，生卒年不詳。

[28] 看：《分門纂類唐宋時賢千家詩選》卷一〇《桂花》作"見"。
[29] 勻：此字原闕，據《蘇軾詩集》卷九《席上代人贈別三首》之一補。
[30] 古烟高木：《羅隱集·魏城逢故人》作"淡烟喬木"。
[31] 鵝：《唐詩鼓吹》卷二《貧女吟》作"蛾"。
[32] 裙：《張籍集繫年校注》卷六《吳楚歌詞》作"襦"。
[33] 何杳杳：《楊仲弘集》卷六《送范德機》作"何杳杳"。
[34] 樓：《雁門集》卷一〇《織女圖》作"縷"。
[35] 未：《朱淑真集注》前集卷一〇《雜題·浴罷》作"不"。
[36] 醉眠：《虞集全集·聞子規》作"春眠"。
[37] 無限傷春意：《朱淑真集注》前集卷一《春景·春日即事》作"無事奈春何"。
[38] 塞鴻來見：《元風雅》卷二六《雁》作"征鴻又見"。
[39] 孤：《朱淑真集注》前集卷三《春景·夜雨二首》之一作"抱"。
[40] 病：《毘陵集校注》卷三《同皇甫侍御齋中春望見示之作》作"鬢"。
[41] 哀：原作"衰"，據《元風雅》卷二三《寄薩天錫》之二、《草堂雅集》卷後一《寄薩天錫二首》之二改。
[42] 損：《才調集》卷四《春日旅泊桂州》作"負"。
[43] 看：《文安集》卷一《張君壽先生鵠山隱居》作"送"。
[44] 事：《唐詩鼓吹》卷一〇《九月十日偶書》作"緒"。
[45] 寸心：《楊仲弘集》卷六《送范德機》作"客心"。
[46] 凭：《唐詩鼓吹》卷五《春晚岳陽城言懷二首》之一作"倚"。
[47] 怨離琴：《李群玉詩集》卷中《奉和張舍人送秦煉師歸岑公山》作"思離襟"。
[48] 一點：《楊萬里集箋校》卷四〇《寒燈》作"半點"。
[49] 瀟瀟：《庸庵集》卷九《題李石樓清明墨竹二首》之一作"蕭蕭"。
[50] 寞：《霽山文集》卷一《春暮》作"歷"。
[51] 屏：《韓偓集繫年校注》卷四《宮詞》作"裙"。
[52] 輕：《劍南詩稿》卷二《雨中泊趙屯有感》作"新"。
[53] 北：《宋之問集校注》卷一《詩·明河篇》作"陌"。
[54] 空：《才調集》卷四《春夕言懷》作"謾"。
[55] 闌：《劉克莊集箋校》卷二《除夕》作"殘"。
[56] 去：《唐詩鼓吹》卷一〇《送鄧王二十弟從益牧宣城》作"更"。
[57] 珠：《朱淑真集注》前集卷三《春景·元夜三首》之二作"危"。
[58] 三：《浣花集》卷九《丙辰年鄜州遇寒食，城外醉吟》作"二"。
[59] 書：《朱淑真集注》前集卷一《春景·春日即事》作"盡"。
[60] 遣：《朱淑真集注》前集卷四《夏景·日永》作"遣"。
[61] 南：《虞集全集·聞子規》作"故"。

[62] 只恐離人腸不斷：《邵雍集》卷六《垂柳短吟》作"猶恐離人腸未斷"。

[63] 得：《李太白全集》卷二五《思邊》作"可"。

[64] 傷：《丁卯詩集》卷上《送元晝上人歸蘇州兼寄張厚二首》之一作"相"。

[65] 愁：《江湖小集》卷一一《二水聞角》作"聞"。

[66] 情：《文安集》卷一《張君壽先生鵠山隱居》作"晴"。

[67] 欲：《松雪齋集》卷四《送李元讓赴行臺治書侍御史》作"生"。

[68] 窗：《朱淑真集注》前集卷七《冬景・冬日梅窗書事四首》之二作"閒"。

[69] 有：《丁卯詩集》卷上《陵陽春日寄汝洛舊游》作"酌"。

[70] 寒：《蛻庵集》卷四《分韻瓜步送司執中之江西憲府照磨》作"杓"。

[71] 相：《劍南詩稿》卷三九《泛舟澤中夜歸》作"回"。

跋

　　閨情集句詩二百首，往歲獲諸友古堆中，蓋明末作家之所爲。而雖未審，其人高妙之手段，不可企及也。吟誦自愛，珍藏有年矣。頃者書肆額田某固請上梓，草廬龍先生序之，予亦爲是附一言於卷尾云。

　　安永庚子正月丁亥，三峰荷田信鄉識。

參考文獻

（按音序編排）

B

《白居易詩集校注》：（唐）白居易撰，謝思煒校注，中華書局2006年版。
《白石詩集》：（宋）姜夔撰，清文淵閣《四庫全書》補配文津閣《四庫全書》本。
《白玉蟾真人全集》：（宋）白玉蟾撰，陸文榮統籌，六六道人編纂，海南出版社2015年版。

C

《才調集》：（五代）韋縠編，傅璿琮、陳尚君等增訂，中華書局2014年版。
《曹唐詩注》：（唐）曹唐撰，上海古籍出版社1996年版。
《岑嘉州詩箋注》：（唐）岑參撰，廖立箋注，中華書局2004年版。
《常建詩集校注》：（唐）常建撰，王錫九校注，中華書局2017年版。
《崔顥詩注　崔國輔詩注》：（唐）崔顥、崔國輔撰，萬竞君注，上海古籍出版社1982年版。
《重輯李清照集》：（宋）李清照撰，黃墨谷輯校，中華書局2009年版。
《陳剛中詩集》：（元）陳孚撰，影印文淵閣《四庫全書》本，臺灣商務印書館1986年版。
《翠微南征錄》：（宋）華岳撰，影印文淵閣《四庫全書》本，臺灣商務印書館1986年版。
《藏春集》：（元）劉秉忠撰，影印文淵閣《四庫全書》本，臺灣商務印書館1986年版。

《蔡襄全集》：（宋）蔡襄撰，陳慶元等校注，福建人民出版社 1999 年版。

D

《戴復古集》：（宋）戴復古撰，吳茂雲、鄭偉榮校點，浙江大學出版社 2012 年版。

《讀杜心解》：（清）浦起龍撰，中華書局 1961 年版。

《杜牧集繫年校注》：（唐）杜牧撰，吳在慶校注，中華書局 2008 年版。

《杜詩詳注》：（唐）杜甫著、（清）仇兆鰲注，中華書局 1979 年版。

《丁卯集箋證》：（唐）許渾撰，羅時進箋證，中華書局 2012 年版。

《釣磯文集》：（唐）徐寅撰，清錢曾述古堂鈔本。

《疊山集》：（宋）謝枋得撰，影印文淵閣《四庫全書》本，臺灣商務印書館 1986 年版。

《丁卯詩集》：（唐）許渾撰，影印文淵閣《四庫全書》本，臺灣商務印書館 1986 年版。

《戴叔倫詩集校注》：（唐）戴叔倫撰，蔣寅校注，上海古籍出版社 2010 年版。

E

《二程集》：（宋）程顥、程頤撰，王孝魚點校，中華書局 2004 年版。

F

《范德機詩》：（元）范梈撰，影印文淵閣《四庫全書》本，臺灣商務印書館 1986 年版。

《分門纂類唐宋時賢千家詩選》：（宋）劉克莊撰，清康熙棟亭藏書十二種本。

G

《高適詩集編年箋注》：（唐）高適撰，劉開揚箋注，中華書局 1981 年版。

《古今事文類聚》：(宋)祝穆撰,上海古籍出版社 1992 年版。

《光岳英華》：(明)許中麗編,清鈔本。

H

《韓昌黎詩集編年箋注》：(唐)韓愈撰,(清)方世舉編年箋注,郝潤華、丁俊麗整理,中華書局 2012 年版。

《韓偓集繫年校注》：(唐)韓偓撰,吳在慶校注,中華書局 2015 年版。

《淮海居士長短句》：(宋)秦觀撰,龍榆生點校,中華書局 1957 年版。

《黃庭堅詩集注》：(宋)黃庭堅撰,(宋)任淵、史容、史季温注,劉尚榮點校,中華書局 2003 年版。

《黃溍集》：(元)黃溍撰,王頲點校,浙江古籍出版社 2013 年版。

《浣花集》：(唐)韋莊撰,影印文淵閣《四庫全書》本,臺灣商務印書館 1986 年版。

《黃文獻集》：(元)黃溍撰,清文淵閣《四庫全書》補配文津閣《四庫全書》本。

《晦庵集》：(宋)朱熹撰,清文淵閣《四庫全書》補配文津閣《四庫全書》本。

《鶴山集》：(宋)魏了翁撰,影印文淵閣《四庫全書》本,臺灣商務印書館 1986 年版。

《洪龜父集》：(宋)洪朋撰,影印文淵閣《四庫全書》本,臺灣商務印書館 1986 年版。

《後山詩集》：(宋)陳師道撰,清雍正三年陳唐活字印本。

《花庵詞選》：(宋)黃升撰,清文淵閣《四庫全書》補配文津閣《四庫全書》本。

《畫墁集》：(宋)張舜民撰,影印文淵閣《四庫全書》本,臺灣商務印書館 1986 年版。

《皇甫冉詩集》：(唐)皇甫冉撰,上海涵芬樓影印明刻本。

《韓君平集》：(唐)韓翃撰,明刻本。

J

《霽山集》：(宋)林景熙撰,中華書局 1960 年版。

《霽山文集》：（宋）林景熙撰，清文淵閣《四庫全書》補配文津閣《四庫全書》本。

《劍南詩稿》：（宋）陸游撰，清文淵閣《四庫全書》補配文津閣《四庫全書》本。

《江湖小集》：（宋）陳起編，清文淵閣《四庫全書》補配文津閣《四庫全書》本。

《錦綉萬花谷》：（宋）佚名撰，影印文淵閣《四庫全書》本，臺灣商務印書館1986年版。

《居竹軒集》：（元）成廷珪撰，影印文淵閣《四庫全書》本，臺灣商務印書館1986年版。

《菊磵集》：（宋）高翥撰，影印文淵閣《四庫全書》本，臺灣商務印書館1986年版。

《金華詩粹》：（明）阮元聲撰，明崇禎刻本。

《記纂淵海》：（宋）潘自牧撰，影印文淵閣《四庫全書》本，臺灣商務印書館1986年版。

《静軒集》：（元）閻復撰，（清）繆荃孫輯，《藕香拾零》本。

《節孝集》：（元）徐積撰，影印文淵閣《四庫全書》本，臺灣商務印書館1986年版。

L

《冷齋夜話·梁溪漫志》：（宋）惠洪、費袞撰，李保民，金園校點，上海古籍出版社2012年版。

《李白全集編年箋注》：（唐）李白撰，安旗、薛天緯、閻琦、房日晰箋注，中華書局2015年版。

《李頻詩集編年箋注》：方韋編撰，中國文史出版社2014年版。

《李頎詩歌校注》：（唐）李頎撰，王錫九校注，中華書局2018年版。

《李群玉詩集》：羊春秋集注，岳麓書社1987年版。

《李商隱詩歌集解》：（唐）李商隱撰，劉學楷、余恕誠著，中華書局2004年版。

《李太白全集》：（唐）李白撰，（清）王琦注，中華書局 1977 年版。

《李益詩集》：（唐）李益撰，郝潤華整理，中華書局 2014 年版。

《李長吉歌詩編年箋注》：（唐）李賀撰，吳企明箋注，中華書局 2012 年版。

《劉克莊集箋校》：（宋）劉克莊撰，辛更儒箋校，中華書局 2011 年版。

《劉因集》：（元）劉因撰，商聚德點校，人民出版社 2017 年版。

《劉禹錫全集編年校注》：（唐）劉禹錫撰，陶敏、陶紅雨校注，中華書局 2019 年版。

《劉長卿詩編年箋注》：（唐）劉長卿撰，儲仲君箋注，中華書局 1996 年版。

《柳宗元集》：（唐）柳宗元撰，中華書局 1979 年版。

《柳宗元集校注》：（唐）柳宗元撰，尹占華、韓文奇校注，中華書局 2013 年版。

《龍洲集》：（宋）劉過撰，上海古籍出版社 1978 年版。

《羅隱集》：（唐）羅隱撰，雍文華校輯，中華書局 1983 年版。

《羅鄴詩注》：（唐）羅鄴撰，何慶善、楊應芹注，上海古籍出版社 1990 年版。

《盧綸詩集校注》：（唐）盧綸撰，劉初棠校注，上海古籍出版社 1989 年版。

《兩宋名賢小集》：（宋）陳思編，清文淵閣《四庫全書》補配文津閣《四庫全書》本。

《臨川文集》：（宋）王安石撰，影印文淵閣《四庫全書》本，臺灣商務印書館 1986 年版。

《泠然齋集》：（宋）蘇洞撰，影印文淵閣《四庫全書》本，臺灣商務印書館 1986 年版。

《陵川集》：（元）郝經撰，清文淵閣《四庫全書》補配文津閣《四庫全書》本。

《樂靜集》：（宋）李昭玘撰，影印文淵閣《四庫全書》本，臺灣商務印書館 1986 年版。

《類編草堂詩餘》：（宋）武陵逸史輯，影印文淵閣《四庫全書》本，臺灣商務印書館 1986 年版。

M

《眉庵集》：（明）楊基撰，楊世明、楊雋校點，巴蜀書社 2005 年版。

《梅屋集》：（宋）許棐撰，影印文淵閣《四庫全書》本，臺灣商務印書館 1986 年版。

N

《南唐二主詞箋注》：（南唐）李璟、李煜撰，王仲聞校訂，陳書良、劉娟箋注，中華書局 2013 年版。

O

《歐陽修全集》：（宋）歐陽修撰，李逸安點校，中華書局 2001 年版。

P

《毘陵集校注》：（唐）獨孤及撰，劉鵬、李桃校注，蔣寅審定，遼海出版社 2006 年版。

Q

《清真集校注》：（宋）周邦彥撰，孫虹校注，薛瑞生訂補，中華書局 2007 年版。
《秋崖詩詞校注》：（宋）方岳撰，秦效成校注，黃山書社 1998 年版。
《權德輿詩文集編年校注》：（唐）權德輿撰，蔣寅箋，唐元校，張靜注，遼海出版社 2013 年版。
《全元詩》：楊鐮主編，中華書局 2013 年版。
《全芳備祖集》：（宋）陳景沂撰，影印文淵閣《四庫全書》本，臺灣商務印書館 1986 年版。
《清江碧嶂集》：（元）杜本撰，清鈔汲古閣本。
《秦韜玉詩注　李遠詩注》：（唐）秦韜玉、（唐）李遠撰，李之亮校注，上海古籍出版社 1989 年版。
《清容居士集》：（元）袁桷撰，王頲點校，浙江古籍出版社 2015 年版。

S

《邵雍集》：（宋）邵雍撰，郭彧整理，中華書局 2010 年版。

《詩林廣記》：（宋）蔡正孫撰，常振國、降雲點校，中華書局 1982 年版。

《詩人玉屑》：（宋）魏慶之撰，王仲聞點校，中華書局 2007 年版。

《司馬溫公集編年箋注》：（宋）司馬光撰，李之亮箋注，巴蜀書社 2009 年版。

《松陵集校注》：（唐）皮日休、陸龜蒙等撰，王錫九校注，中華書局 2018 年版。

《松雪齋集》：（元）趙孟頫撰，中國書店 1991 年版。

《宋之問集校注》：（唐）宋之問撰，陶敏、易淑瓊校注，中華書局 2001 年版。

《蘇詩補注》：（清）查慎行撰，范道濟點校，中華書局 2017 年版。

《蘇軾詞編年校注》：（宋）蘇軾撰，鄒同慶、王宗堂校注，中華書局 2007 年版。

《蘇軾詩集》：（宋）蘇軾撰，（清）王文誥輯注，孔凡禮點校，中華書局 1982 年版。

《蘇軾文集》：（宋）蘇軾撰，（明）茅維編，孔凡禮點校，中華書局 1986 年版。

《剩語》：（元）艾性夫撰，影印文淵閣《四庫全書》本，臺灣商務印書館 1986 年版。

《石倉歷代詩選》：（明）曹學佺編，清文淵閣《四庫全書》補配文津閣《四庫全書》本。

《石田先生文集》：（元）馬祖常撰，李叔毅點校，中州古籍出版社 1991 年版。

《沈括全集》：（宋）沈括撰，楊渭生編，浙江大學出版社 2011 年版。

T

《陸龜蒙全集校注》：（唐）陸龜蒙撰，何錫光校注，鳳凰出版社 2015 年版。

《唐詩紀事校箋》：（宋）計有功撰，王仲鏞校箋，中華書局 2007 年版。

《唐詩品彙》：（明）高棅編纂，汪宗尼校訂，葛景春、胡永傑點校，中華書局 2015 年版。

《唐人萬首絕句詩》：（宋）洪邁編，清文淵閣《四庫全書》補配文津閣《四庫全書》本。

《唐詩鼓吹》：（元）郝天挺撰，影印文淵閣《四庫全書》本，臺灣商務印書館 1986 年版。

《唐詩紀事》：（宋）計有功撰，清文淵閣《四庫全書》補配文津閣《四庫全書》本。

《唐詩韵彙》：（明）施端教編，清康熙嘯閣刻本。

《唐音》：（元）楊士宏編，清文淵閣《四庫全書》補配文津閣《四庫全書》本。

《唐英歌詩》：（唐）吳融撰，影印文淵閣《四庫全書》本，臺灣商務印書館 1986 年版。

《蛻庵集》：（元）張翥撰，影印文淵閣《四庫全書》本，臺灣商務印書館 1986 年版。

W

《王令集》：（宋）王令撰，沈文倬校點，上海古籍出版社 2011 年版。

《王維集校注》：（唐）王維撰，陳鐵民校注，中華書局 1997 年版。

《溫庭筠全集校注》：（唐）溫庭筠撰，劉學鍇校注，中華書局 2007 年版。

《文天祥詩集校箋》：（宋）文天祥撰，劉文源校箋，中華書局 2017 年版。

《文苑英華》：（宋）李昉等編，中華書局 1966 年版。

《王昌齡詩注》：（唐）王昌齡撰，李雲逸注，上海古籍出版 1984 年版。

《吳師道集》：（元）吳師道撰，邱居里、邢新欣點校，浙江古籍出版社 2012 年版。

《文安集》：（元）揭傒斯撰，影印文淵閣《四庫全書》本，臺灣商務印書館 1986 年版。

《文恭集》：（宋）胡宿撰，影印文淵閣《四庫全書》本，臺灣商務印書館 1986 年版。

《文翰類選大成》：（明）李伯璵、馮原編，明成化刻弘治嘉靖遞修本。
《王安石全集》：（宋）王安石撰，復旦大學出版社 2016 年版。

X

《徐鉉集校注》：（南唐）徐鉉撰，李振中校注，中華書局 2016 年版。
《許衡集》：（元）許衡撰，許紅霞點校，中華書局 2019 年版。
《溪堂集》：（宋）謝逸撰，清文淵閣《四庫全書》補配文津閣《四庫全書》本。
《小鳴稿》：（明）朱誠泳撰，影印文淵閣《四庫全書》本，臺灣商務印書館 1986 年版。
《須溪集》：（宋）劉辰翁撰，影印文淵閣《四庫全書》本，臺灣商務印書館 1986 年版。
《學言稿》：（元）吳當撰，清文淵閣《四庫全書》補配文津閣《四庫全書》本。

Y

《晏殊詞集》：（宋）晏殊撰，張草紉導讀，上海古籍出版社 2010 年版。
《雁門集》：（元）薩都剌撰，上海古籍出版社 1982 年版。
《楊萬里集箋校》：（宋）楊萬里撰，辛更儒箋校，中華書局 2007 年版。
《永嘉四靈詩集》：（宋）許照、許璣、翁卷、趙師秀撰，趙平校點，浙江大學出版社 2010 年版。
《又玄集》：（唐）韋莊編，傅璇琮、陳尚君、徐俊編，中華書局 2014 年版。
《虞集全集》：（元）虞集撰，王頲點校，天津古籍出版社 2007 年版。
《玉溪生詩醇》：（唐）李商隱撰，聶石樵、王汝弼箋注，中華書局 2008 年版。
《元好問全集》：（元）元好問撰，姚奠中主編，李正民增訂，三晉出版社 2015 年版。
《元文類》：（元）蘇天爵編，上海古籍出版社 1993 年版。
《元稹集》：（唐）元稹撰，冀勤點校，中華書局 2009 年版。
《袁桷集校注》：（元）袁桷撰，楊亮校注，中華書局 2012 年版。

《元獻遺文》：（宋）晏殊撰，影印文淵閣《四庫全書》本，臺灣商務印書館1986年版。

《母音》：（明）孫原理輯，影印文淵閣《四庫全書》本，臺灣商務印書館1986年版。

《御定淵鑒類函》：（清）康熙敕撰，影印文淵閣《四庫全書》本，臺灣商務印書館1986年版。

《元風雅》：（元）蔣易撰，《宛委別藏》本。

《雲林集》：（元）貢奎撰，影印文淵閣《四庫全書》本，臺灣商務印書館1986年版。

《楊仲弘集》：（元）楊載撰，影印文淵閣《四庫全書》本，臺灣商務印書館1986年版。

《隱居通議》：（元）劉壎撰，影印文淵閣《四庫全書》本，臺灣商務印書館1986年版。

《庸庵集》：（元）宋禧撰，影印文淵閣《四庫全書》本，臺灣商務印書館1986年版。

《咏史詩》：（唐）胡曾撰，陳新憲等編注，岳麓書社1988年版。

《咏物詩》：（元）謝宗可撰，影印文淵閣《四庫全書》本，臺灣商務印書館1986年版。

《楊維楨集》：（元）楊維楨撰，鄒志方點校，浙江古籍出版社2017年版。

《雍陶詩注》：（唐）雍陶撰，周嘯天、張效民注，上海古籍出版社1988年版。

《御選宋金元明四朝詩》：（清）張豫章輯，影印文淵閣《四庫全書》本，臺灣商務印書館1986年版。

Z

《張乖崖集》：（宋）張詠撰，張其凡整理，中華書局2000年版。

《張籍集繫年校注》：（唐）張籍撰，徐禮節、余恕誠校注，中華書局2011年版。

《鄭守愚文集》：（唐）鄭谷撰，上海古籍出版社2013年版。

《周必大全集》：王蓉貴、（日）白井順點校，四川大學出版社 2017 年版。

《朱淑真集注》：（宋）朱淑真撰，（宋）魏仲恭輯，（宋）鄭元佐注，冀勤輯校，中華書局 2008 年版。

《竹莊詩話》：（宋）何汶撰，常振國、絳雲點校，中華書局 1984 年版。

《竹友集》：（宋）謝邁撰，清文淵閣《四庫全書》補配文津閣《四庫全書》本。

《注解章泉澗泉二先生選唐詩》：（宋）謝枋撰，《宛委別藏》本。

《趙嘏詩注》：（唐）趙嘏撰，譚優學注，上海古籍出版社 1985 年版。

西 征 集

〔明〕梅國楨 編　　王婧哲 校注

整 理 説 明

《西征集》十卷，明梅國楨撰。

梅國楨(1542—1605)，字客生，一字克生，號衡湘，湖北麻城人。萬曆十一年(1583)進士。萬曆二十年(1592)之前歷官順天府固安縣令、河南道試御史、浙江道御史。萬曆二十年四月二十一日，梅國楨奉旨任監察御史，前往寧夏平定哱拜之亂。回京後歷升太僕寺少卿、都察院右僉都御史、兵部右侍郎。萬曆二十九年(1601)丁父憂，歸鄉服喪。萬曆三十三年(1605)五月十五日，卒於家，時年六十四歲，追贈都察院右都御史。著有《西征集》《西征奏議》《燕臺遺稿》等書。其生平資料主要見於《明史》卷二二八《梅國楨傳》、《麻城梅氏族譜》、《梅國楨集》。

日本内閣文庫藏《西征集》明崇禎十一年(1638)序刻本，按春、夏、秋、冬排序分册，原藏於紅葉山文庫，應於1657年傳入日本。另有國家圖書館藏殘本，版本與内閣文庫本同，存春、夏兩册。該書正文每半葉九行，行二十字，白口，無魚尾，四周單邊，天頭偶有眉批。正文前有吴應箕《梅衡湘先生〈西征集〉序》、王都俞崇禎十一年(1638)中秋前三日撰《叙》二序，以及萬曆二十年(1592)《敕監察御史梅國楨》敕文一道。書後有李贄撰《後語》、茅元儀撰《書梅客生少司馬〈西征集〉後》兩篇跋文。茅元儀跋後鈐蓋有"元儀""茅止生""後民"三印。《西征集》爲梅國楨之子梅之熜編輯整理，王都俞批閱。行文中抬頭形式嚴格，眉批語言犀利。卷五文意未完，似有缺頁。

《西征集》正文十卷，卷一至卷二爲梅國楨所上奏疏十七篇。卷三至卷五爲梅國楨與魏學曾自萬曆二十年(1592)五月二十五日至十月二十四日往來書札一百零九篇。卷六至卷七爲梅國楨與葉夢熊自萬曆二十年(1592)六月初七日至九月二十六日往來書札八十三篇。卷八爲梅國楨與其他官員自萬曆二十年(1592)六月初始所作書札四十七篇。卷九爲梅國楨所作諭帖、告示、條約及榜文十八篇。卷十爲詩歌十一首。皆爲梅國楨於寧夏之役期間所作或與寧夏之役相關，按時間順序排列。

《西征集》作爲專門匯輯梅國楨在哱拜之亂中所作詩文的典籍，具有重要的歷史價值與文獻價值。第一，此書中所記哱拜之亂可與其他文獻中的記載相互佐證，也可糾正其他文獻記載中的訛誤，豐富了哱拜之亂中的細節。第二，豐富了對梅國楨生平研究的文獻資料。第三，從王都俞在眉批中的批語以及吴應箕、茅元儀二人所作序文可看出明末的文人士子對哱拜之亂一事以及崇禎年間政局的態度。第四，書中記載了平叛期間主要作戰官員的往來書信，是不可多得的明代私人書札，爲研究明代軍士作戰過程以及哱拜之亂期間主要官員的關係提供了重要的文獻資料。

《西征集》藏於日本內閣文庫，公布影印本時間較晚，國內僅藏殘本，且內容大多爲《西征奏議》中所載奏疏，因而目前並沒有專門的整理成果。學界對梅國楨的研究較少，大多數情況下因論及他人才對梅國楨加以關注，①而專門研究梅國楨此人的專著僅有凌禮潮箋校的《梅國楨集》一部，書中不僅輯錄了大部分梅國楨的奏議、詩文、書札，還對梅國楨的生平進行了詳細的考證，編成《梅國楨年譜》附於書後，爲研究梅國楨生平提供了極大的便利。另有吴櫻撰《梅國楨與哱拜之亂》、盧永竹撰《晚明豪傑士人研究——以梅國楨爲例》、吴福秀撰《"荆楚二梅"對晚明禪風的推動》三篇論文從功績、思想等方面對梅國楨進行研究，但對於梅國楨所作《西征集》一書的研究目前仍處於空白。

此次整理以日本內閣文庫本爲底本，校以《樓山堂集》《續焚書》等文獻。部分整理成果參考凌禮潮箋校《梅國楨集》。

---

① 如于愛華《〈焚書〉中與李贄交遊的麻城人物初探》、許震《魏學曾研究》、侯曉玉《梅之煥與〈梅中丞遺稿〉研究》三篇論文，便是在探究李贄、魏學曾與梅之煥時對梅國楨略有提及。

梅衡湘先生《西征集》序

萬曆間之三大征其最著哉。[1]迨其末年,[2]遼事敝壞,浸淫昌、啓,以及于今。用兵二十載,無分毫功,而東隅未復,群盜滿山,于是談者益侈言三征爲極盛矣。[3]予嘗著《三征本末》,于海外之捷至不忍道,而所重慊慊屢嘆,以爲功不可再見者,莫如哱事。夫世亦嘗深究于哱所繇滅,而功所自成乎?則梅先生之苦心偉績何可没哉![4]何可没哉!

吴生曰:先生是役也,[5]近事無可比方。蓋嘗以唐淮、蔡事觀之,[6]先生蓋獨爲其難者耳。夫哱之悖也,[7]惡不在元濟下,又加之勾虜爲援,蓋變劇而禍大矣。先生是時發憤上書,身請臨戎,然官不過御史耳。即受命監軍,而有制、有督、有撫,監者不俯而仰其鼻息稱伉直自喜矣,况敢挾才據其上以指揮唯吾意?故視之晋公以宰相行師,[8]位尊體重,勢得自爲,而柄無旁掣者,[9]爲何如哉?水攻則城崩,間行則黨貳,剿虜則援絶,招降則衆散,事勢曉然而撓者曲至。嚮微先生捐却善讓,令其計卒行,則國家于西事誠恐有不可言者也。[10]夫唐之平淮西也,[11]晋公受李愬之成,然愬之功炳焉。是役也,有受先生成者,先生不自張而報亦不副要,[12]其苦心偉績見之先後疏牘者,何可没也!吾故曰:先生獨爲其難者耳。

哱事距今四十餘年,予始得先生《西征集》讀之。先是,集未行世,予謂先生嗣君惠連曰:①"昔營平有言兵者,萬世法,何嫌伐一時事以欺明主?夫先生不伐,子不以伐成先生之志,然其于萬世者何也?今天下用兵二十年不效,令得如先生者在,何詎至是?"惠連曰:"若是,是先君子所以不没者,以有此集哉!"西征本末,詳予他記者甚悉,不更序,今獨叙先生之獨爲其難者如此。夫

---

① 惠連:梅之熉(1596—1656),號惠連,湖北麻城人。仗義疏財,鄉里族中皆有美譽。崇禎十七年(1644)出家,號槁木大師。生平事迹見《麻城梅氏族譜》卷首五《梅惠連先生行略》。

此亦非予言也,[13]則王子在明蓋亦嘗感慨繫之矣。[14]

　　貴池後學吳應箕撰。①

【校勘記】

［1］之:《樓山堂集》卷一六《梅衡湘西征集序》中無此字。
［2］其:《樓山堂集》卷一六《梅衡湘西征集序》中無此字。
［3］矣:《樓山堂集》卷一六《梅衡湘西征集序》中無此字。
［4］先生:《樓山堂集》卷一六《梅衡湘西征集序》中皆作"衡湘"。
［5］吳生曰先生:《樓山堂集》卷一六《梅衡湘西征集序》中無此五字。
［6］蓋:《樓山堂集》卷一六《梅衡湘西征集序》中無此字。
［7］夫:《樓山堂集》卷一六《梅衡湘西征集序》中無此字。
［8］之:《樓山堂集》卷一六《梅衡湘西征集序》中無此字。
［9］掣:《樓山堂集》卷一六《梅衡湘西征集序》中作"撓"。
［10］誠恐:《樓山堂集》卷一六《梅衡湘西征集序》中作"恐尚"。
［11］西:《樓山堂集》卷一六《梅衡湘西征集序》中作"蔡"。
［12］亦:《樓山堂集》卷一六《梅衡湘西征集序》中無此字。
［13］亦非:《樓山堂集》卷一六《梅衡湘西征集序》中作"非盡"。
［14］則王子在明蓋亦嘗感慨繫之矣:《樓山堂集》卷一六《梅衡湘西征集序》中作"其同里士王都俞亦嘗評是集而感慨繫之矣"。

---

① 吳應箕(1594—1645):字次尾,號樓山,南直貴池(今安徽石臺)人。復社領袖,爲人不拘禮法,不畏豪強,慷慨直言,氣節高昂。順治二年(1645)起義抗清,兵敗被擒,不屈而死。著有《東林本末》《熹朝忠節傳》《兩朝剥復録》《留都見聞録》《讀書觀止録》《二十一史史論》《樓山堂集》等。生平事迹見《吳次尾先生年譜》。

叙

海内交道稱始終不衰者，輒推子常、麟士、次尾、伯宗及余與惠連，①則惠連先子即吾父也。《西征疏》行世皆余點次披閱，而余卒無一言弁首詳先生當日偉績苦衷。非余不能詳也，余不忍也。非愛先生而不忍言也，乃見近日無有如先生者而不忍言也。嗚呼！豈不傷哉！

當今寇賊橫行，所在殘破，致煩聖天子宵旰之憂，增兵增餉，假以便宜。緩之時月，乃將權愈重，兵勢愈橫，兵勢愈張，賊焰愈熾。然則重之以事權，乃助之以摽掠；擁之以旌旄，乃授之以虔劉。致殘邑小民以病死爲榮，以遇賊爲幸。嗚呼！豈不傷哉！

前過吳門，遇同社諸子，皆以中原鼎沸爲憂。而吳次尾尤抱澄清一世之志者，重修《神廟三大征》，聊寄傷今思古之懷，而首其功于梅先生。乃語余曰："當今若有梅監軍起而任之，天下旦暮可見太平。"余語次尾曰："何其望世之深也！"梅先生功不經見，事亦不經見，不但事所宜無，即理亦不必有。梅先生初徵爲御史，入都稍圖展報，代天子巡方，體統尊嚴而志意得遂，豈不居然稱丈夫事哉？即不然或熱中功名，希圖捷得，出位請纓，如世之輕以邊事僥倖者，猶曰其謀素定也。乃目擊寧夏兵噪，特疏保李將軍父子往，科臣以李氏父子有反志，不可遣，先生乃始身願監軍，保李將軍以往。則先生願李將軍往耳，原未嘗願監軍往也。夫本不願監軍往，而一旦以監軍往也，則籌算何其難。猶曰："先生智深勇沉，談事響應，即卒然加以大任，何難辦賊？"然必須事權在手，賞罰自繇，始可制士卒之死命，而出之以不意。乃以不合時宜之人，黨孤援寡而任此監軍。稍有所爲，輒罪以侵越。以故凡有謀略，則必移文督撫，動經旬日，及間一允，從非事泄于他人，且機阻于眉睫矣。即有不測之恩威，士卒亦德督撫，畏督撫耳，誰肯爲監軍效死力而爭先哉？卒之張亮一捷，虜大挫，賊勢遂衰，先生

---

① 子常、麟士、次尾、伯宗：即楊子常、顧麟士、吳應箕、劉伯宗，皆爲復社成員。

惟恃一片精誠，感諭士卒相與僇力乃克。有此則戰剿之難也，以恩威兩窮而戰剿尤難也。其尤難者，叛賊許朝正當氣焰方張之日，曰："得見梅監軍，我即聽撫。"此安知非詐？一時聞者無不舌舉項縮，先生挺身往，許賊露雙刃以擬先生，先生笑迎之，而許賊已氣奪羅拜矣。後來成功，水攻用間，實不一端，其令賊衆膽落心服，則大計係于此。儻先生稍有愛惜，稍有逡巡，不將助賊衆鴟張之焰，而靡我將士投石超距之氣哉！則取敵之難也，不有其身而往以威敵尤難也！嗟乎！功歸于人，責萃于我；譽歸于人，謗萃于我。有志者多甘心焉？獨明知叛賊之可討，而討賊之權不歸于我。明知籌算之必宜出于此，而籌算之權必聽于人。明知責任可以袖手旁觀，而不忍袖手。明知軍國之事可以公相推委，而不敢推委。至朝廷原懸通侯之賞，卒之功成，謝事口不言。平吳止晉，位囧卿，而欣然甘之，則志士之所以午夜痛心而展轉泣血者也！嗚呼！豈不傷哉！

乃次尾以先生望今日，何其望世之深也！夫先生，旁觀者也；先生，無事權者也；先生，不必往不願往而偶以監軍往者也。彼輦上諸君推轂而遣者，豈無事權者乎？豈待命于督撫者乎？豈賞罰必請之人而恩威不歸于己者乎？尚不自知為當局也，況責之以旁觀。尚不自知有事權也，況責以聽鼻息于人手。尚不知何者為賊、何者為兵也，況責以剿不必我剿之賊，禦以不必我禦之兵哉？吳子次尾何其望世之深也！

先生功成四年，惠連始生。惠連甫十歲，先生即見背。余生廿年，乃得交惠連，余因以知先生不深，得之梅長公先生最詳。長公先生屬先生猶子，朝夕侍左右，一切苦衷窾之獨悉。且一則威振朔方，一則威振張掖，前後功同也。一則不必監軍而迫為監軍，卒之晝夜圖謀，心血俱枯，而功歸事外之督撫。一則虜逼城下，旨命各邊鎮臣督軍應援，乃獨以甘肅撫臣單車入衛，卒之圍解，而幾不免後至之誅。前後力同，而不獲報亦同也。同志同道，兼以同室，故其言先生倍至，此余之所以能詳先王也。今惠連雖未任天下事，而血性自持，周旋不顧，海內共知有父兄風久矣。梅氏一門，報國心癡，任事性熱，何前後符合若此？謂非天之獨鍾，能如是乎？時事孔艱，生民塗炭，廓清之業舍吾惠連，余更何望哉？余更何望哉？願以質之次尾。

崇禎戊寅中秋前三日，[①]通家子王都俞謹書于黃州之旅次。[②]

---

① 崇禎戊寅：明毅宗崇禎十一年(1638)。
② 王都俞：字在明，湖北麻城人。崇禎十五年(1642)壬午科進士。

敕監察御史梅國楨

　　近因寧夏兵變，勾虜擾邊，已命總兵李如松帶領遼東並調宣大山陝兵馬與各鎮將官會集征剿，以靖邊陲，特命爾前去監軍。惟爾慷慨談兵，激切任事，故有是命。用兵之時，爾宜親詣陣所，監督官兵，稽察軍務，紀驗功次。凡賊勢緩急，虜情虛實，陸續具報。其將官敢有臨陣退縮，抗違觀望，不用命者，即時參奏。事定之後，一切功罪重輕，從實查核明白，以憑賞罰。爾為憲臣，宜盡心秉公，不許狥情隱護，亦毋得自執己見，輒有侵撓，以誤軍機。爾其欽哉。故敕。萬曆二十年四月二十一日。①

---

　　① 《敕監察御史梅國楨》原件在時間落款上鈐蓋有印章，本刻本僅錄其文"廣運之寶"。"廣運""之寶"分別刻於時間落款左右。

西征集卷之一

疏

第一疏

爲叛丁悖亂異常，時事萬分可慮，懇乞宸斷决機宜、任宿將、清弊政，以消禍萌，以安人心事。

近見邸報，寧夏家丁劉東暘等，[1]賊上擅權，據城掠堡。此非常大變，視唐藩鎮之禍猶有甚焉。最可恨者，逼使總兵張維忠疏列巡撫党馨罪狀，其二十餘條之内，多係款虜以來題准遵行。此其意蓋隱然，暴揚時弊，以煽惑各邊，其謀更不軌矣。當此虜酋叛盟之後，邊計未定之時，豈可視爲細故，而不早爲平定乎？今之議者，不過曰："變起倉卒，衆繇脅迫，緩之可散其乍合之黨，急之恐堅其致死之心。"不知各惡權勢已成，蓄謀非淺。其心必不肯悔禍，其黨又無敢先發。【眉批】實心任事，窮究到底。遷延一日，則禍深一日，狂謀愈成，黨與愈固，聲勢愈大，風聞愈遠，脅從愈多，人心愈疑。既難以俟其自定，又不可嚇以虛聲。外有勾連，内有觀望，近者蠶食，遠者震驚，將來之患有不可勝言者矣！

臣見御史賈希夷上請特遣一臣，不蒙采納，止令督臣魏學曾相機撫剿。雖專任責成，事理宜然，但學曾素敢任事，臣所推服。聞變已久，徐徐就道，豈其乏應變之材，昧專制之義？或亦首尾牽制，輕動爲難，有不可以明言者。況邊事煩夥，萃于一身。方經營戰款之宜，難專任計賊之事。爲今之計，非力剿無以定禍亂，非分別無以宥無辜，非詔赦無以安脅從，非特遣無以重事權，非破格無以用豪傑，非便宜無以中事機，非重賞無以作士氣。科臣王德完請羅豪傑，真為濟時之急。昨見寧夏各堡多為所制，而平虜參將蕭如薰獨能相持，則任將之明驗也。以臣私計，求舊易于得人，使功不如使過。除各邊見任及已經調遣不宜更議外，若退閑可任，則無如原任遼東總兵李成梁者，

【眉批】知人之明，當日且不能責之諸葛武侯，如李大將軍群議藉甚，更難使用。非具隻眼，未有敢于力任者。

屢經戰陣，紀律嚴明。其子李如松、李如柏、李如楨皆負大將之材，李如樟、李如梅又為少年之傑。其家丁自各有官守之外，尚多同心敢戰之人。世受重恩，必不自頹于末路；屢經論列，更思昭雪其前功。年力未衰，威名久著，各邊將領，誰不畏服？上下相信，父子同心。不惟勇略足以成功，亦且先聲可以奪氣。若慮其權多分屬，地非素歷，宜于文臣中暢曉軍情、實心任事者公舉一人監其軍事。謀勇相資，調遣隨便。他如閑住，及戴罪將領史宸、張應种、麻貴、馬孔英、倪敏政等，或素經戰陣，或膽勇過人，皆可隨軍使之自效。若遼東未代，曠日持久，或令伊子原任總兵李如松先往料理，勒限起行。即未必刻期擒剿，斷足以制其死命。天威既臨，不敢四出，魚游釜中，勢必自亂。附近營路恃以無恐，他方觀望憚而自戢。待首惡正法之後，大加賑恤，使朝廷之威惠並行，紀綱大正。此機宜之當決，宿將之當任也。若失此不圖，臣未見其得策矣。

　　然臣又聞之，鏪隙將成者，當急為補塞；琴瑟不調者，必改而更張。今寧夏之變，正鏪隙將成之會。而致變之繇，則琴瑟不調之驗也。我朝邊事，自洪武以至嘉靖，一時也。自隆慶以至萬曆十八年，一時也。自十八年以至今日，又一時也。蓋洪武以至嘉靖，虜無歲不犯，我無歲不備，各軍雖有戰守之勞，無剋削之苦。嘉靖以至隆慶，和議既成，不修戰守，各軍雖有剋削之苦而無操練之勞。今時則異是矣，外實修和而內欲兼戰，修和則不免仍剋削以為媚虜之資，兼戰則徒有操練而無首功之望。臣前疏有云：不加矜恤而剋削之聞，使之治生不給，發身無階，已逆知其有今日之弊矣。即總兵張維忠疏內所

列,據臣所知,有載在會計錄者,有新經題准者,有係寧夏舊例,有在各邊通行,諸如此類,皆以節省爲重,以矜恤爲輕。暫行于無事之時,尚難以得其心,相沿于用武之日,其何以免其怨？巡撫党馨不能變通,而更爲嚴峻,以致叛軍借以爲名,鼓衆倡亂,紀綱大壞,人心動搖。宜敕兵科會同彼處巡按御史,逐款清查。或係原舊有行,或係党馨作俑,當因者明著爲例,當革者即爲調停,此弊政之當清者也。然其本,則科臣王德完所陳"有治人無治法"一言蔽之矣。如京營軍士,素稱虛設。有急則慮其孱弱而別爲調遣,閑暇則畏其訛言而不敢深求。臣前疏中思有以鼓舞之,而言不見用。近見侍郎王基條陳四事,悉切實用。臣扣其議論,采之人情,慷慨敢爲,人樂爲用。若即以本官授之協理,聽其主張,而又明賞罰、均勞逸、察疾苦、教技擊,則數月而人心悦,期年而神氣壯。内之以護衛神京,外之以風示遠近。仍通行各邊督撫,凡利所當興,弊所當革,悉心條議,毋畏浮言,毋沿舊習。惠行而威令可施,政平而驕悍自伏。其有處置失宜,苟且塞責,訪實參奏,別選賢能。此皆救時之急務,轉移之微權。伏乞采覽,即賜允行。不惟一方之悖亂可平,而各邊之人心悉定,督撫不至掣肘,而外夷亦將落膽矣。其餘有關大計,先爲諸臣已言者,臣不敢復瀆也。無任懇切待命之至。

奉聖旨：這本說的是,兵部即便看議來說。

第二疏

爲心急討賊,未暇過慮,願得身任,以釋群疑,以圖補報事。

臣見寧夏叛兵猖獗,致厪聖慮。當主憂臣辱之時,正竭智畢忠之日。思督臣魏學曾邊事浩煩,不得專于討賊,必得名將以專其任。時雖豪傑如雲,而各有鎮守。惟退閑總兵李成梁,素有威望,紀律嚴明,諸子家丁,武勇可任。又聞寧夏哱承恩父子,號爲猛悍,而不知李氏父子之遠出其上也。義激于中,且時不可緩。舉其所知,期于必克,而不暇慮其勢重生患,有拒虎進狼之憂也。然臣之不暇慮者,非見不及，亦斷之以理耳。李氏父子即爲狼子野心，自取覆滅，但當防之于遼東握兵之時，而不當防之于廢棄離任之後。【眉批】蘇眉山無此精緊，馮北海無此沉痛。蓋遼東專制一方，非若延綏、固原之峙立也。將領多其親屬，非若張臣、董一元之散主也。況在昔危疑不安，而今則明主洞察矣。不以疑之之日肆其不肖之心，而于信之之日反爲赤族之計，其愚悖速禍又出劉東暘、許朝之下矣，謂成梁爲之乎？【眉批】不但釋旁觀之疑，且令當事者自爲開豁。先生文機兩用，類多如此。

科臣王德完思深慮遠，知無不言，臣所敬服，願與同心。今謂臣薦之太過，臣實愧之。但云獻議自彼，恐天下聞之，以爲禍本，則慎而過于葸矣。天下之人，豈不知成梁父子爲臣所薦？不過疏內引德完"收羅豪傑"之言，爲得救時之急。且又引賈希夷"請遣大臣"之言矣，豈賈希夷之所謂大臣，即德完所羅之豪傑？德完之豪傑，即臣所薦之成梁乎？【眉批】辯極矣。若以臣之言而追論于德完，則德完前疏所引，皆漢唐故事，脫有不效，亦將起古人而追其罪乎？臣非不知德完之心，爲濟臣之所不及，非相悖也。但用人之道，疑則勿用，用則勿疑。上而疑下，必不肯盡與之權，下畏上之疑，必不敢盡行其志。將領因疑而不受節制，士卒因疑而不聽號令，忌者因疑而得肆其讒，敵人因疑而得行其間。【眉批】可爲痛哭。欲專制也，人曰："非有異志，何以不待奏報？"欲撫惜也，人曰："非有異志，何以要結人心？"欲行法也，人曰："非有異志，何以立威？"欲待釁也，人曰："非有異志，何以觀望？"或與監軍謀而不合，人曰："非有異志，何以不聽約束？"或與督撫期而先發，人曰："非有異志，何以不與同心？"服而舍之，則曰："何故縱有罪以市恩？"抗而盡誅之，則曰："何故多屠戮以冒賞？"脅之而使其自殺，則曰："攘以爲功。"困之而致其遁逃，則曰："縱以生患。"無功則以爲怠玩以養亂，有功又以爲妄報而欺罔。首尾牽制，手足束縛。古如王剪、樂羊，或請田宅而後行，或借投杼以自況。以孫權、周瑜，義同骨肉，必拔劍砍案而後成功。況未有深信之素，而又示以猜疑之端乎？

臣有疏云：今之將士，殺身不足以成名，剖心無由以自白。邊事之壞，所從來久矣。伏望陛下斷之宸衷，博采輿論。成梁父子，稍有可疑，速罷其權，別爲調遣。如萬萬可以相信，方可虛心任之。臣自外吏入厠臺班，雖懷狗馬之心，未效涓埃之報。若疑徒市私恩，不顧國計，願與成梁馳赴寧夏，同心討賊。不必加以別銜，假之重任。但憑陛下威靈，生平忠義。賊知歸命，則臣爲陛下之使，奉揚恩赦以安反側。負固不服，則臣爲陛下之將，披堅執銳爲士卒先。平定之日，一切事宜付之魏學曾、朱正色、董一奎等，聽其安輯，以靖地方。臣與成梁即日還朝，止求自明，不敢言功。倘中途事定，聞報即返。若其不捷，則軍法在焉。何止薦舉非人之罪，又何至以臣之罪而貽之他人哉？兵機所在，關係重大，惟陛下自以疑信決其用舍。若曰姑以試之，而使成梁不敢自專，則功不可成，患不可測。臣不若先受狂躁之誅，以免誤國之禍也。【眉批】世間不乏任事之人，只緣始終兩截，自爲背弃。如此籌度得審，遂將後來事情一言判定，淮陰、南陽先生而已。不勝皇恐待命之至。

奉聖旨：兵部知道。

第三疏

爲西事危急，人心洶懼，懇乞宸斷，以保疆圉事。

臣自寧夏兵變，逆知禍必不小。故兩具疏請，謂稍遲一日，則禍深一日。仰蒙聖明洞見事幾，以臣言爲是。不知何故，竟格不行，則臣無可奈何矣。及督臣魏學曾七次具奏，云："逆賊勾虜不來，我兵漸逼臨近，奪獲船隻牛羊，各賊局縮求撫。"人以爲喜，臣獨憂之，即欲具疏。自思前當危懼之時，尚以臣爲躁妄。則今懈怠之日，更以言爲不祥。惟時時對人言之，或疑或信，獨都察院經歷劉黃裳、原任尚寶司少卿周弘禴深以爲然，相對欷歔至于泣下。今不來者已勾至內地，局縮者已領兵出城。但着力等酋乃平素效順之虜，所領人馬皆畸零老弱之衆，不過以嘗試我耳。效順者不驅之去，則凶逆者進矣。老弱者不制其命，則精強者進矣。日益月盛，凶謀愈堅。而最可恨者，賊與境外同心，而我之軍中異志。賊有密謀石畫，而我皆浮言亂議。賊以招安緩我,而我以招安自緩。賊之兵勢日集,而我之士氣不振。賊得我之言皆疑其詐,而我得賊之言即信爲真。賊之舉動我不得聞,而我之秘謀賊已先覺。賊以知者謀之而必行,而我以不知者敗之而中止。【眉批】更可痛哭。陛下考覽往古,諳曉兵機,曾有如此用兵,而不至僨事者乎?

今據魏學曾之報,在三月二十九日,及今半月餘矣。恐彼中事體,已不可知。而議論者方甲可乙否,務相求勝;當事者方東遷西就,不敢主張。即奉明旨,亦朝更夕改,莫肯奉行。臣恐賊勢既合,必不肯坐守孤城。非近據靈州,則遠襲潼關。效尤者脫巾而呼,思亂者揭竿而應。不惟全陝騷動,天下事大有可憂。臣初聞變之時,知寧夏非魏學曾之所能定,故請爲調遣。今見此舉動,又知非此時紛紛者之所能辦也。臣之所望,在陛下一人耳。伏乞念人心不可搖動,禍患不可滋蔓,大奮乾斷。或召大臣科道,面陳可否。或謀之密勿,裁之宸衷。特發嚴旨,毅然必行,不得更緩,庶廟議可定,人心稍振。雖用力視前百倍,而事猶不至大壞也。若聽其煩擾,遷延不決,臣徒抱赤心,言不見信,惟待事壞之後,別圖自效,以死報陛下耳,不敢更爲煩瀆也。臣無任憤切祈望之至。

奉聖旨:梅國楨就着同李如松前去監軍,并紀錄功次。兵部知道。

第四疏

爲望輕任重,誓圖補報,敬陳一二事權,乞賜酌議,以便展布事。

臣因寧夏兵變,奏爲西事危急,人心洶懼,懇乞宸斷,以保疆圉事。奉聖旨:"梅國楨就着同李如松前往寧夏監軍,并紀錄功次。兵部知道。欽此。"臣職微望輕,聞命驚怖。除叩闕謝恩外,竊思剿叛禦虜事體重大,監軍紀功責任優崇。方今謀臣策士,布列庶位,豈臣卑微所堪負荷?理合固辭,以讓能者。但臣當事變未甚之時,請以身保李成梁同往。若自請之而自辭之,詐也。請之于未甚之時,而辭之于猖獗之後,怯也。二者皆非臣子以身許國之義,臣不敢爲。顧臣又自念陛下御極二十年來，未常有萑苻之警，近日寧夏之事，第一大變也。亦未常有征討之命，今日臣與李如松之遣，第一重命也。必動出萬全，謀成必勝，而後可以紓宵旰之憂，寒中外之膽。臣前疏有云："出不敢加銜，入不敢言功。惟憑陛下威靈，生平忠義，誓滅逆賊，以白初心。"今既膺非常之任，必有非常之權，而後可以定非常之變。若曰監軍之職，止于稽察，不得自專。則兵權散，主者不相聯屬，各持意見者無與調停。況繇此至彼，往返萬里，奏報候旨，動經月餘。勝負在呼吸之間，而舉劾在成敗之後。及時之賞罰，方有實效。而事後之舉劾，尚屬虛文。

　　臣敢不避嫌疑，不拘常例，除敕印、符驗例應關領外，更以一二事權，冒罪上請，伏乞聖裁。一曰：假以威令，如古遣將，拔所佩刀授之，以誅將士之不用命者。二曰：不拘臣以文法，使得戎服臨陣，以身督戰。三曰：凡有謀略，勇敢立功自效者，不拘白衣及罷閑將領，隨軍收用。有功之日，方請定擬。四曰：李成梁老成多算，宜早赴軍中，資其調度，不必以父子拘泥。若在京候遣，恐緩不及事。五曰：些小利鈍，不得輒為憂喜；進止遲速，不得輒相催促。總待事定，論其功罪。六曰：紀錄功次，臣惟條上某官獻某計，某將破某陣，某軍獲幾賊。至于擒捕名口，剿戮首級，俱聽巡按御史查勘劾實，臣不敢與。伏乞陛下酌議，量賜允從。庶臣狗馬之心，得以自效，而諸臣同心為國，必不為嫌。若一一拘形迹、循舊例，似非濟變之權，亦非陛下命臣之意也。

　　臣待陛辭之後，乞同李成梁先赴臨境，宣布皇上威德，與魏學曾、葉夢熊、朱正色等相度事宜，咨謀方略。聽李如松赴宣大等處，簡選大兵，隨後進發，計兵行遲緩兩月方到。恐賊虜詭詐，頃刻多變。須制使不動，待大兵既集，一鼓成功。此臣之所以效愚忠而報陛下也。臣無任踴躍待命之至。

　　奉聖旨：御史職司監察，凡事只與督撫將領計議而行。李成梁著隨後來。兵部知道。

第五疏

爲奉命討逆，敬陳一二事宜，懇乞采納，以便效力事。

臣奉敕監督官兵，親詣討賊。除同總兵官李如松調兵前往外，近見賊情狡詐，嬰城自守。陽示卑順以緩我師，廣結虜衆以爲聲援。意待秋高虜集，而後公然橫逞。其情甚明，而其勢甚急也。臣之所誓，在披肝膽以和將領之心，同甘苦以作士卒之氣，宣威信以散賊虜之黨，體主恩以全脅從之命。至于攻取進止，在相度機宜，廣集衆思，難以預定，此皆臣之得以自盡者。其有勢不得自盡者，不得不望之陛下也。伏望敕下該部，再加詳議。如果臣言不謬，覆議上請行下該鎮督撫等官，一體遵奉施行，則疆場幸甚，愚臣幸甚。

一曰諭諸臣以急公義。昔廉、藺同心，秦不敢侮。以先公家之急，而後私讐也。今討逆諸臣，自督撫以及將領，皆負重望，權各不同。萬一各持意見，不相協和，則僨事不小。【眉批】後來意見，幾如水火。若非先生，惟以自盡二字勝之，大事僨矣。須得嚴諭，務以國事爲重，一切嫌疑禮數，不得介意。臣到之日，與之歃血設誓，有二心者，天地祖宗，是糾是殛。至于用兵之際，無分彼此。或當其前，或應于後，或以攻城，或以阻隘，犄角相資，首尾互應，皆得論功。庶師克在和，而戰必勝、攻必取矣。伏乞聖裁。

二曰賞完守以鼓忠義。寧夏之變，各堡瓦解，而平虜獨完，則論功當以蕭如薰爲首。而偏裨各軍之用力，闔城士民之同心，皆有不可泯者。宜查功次大小，即時行賞。城內居民悉加賑恤，其死于戰鬬者，更宜優給其家。庶人知忠義之益，而各自思奮矣。伏乞聖裁。

三曰分順逆以散虜黨。賊之所恃，惟在勾虜。而虜之所以爲賊用者，非有骨肉之親、情好之素也，不過利其子女財帛耳。夫受恩則朝廷爲重，計利則撫賞爲多，虜亦未必不見及此也。但順逆不與分別，則彼亦無以自白耳。【眉批】制虜以孤賊，分順逆以安虜，便得操縱。宜遣通官查問曉諭，有原不助賊，或始助中止者爲一等，即與嘉賞，獎其效順。有能擒獻賊首者爲一等，照依欽定賞格，厚加封賞，仍以各賊資財，盡數給予。其有諭之不改，甘心從逆者，又爲一等，是自取誅夷，罪在不赦。容臣等會同諸將，嚴兵以殱其衆，分銳以搗其巢。庶虜勢既散，而賊膽自寒矣。伏乞聖裁。

　　四曰專責成以制虜患。虜酋所近鎮城，各有督撫、總協等官。如督臣魏學曾親駐花馬池，極爲得體，則清水、興武、橫城一帶可保無事。至于延綏宜責之賈仁元，固原責之沈思孝，甘肅責之田樂。及各該總鎮將領等官，虜如不動，則相安無事。若稱兵內犯，則嚴兵固圉，以遏其鋒。或虜往寧夏，即出師搗巢，以牽其勢。須多方偵探，使不得動。庶我兵專力于賊，而各鎮之功不在討逆之後矣。伏乞聖裁。

　　五曰豫儲偫以濟士馬。寧夏餽糧，不啻千里。樵采供爨，無所取給。近聞偏關之外，絕無藁草，非先行置辦，恐時刻缺乏，則人心不安。須行司道及管糧府佐等官，或百里，或五十里，定委一官駐札，常川撥運，務令有餘。仍多發太倉及馬價等項銀兩解赴軍前，不但行軍犒勞不可稽遲，即賊平之後，除賞功外，修理城堡、安撫人民、招補軍丁，所費不貲。用之有餘，即貯庫藏，以抵日後京運，不得妄費。若臨期請討，將何能濟？此尤萬分至緊，不可緩者也。伏乞聖裁。

　　六曰禁妄殺以安人心。驗賊首級與虜不同，虜有炙痕、巾痕，種種可辯。賊係中國之人，倘妄殺冒功，不惟負陛下好生之意，而適以堅從賊者死守之心矣。【眉批】纔是慈悲經濟。臣請惟臨陣斬獲者，准以首級報功。其四外不時剿捕，須令生擒，准與首功同賞。容臣會同各官審實，或即時誅戮，或監候待奏，或從權釋放。至于破城之後，猶宜嚴禁。有妄殺一人及擅入民家者，即時梟示，以正軍法。庶功無冒濫，而民知有生矣。伏乞聖裁。

　　奉聖旨：這本說的是，兵部便看議來說。

第六疏

　　爲賊勢可平，士氣不振，懇乞聖明，嚴加責成，以絕大患事。

臣自四月二十六日奉命出京，五月初五日至陽和，即與總督蕭大亨議諭虜王，約束西虜，勿令助賊。大亨即力任之。後至大同，又托之巡撫邢玠，所見相同。及至神木，臣遣通官駱允，遵奉明旨，往諭莊禿賴、明愛二酋，示以順逆。順受獎賞，逆有誅夷。彼即聽命，隨遣夷使四人追至波羅，願受約束。臣當同提督李如松面布聖恩，稍加賞賚。靖邊與套虜相近，臣遣通官盧世美往諭切盡妣吉及吉囊等酋。沿途虜騎充斥，臣與李如松披甲束伍，聞烽衝擊，虜望風逃遁。

天熱馬乏，至六月二十二日由紅山至靈州界渡河。臣即日大張旗幟，歷覽城池，使賊知臣到。賊從上放砲，賴陛下福庇，皆從旁過，幸免傷殘。二十三日，賊請招安，臣以一受降白旗豎之城南，李如松面與折論，詞雖恭順，意實奸狡。欲求鐵券，世守西夏，止許提督以二十人入城，是又欲張傑我也。臣度必不可從，本日午時，傳號各將照常攻打，試其方略。但見彼此各用箭砲，我之所發止及磚石，賊之所發輒傷我軍。提督李如松、總兵董一奎、李昫、[2]劉承嗣皆親冒矢石。臣見難取勝，傳令收兵。二十四日，眾議用布袋盛土，堆集上城。賊用砲石，損傷亦多，幸而不死。游擊吳顯面被一箭，臣令罷攻。二十五日，臣自南門移幕城西，賊見臣過，盡數赴西，以防攻打。臣約諸將，至二更時先攻西城，以絆賊勢。其餘三城聞砲齊攻，使之應援不及，然後從空虛之處用梯暗上。都司李如樟率領遼東、宣大軍士已上南城。苗兵亦爭上梯，賊眾慌亂，急用柴草裹以硝黃、炸砲，從上墜下，家丁墮地，梯折不能復上。原任副將李寧，身被鉛子，幸而未傷。本日游擊吳顯，于中營堡地方，斬獲賊黨通官李小、思漢等首級七顆。二十六日，將軍士休息。至午，忽東南風大作。臣曰：此乃仰托皇上福德，天賜成功也。傳令諸將速備火箭，燒毀南樓，皆云無箭。惟李如松令李有升、麻達子速行取箭。臣大忿怒，欲還朝泣奏，免致誤事。苗兵游擊龔子敬、劉天俸方與齊射，燒毀南樓。董一奎攻打城門，參將王鐵塊面中鉛子。李如松率兵上城，仍被打傷，梯折。臣見人心渙散，權不能制。欲具疏上聞，因營中筆札几案俱有不便，且與軍士雜處，無隙起草。移至河西寨，以就房舍。乃本日，在城百戶姚欽同武生張遐齡射帖二張，約定是晚先攻西門，城上舉火爲號。百戶王英、舍人陳嵩將許朝門前把守，待人馬上城，一齊下手。各將收帖，不令臣知。欽等不見城外動靜，仍將遐齡縋城，調取人馬，遲誤不及。副將葛臣先將譙樓號火舉放，姚欽往西北放火，指揮趙承先往西南放火。欽將城上滾木、礧石盡行推下，機事遂泄，賊衆來捕。欽等見事已敗，砍傷巡邏旗牌三人，同家人姚得才、張元跳滾下城。至二十七日早，有同事百戶方正同家丁朱尚舉亦投城下，報説賊將同事五十餘名殺戮。本日午時，懸頭城上。各將得帖，不令臣知，又不以人馬策應，是誠何心？坐失機會，懊恨無已。二十九日，劉承嗣于北門穿鑿地道，賊衆出城衝擊。我軍隔壕用鎗砲射打，傷賊數多。内打傷青甲白馬一人，有人識爲許朝之子萬鍾，未知的否，不敢妄報。使非濠深，又隔外墻，徑追擊奪門矣。本日，提督李如松探知賊遣通官大敖把等往調着酋。當差原任副將李寧、都司李如樟標下督陣李有升、李世功等前往擒捕。斬獲真夷孛羅歹、把總張火力赤，兼哱拜養子克力蓋等一十八顆，生擒大敖把十一名。奪獲哱承恩調賊印信令旗二竿，着酋號箭一枝，夷馬兵器俱全，臣面審是的。内餘丁二名賈丙、劉思玄原無馬匹兵器，不係勾虜之數，即時釋放，以分首從。時賊在西城巡邏，臣將各首級懸之高竿，仍將各賊向城斬首，高唱姓名，使之聞見。彼知外援既絶，則心膽自寒，即此皆平賊一機。奈將心不一，但知忌功，不肯立功。若困守不攻，有七不易：城堅守固，一也。糧草充足，二也。彼逸我勞、彼飽我饑，三也。時時賊下取箭燒房，我兵不知，恐乘機劫營，則自相踐踏，四也。軍久暴露，食皆烘炒，渴不得水，必生怨望，五也。久旱必雨，營壘難立，六也。達虜秋高必來助賊，各處塘報見虜西行，七也。不攻則其害如此，攻之又徒損我軍。臣令各營將領每面築立土山，即古拒堙之制。或立懸樓，先將女墻打碎，然後衆赴城下。或壘土袋，或架雲梯，方免損傷。魏學曾、葉夢熊、朱正色等所見皆同。而諸將口雖唯唯，無有從者。緣臣望淺權輕，不足懾服，坐辱君命，雖死無補。伏乞嚴諭責成，信賞必罰。如以臣爲多事，先將臣罷斥，別選能者，假以重權，使親營陣，庶人心知畏，而賊可立平。如更因循，不惟一方之憂，將全陝皆有不測。

撫臣沈思孝、按臣孫玦曾有疏言，猶有所隱。倘以臣言過當，願下臣于獄。待至秋冬，事不大壞，斬臣之首，以爲人臣欺君者之戒。至于諸將塘報，多不足憑。臣必待城破之日，方以捷聞。其餘功罪，以還師之日，按臣核實，總論具奏。參政顧其志，方賴督餉，即經陞轉，不宜離任。總兵李昫，近益奮勵，使功使過，宜在此時。出降百戶姚欽、武生張遐齡，宜重陞賞。百戶方正，亦應優叙，以勸降者。臣在營中，人人爲臣危懼，欲其移屯城堡，苟全性命。臣念受陛下非常知遇，恩重身輕，死不足報。一切嫌怨，又何足避。乞賜睿斷，敕下該部查議速行。若七月中旬此賊不滅，則大事去矣。臣親見事機，隱默不言，是臣誤國之罪，更甚于諸臣也。臣無任激切待命之至。

奉聖旨：覽奏。攻城日久不下，皆因主帥紀律不嚴，調度失策，以致各將官全不用命，好誤國事。兵部便看議來説。

第七疏

爲虜患日深，賊守愈固，直陳所見，以免誤國事。

臣自六月二十二日抵寧夏，至二十九日止，攻城事情已經具奏外，七月初二日，原任河東道僉事隨府，從南門懸樓跳下。家人張興身帶本道關防，亦隨跳下。隨府傷臂，不能動履。張興傷足，滾至濠邊，被救過營。賊令四人下城取府，總兵董一奎遣人往救，無肯聽令。【眉批】衆軍逆命如此，恐涉侵越之嫌耳。卒以侵越獲謗，殊可痛恨！一奎親射三箭，弓撥而止。致將府綁縛上城，許朝打府四刀，扭鎖收監。其奪府四人，各賞銀一大錠，紅一匹，于城上誇耀。賊于數丈高城，取隨府如拾地芥，而我軍咫尺乾壕，不肯前渡，則彼此軍令可以概見。各領兵將官反致一書與督撫及臣，云："城高守固，我以一法攻，彼以一法備。空傷軍士，決不可攻。"【眉批】老成誤事。臣當復之云："諸將受朝廷厚恩，既不能力攻，當別思方略。若不明紀律，不恤軍士，奸細出入而不知，賊徒下城而坐視，隨道出而不能救，內變作而不能應。日復一日，作何究竟？"諸將亦不回答。

初七日，賊又詭求招安。將党巡撫、石副使家眷送出。而石副使弟石繼善極知城內虛實，云："軍民盡已絕糧，賊馬餓死過半。前見攻打至急，又燒南樓，慌懼欲逃。因數日不攻，方始心安。"攻城軍士，反叫賊從城上燒梯。似此人心，皆諸將素無恩威，不能鼓舞所致。時達虜數萬，已從沙湃大入，斷我糧道。賊使通官馬世傑、德勝二人為虜鄉導，餽各酋每人金十兩、銀五百兩，蟒段、食物在外。其部落奸人，皆有餽送，以故虜為之用。督臣魏學曾調去副將麻貴領騎兵五千有餘，游擊龔子敬苗兵一千，前往堵截。雖曾獲首級，而虜入轉深，將及韋州、慶陽等處，略無退志。臣偵知殺戮人民，搶奪頭畜，燒毀及搶去糧料不知其數，各將皆不以報。幸初八日提督李如松哨知，賊遣通官阿卜失戶在夾河地方專一勾虜，遣游擊李寧等帶領家丁前往擒捕。阿卜失戶射砍重傷，落水身死，亦足以剪其羽翼。臣差官丁持臣曉諭告示，安撫各堡軍民。即曾經從賊者，許其投降，給與免死執照。民知有生，踴躍聽命。窮餓者量與賑濟，耕種者即與放水，道路始有行人，軍營貿易不缺，而民且以糧數十石，助臣軍需，臣給與優獎以勸忠義。又使各民時赴城下，招其父兄子弟之在內者，使其歸順。即不敢應，亦令自疑。仍出示：各堡積有糧米者，增價糴買。運送軍前者，給與脚價。大兵屯聚，可省搬運。賊平兵退，即以濟貧。若積有數千，則賊虜截糧之計亦無所施。而士飽馬騰，可攻可困。且寧夏西南為唐渠，東為紅花渠，登堤一望，城如釜底。惟北面低窪，原以出水。已募民夫，將北堤築斷。賊在釜中，一決大壩，即可淹沒。連日城中哭聲震地，賊勢已窮。但念一城生靈，殺之不忍，姑俟內變。若虜騎逼近，不得不為毒計。或浸城多半，使賊不得出，而後分兵休力，相機禦虜。奈諸將用兵不及兒戲，因知從前報捷，盡屬欺罔。

陛下神聖，洞曉兵機。自古旌旗以教目，今軍中無旌旗矣。金鼓以教耳,今無金鼓矣。號令以教心,今無號令矣。編之行伍使知方位,今無行伍矣。軍之命在食,今絕糧矣。軍之力在馬,病餓死者過半矣。長技在弓矢,臣到時軍已缺箭。昨取之督臣,[3]發到萬枝。以四萬人計之,是四人而共一箭也。三軍之衆,百物具備。今製攻具則無木,造火器則無鐵,且無工匠矣。甚至坐視賊徒下城取箭,過壕取草。每遇攻城,又將雞血染衣,詭稱被傷。及至驗視,纖毫無損。或逃之別堡,輒報陣亡。惟原任總兵劉承嗣屢次查究,諸將勸其含糊。又其甚者,姚欽内應,望兵不至,于黄昏時遣武生張遐齡下城,赴游擊陳守義營中,催兵上城。至二更後,哀求不應。以難得之機,竟爲所誤。固原軍趙思義不知何時被賊執之上城。坐營都司張詩初不得知,至七月十六日,賊自報説,方始驚異。若能將陳守義、張詩軍前梟示,則三軍股栗。以數萬之衆,四面齊攻,賊之家丁不過二千,安能盡備?然後擇其空虛之處,以死士先登,無不克者。今諸軍進或被傷,退反得免,全無賞罰,何以勸懲?而諸將但以卑詞求賊,不曰受降,而曰講和。賊見勢窘,許進南關,爲之奏請,盡赦其罪。夫以賊之罪惡滔天,既無赦理。況赦之而彼又欲留家丁以自衛,分大城以自居,亦將聽之乎?又況既許之赦,則必撤兵。彼復牧馬積糧,與虜合黨,則我之兵將反爲所制,是何張傑之多也?惟既得南關,因而取之,則爲得策。臣觀諸將無能辦此者。此外則臣萬萬不敢任也。

人皆謂臣職任在于紀功錄過,可以推托。當爲身謀,不宜空費心力。顧臣心感特知,不容自已。況欲紀功,則無功可紀。諸將可以欺臣,而臣不敢以欺陛下。欲錄過則難以悉錄,且恐駭人,不以爲刻,必以爲狂。惟有隨其所見,據實奏聞。但臣于七月初三日曾有疏奏,内云:"七月中旬,事不可爲。"今虜果大入,殘害已盡。計今此疏,方得進呈。則今疏得呈,必出月杪。覆議施行,已在中秋之後,彼時事勢又不知其何如矣!惟時時切齒,按劍長嘆。副使蔡可賢同在營中時,與涕泣而已。【眉批】閫外之事制于閫内,以此成功從古所無。陛下即行臣之言,已在事後,則臣之心不得盡,臣之官爲虚設,不若早賜罷斥,得離行間。誠不忍見逆賊得志，虜騎橫行，國家之兵制法紀蕩然至此極也！
【眉批】愛國之誠溢于毫楮。無任涕泣迫切之至。

奉聖旨：兵部便看了來説。

第八疏

爲激切招尤，荷蒙垂察，遵職陳言，以盡愚忠事。

寧夏事情，已經二次具奏。自是以來，督臣魏學曾信臣之真，而臣亦憫學曾之苦。相與約誓，同心滅賊。有異同者，神明殛之。臣感其忠誠，盡心計議。學曾每夜露香跪禱，願以餘生，贖一城生命。彼此布置，事有端緒。除一切瑣屑不敢瀆陳外，自七月二十一日，開閘放水，城被浸壞，四面各數十丈。軍心踴躍，以爲必克。三十日夜，賊駕船十一隻，偷挖參將達雲所守堤岸，擒縛軍士。被提督李如松冲退，斬獲一十六名。至八月初一日，參將來保所築堤岸被水冲決，遂棄前功。幸初六日賊據教場，麻貴奮勇占奪。初七日，賊修東城，俞尚德親往擒斬。自此喪氣，不敢復出。城中糧盡，樹皮敗靴，悉以充食。饑民擁賊，早求招安。賊因紿之曰：“朝廷已有鐵牌招安，奈諸將匿之，欲盡殺爾輩。”愚民盡爲所惑，我軍亦以爲言。臣知其然，于十二日大出榜示，略云：“許朝等既求招安，先將城内饑民開報。限三日内迎大兵入城，分別賑濟。如有疑畏，先將饑民赴河西寨給領。”至十五日，又出一示，云：“三日已滿，既不開門，又不放出支領。顯是各賊原無求招，實意要將闔城餓死，又令我軍勞苦。”【眉批】賊之詭計盡敗矣。軍民之心始共恨賊。十六日，魏學曾遣千總潘宗、把總劉禄到城，詭稱鐵牌已到，誘其出迎。暗約諸將，出即擒制，或進而圖之。葉夢熊亦差標兵百餘暗伏接應。事幾可成，謀泄而止。二十日，着力兔、打正把都兒合黨助賊，先該魏學曾調有防堡人馬，李如松又遣游擊李寧往鎮北堡剿殺并擒斬、奪回男婦共五十四名口。二十一日，虜又渡河，從李剛堡進入，離城僅三十餘里。臣見事急，欲待督撫傳示，遠不及事。欲自行調遣，又嫌侵越。惟令標下把總張澤及本鎮投到應襲、王都等，領兵百人先往埋伏。後臣中軍李如樟，挺身願往。臣壯而遣之，令其約會麻貴、李寧、王通、李有升等，領兵三千。李如松恐其有失，親領千人手馘虜首。李寧、俞尚德、趙夢麟、李如樟等，各各奮勇，斬獲七十餘名。虜衆大敗，各賊失望。我軍懽聲雷動，皆云希有之捷。【眉批】無米之炊。

　　原任總兵劉承嗣，又將決堤修補，水復到城。督臣葉夢熊許約撫臣，至期親督攻打。以賊勢度之，內絕民食，外無虜援。水一到城，必多頹壞，萬無不克之理。儻不如意，惟有坐困，但恐軍民盡爲餓莩。各賊尚支一年，邊地早寒，八月已雪，三軍野宿，何能久存？不撤則恐生他變，勢必散屯各堡。無奈將心漸離，皆稱有病，臣與蔡可賢、蕭如薰再三調停，尚不能挽。儻人心一弛，則賊虜復合。着、打已被殺敗，莊、吉求撫未得。賊知其有恨于我，而以重幣購之。東西並進，腹背受敵，不惟喪其前功，抑且大有後患。此臣之所甚恐也。雖事權與臣無干，而狗馬之心不能自已。謹條爲六議，惟陛下察之。

　　一議恩澤。昔越王投醪，而三軍心醉；楚莊拊循，而士人挾纊。蓋誠意之感人深，而衣食之及人淺也。陛下端居九重，慮周萬里，何嘗一日忘西征將士哉！顧屢蒙皇賞，皆視爲常例，不知所自。似宜特發綸音，念將士寒苦，即以在軍銀兩，各給冬衣。容臣等宣諭，使人人明知聖意，則一時鼓舞，奚翅紫貂裘帽之賜哉！

　　二議司道。臣于七月初三日具疏，謂參政顧其志雖經陞轉，不宜離任。蓋彼時督餉無人，故欲議留。今本官已行，兩月計程，何止數千？而新代參議張季思慷慨任事，明爽有爲，所賴尤重，似難別議。顧其志亦不必復回，以滋往返。副使蔡可賢既熟邊情，兼能應變。臣因虜入定邊，截我糧道，諸臣爭報糧料已盡，囑臣暫回靈州。自念臣離營中，則人心洶懼，適墮賊奸。出示糴買，稍昂其值。可賢毅然自任，親赴各堡。數日之內得糧七千餘石，軍士恃以無恐。虜住二旬，賴以不乏。則可賢之才，堪備緩急。雖經論列，然科臣所論者，行也。臣所見者，能也。當此使才之時，又不可以一眚廢矣！

三議塘報。從來各邊軍情，皆據將官塘報。臣在軍中，極知其弊。如虜本數十，則曰數百、數千。本未見虜，則曰彼此砍殺。止獲一二首級，則曰殺死數多，盡被拉去。軍士多被殺掠，則曰中傷軍丁尚未查數。如臣在營中，查問我軍有無被擒，皆曰無有。忽賊放回寶元等十一人，皆節被擒縛，獨非軍乎？問賊徒有無出城，皆曰無有。及捉獲奸細王羊等數人，皆從城內出邊，其未獲者尚有數十，獨非賊乎？又如達雲縱賊挖堤，全不之覺。塘報督撫反謂有殺賊之功，得首級一十六顆。諸如此類，難以枚舉。此臣之具奏，必查核明白，不敢止據塘報，自同欺罔。如沙湃之敗，雖在河東，與臣無與，但禦虜軍士皆討賊之數。據報，麻貴損兵一百八十，今未到者三百餘名。苗兵死者六百五十，今全軍未見一人。即如李如松張亮堡之戰，從來所無，因臣未查實，尚未敢報。蓋無功之罪小，而欺君之罪大也。宜專委賢能司道，親在軍中，專查功罪。庶欺蔽無所容，而賞罰亦得其實也。

四議賞罰。將帥之所以鼓舞人心者，惟賞與罰。必賞當功，罰當罪，而後人心悅服。諸葛亮罰二十以上，必親覽焉，誠恐以不當而失人心也。行罰如此，則行賞可知。今之人才，不知視諸葛何如？而所謂賞罰，皆非親見。或主以偏係之私，而決之于左右之口。多置伺察以爲耳目，不知諸將巧于彌縫。小人易以利動，耳目愈多，而是非愈亂。似宜親在行間，不厭詳慎。若行之任意，恐有功不賞，已難示勸，況不賞而反罰，誰不怨望？有罪不罰，已難示懲，況不罰而反賞，適啓倖門。此不可不嚴爲之防也。

五議冒功。軍中欺罔，其事非一。而最可恨者，冒功爲甚。有自圖陞賞贖罪，而買他人首級者。有實未出門，而竊名督陣者。有畏其勢力，而奪彼與此者。有他人所獲，而恃強奪取者。有以民爲賊，以中國爲夷狄者。甚至見人獲功，殺而奪之，併所奪首級與所殺獲功之首，而成二功者。及委官視驗，不過全憑塘報。即再四查核，又以初勘爲準。人冒死以得功，已安坐而攘之。至妄殺平人者，不以抵命足矣，反從而賞之，如天理何？人心離散，以至覆敗，率由于此。相沿已久，難以盡革。惟隨其發覺而重法繩之，或可懲一而警百也。

六議揭害。人情相忌，軍中爲甚。御史龔文選，極言忌功揭害，欲行按治，誠爲有見。以臣所見，遇難爲之事，則推避不前。見有以身任者，恐其成功，就中破壞其事。反布爲流言，使無所容。臣愚以爲欲禁揭害，必清其源。大凡被揭者，雖未必君子，其揭人者，必爲小人無疑也。揭人者既爲小人，則信揭者之不必爲君子亦可知也。【眉批】愚者之言。臣自爲臺臣，不敢受一私揭，亦未常以一疏發人陰私，以獵搏擊之名。即大計時，各發訪單。臣所列人數獨少，止用一二考語，摸寫所見實事，不敢摭拾曖昧。恐一有不實，則壞人平生。蓋名義至重，鬼神難欺，公論昭然，不可枉也。乞敕閣部大臣，凡有私揭，投諸水火。擇其甚者，反坐其人。如有徇私黨護以誤國計者，許科道訪實參奏，則忮害之風，可不禁而息矣。

以上六條，皆有所據。但用人之際不宜輕泄，恐激他害。伏乞敕下該部，查議采擇施行。不惟西夏有賴，凡于軍政未必無小補也。抑臣猶有私情，不得不哀鳴于君父之前者：臣賦性愚直，動與時迕。起復以來，閣部大臣多未識面，即同在言責，亦未往返，孤立無援，莫臣爲甚。兼以上有老親，下無血胤。久欲乞歸，以全子道。因屢有疏陳，仰蒙采納，誓報萬一，後爲身謀。復有寧夏之遣，臣受命之日，已忘其身。初意尚欲假以將權，身任滅賊，即馬革裹尸，亦有餘榮。行時具奏，不蒙俞允。臣知難自效，惟盡此心。故至陽和復有小疏，自謂感諸將以忠義，與士卒同甘苦。自是以來，倦不敢乘輿，暑不敢張蓋，與三軍共食枎炒，同飲污泥。一以感動人心，一以明臣之不敢漫語也。暑與勞并，遂成痁疾。及至寧夏，加以雨濕，轉益增劇。臣勉強談笑，恐搖衆心。至十七日，忽聞魏學曾回籍。臣憐其苦心，且事將就緒，意欲奏留。見已交代，又因軍民不忍其去，戀戀垂泣。臣雖素未相見，疾馳百里，追送郊外，洒淚而別。還至靈州，于督臣坐中見邸報，內有明旨："監軍專司監察，無得侵越事權。"臣心悸魄散，不知所措。

竊念臣在行間，所行者士卒之事，且未常與諸將比，敢侵越督撫之權耶？權之大者，在賞與罰。臣隨行委官經歷王立民，領馬價三千兩，聽臣支用。臣沿途招募犒賞，所用不過三百兩，尚存二千有餘。惟攻城時懸之于外，以誘士卒，未嘗敢輕用之也。姚欽等出降，適撫臣朱正色到營，問："曾賞否？"臣曰："尚未。"正色曰："三人冒死內應，今懸首城上，必其親屬，即百兩不過也。"此正色主之，臣應承之耳。若臣之所最恨者，陳守義、張詩則奏之陛下，來保、達雲則請之督臣。尚曰："用人之際，當以功贖。"督臣牌行營中，殺都司吳世顯，臣不與聞。以督撫所殺，且止一人，臣又何敢擅殺乎？若謂調遣兵將，自臣到時，分撥已定。董一奎時時告臣，兵止數百，雖有苗兵數千，驕悍不受約束，動輒反唇相譏，意欲臣爲督臣言之，而未許也。虜入定邊，督撫調麻貴、龔子敬往遏其鋒，臣明知其不敵，不過以書屬督臣，云："步兵不到平曠，宜以五百火器手助之。"使臣敢專調遣，彼時遣兵助之矣。惟虜退而學曾又憂其復來，臣復之曰："虜之入搶，以釋明安之恨。今歸必來求撫，不復入矣。惟着、打二酋或來助賊。若以重兵守平虜，而分兵以防李剛、金貴二堡，擊其半渡，乃便計也。"學曾深以爲然。問平虜以郭有光與吳顯孰優，臣曰："有光可。"至于近日張亮堡之捷，因事勢至急，臣不得已，亦止遣標下親丁，其餘乃令李如樟約會願往者。何嘗敢擅遣一將，擅發一兵哉？臣之心事，在營將士與城堡軍民無一不知。不過乘風威以毀南樓，因截糧而行糴買，收壯丁以安堡民，宥脅從以定反側。親丈地形，築堤決水，亦必以圖示學曾，同心催督。以此爲臣之侵越則可，初何關于事權哉？【眉批】明知毫無利益，銳意何爲？忠義多癡，類皆如此。

況人之侵權，必有所爲，或爲貪功，或爲尊大，或爲受享。今以臣爲貪功，事定之日，必首敘督撫，次及大將，次及用力獲功之人。臣以監察之官，即自居其功，欲何爲耶？以臣爲尊大，臣待罪御史，御史之出，俗以爲代天巡守，黜陟群吏，出入生死。儀衛擬于諸侯，而嚴肅過之。參游而下，不敢仰視。今臣與士卒爲伍，倏忽聞警，躍馬疾馳。將領效力，則拜而謝之。士卒有謀，則就而問之。其非好尊也明矣。

以爲受享，臣見受享者，食味兼水陸，屋壁衣繒綺。朝歌夜弦，猶曰未足。臣與吏書，日夕餔糜。自買柴菜，惟恐虧價。居處營中，累土爲榻，以蒲代瓦。風雨時至，擁氊自蔽，木板爲几案，瓦盆爲頮器。自到以來，夜無燈燭。欲有所營，引火自照。魏學曾行時，憫臣之苦，以書相勸，且以積俸十兩，遺臣犒從。且云："晝有衝突之險，夜有刺客之危。宜過靈州，與衆共處。"臣復之云："楨受主上特知，誓以死報。身有親丁百人，並寧夏投到復讎者百人。以楨用之，足當一面。若爲將之道，頓身爲先，楨頗習此道。即有荆聶之流，不能爲害。聞公親弟來省，不能具三金，何至以十金見遺？況公垂橐而歸，楨在行間。既不能贐，何敢受惠以速其貧？且積俸皆主上所賜，以優養老臣者。即不爲子孫計，獨不念與故人共飲乎？"學曾諒臣之心，亦不以却之爲忤。蓋臣之所以爲此者，欲以身先將士，激使同心，以報陛下耳。不意不能協和，而反致人疑忌。至有云，臣未到時，京師已有密書，謂臣狂直，到必掣肘，宜謹防之。昔桓典出而且止興謠，二鮑用而斂手相戒。臣亦何人，敢方斯軌？顧在昔以爲美談，即今以爲怪異，則非臣之所能解也。

今臣不但不敢侵權，即如前應行者，亦不敢與。是臣之官真爲冗員，而臣之心愈不得盡。奈軍中無一重臣，事無統帥。乞敕督撫二臣，或内擇一人，渡河臨陣。庶聞見得實，而人心知奮。更乞敕下部院，細加體訪，參之公論。果臣有侵越，乞治專擅之罪，以爲人臣躁妄之戒。如其虛枉，乞賜臣歸田，以保病體。上事老親，下延宗祀，從此有生之年，皆陛下之賜也。若留之愈久，儻事體有壞，臣不得不言。臣有言，人不得不恨。臣之微軀，曾何足惜？恐豪傑之士，見臣以任事受禍，皆懷明哲之思，沮效用之志。非所以風示天下，弘濟艱難也。臣干冒天威，無任涕泣待罪之至。

奉聖旨：該部院知道。

第九疏

爲心急平賊，疏奏欠慎，致干宸怒，遺累老臣。伏乞聖慈，少霽天威，以光至德事。

　　臣奉命監軍，見逆賊據城，恨不蹴踏，生食其肉，以雪憤恨。諸將稍不奮勵，即不能忍。故二次具奏，皆歷數諸將之失。惟望敕下兵部，嚴加責成，使臣得從旁獎勵，早擒凶逆。不意陛下怒及原任總督魏學曾，差官拿問。臣一聞之，不勝惶怖。

　　夫以學曾身爲督帥，師久無功，陛下歸罪其身，誠所宜然。但自各虜款貢以來，武備久廢。將不知兵，兵不知戰。即在諸將，目未覩韜鈐，身未履營陣。一旦責以剿逆，無異驅市人而授以戈也。臣亦知其相沿已久，隨處皆然，難以過責。但當主憂之時，正臣子效命之日，不得復爲姑息之語。至于學曾，發迹賢科，敦尚名檢，海內人士視爲師表。奈報主之心有餘，而應變之才不足。年老體衰，難親戎陣。日夜焦勞，寢食俱廢。臣初亦責其玩寇，久乃知其苦心，誓相協贊。稍有次第，聞其罷歸。尚欲乞留，以俟奏捷。今復有此旨，誠知陛下，不過以大臣且至被逮，則將士益加警惕，初無深罪之意。但學曾以風燭之年，罹霜露之苦。萬一驚懼，遂成危病，非陛下平日所以優禮大臣之心矣。臣雖至愚，豈不知天威不敢輕犯？獨以臣親見其苦而不爲陳訴，不惟下負學曾，亦且上欺陛下。懇乞少霽威嚴，特賜寬宥。則雷霆之威，與天地之量，並行不悖。傍觀者皆服陛下之寬，而受任者自不敢怠陛下之事矣。臣干冒天威，無任戰栗待罪之至。

　　奉聖旨。

【校勘記】

［1］劉東暘：原作"劉東陽"，據《明史》卷二二八《魏學曾傳》、《萬曆三大征考》及《寧夏鎮哱拜哱承恩》改，後同。

［2］李昫：原作"李昫"，據前後文及《明史》卷二二八《魏學曾傳》改。

［3］取：此字漫漶不清，據《征哱奏議》補。

西征集卷之二

疏

第十疏

爲逆賊蕩平，全仗睿斷，據實奏報，以合公論，以定恩賞事。

自逆賊劉東暘、許朝、哱拜、哱承恩、哱雲、土文秀等戮官倡亂，糾虜拒兵，天地之大變，神人所共憤。聞亂以來，邊報朝議，倏喜倏驚，盡如説夢。惟賴陛下明見萬里，報勝不喜，報敗不憂，一意責成，期于平定。臣仰窺聖心，必非群議所能搖奪，方敢自任，奮然請行。【眉批】聖天子之功，非樂羊功也。

受命以來，屢奉明旨，或決水以困堅城，或赦降以散脅從，或遏虜以絕聲援，或行間以相賊殺。其間亦有出自兵部覆議閣臣手書，實皆廟謨之所預定，諸臣不過申而明之耳。以故原任督臣魏學曾夙夜兢兢，同心共誓。而葉夢熊、朱正色守其畫一，不敢更張。李如松與麻貴等大戰張亮堡，而虜不敢入矣。劉承嗣督率諸將修築長堤，而賊不得出矣。

九月初三日，遵旨將姚欽、方正等冠帶鼓吹，誇示城下，見各賊駢肩看視，知其已有羨心。

初八日起更時，忽有三人下城，審係袁朝、黃中、薛永受，報稱：何廷章、王林、夏之時等二十七人，約會同心先獻南關，内有畢邪氣要獻大城，機會未便。等因。此時諸將營壘散處，惟近南關者先聞此言。而是日巡撫朱正色、參將楊文，領浙兵適至營中。李如松馳赴南門，意欲渡水。因劉天俸、趙夢麟俱陷泥淖，不得近城。時臣在東南城角，一方無水，令游擊李寧首先登城，李如樟繼之，止有五十餘人。董正誼執臣認旗，假稱臣已上城，禁止殺掠。居民聞言，盡設香案，把火照耀。李如松同楊文，亦來本處登城。總兵牛秉忠年七十餘，奮勇亦登。臣大呼衆將："老將軍且不避險，諸將何不早上！"是時王通、錢燁、郭有光、趙夢麟、俞尚德、來保、李鎮中、麻承詔、頗貴、胡澤、馬孔英、擺賽、馮大柱、嚴惟忠、達雲俱到。臣恐人衆，難以禁約，一或妄殺，則大城死守，不可復得。遂同麻貴登城，分遣約束。而總兵蕭如薰、董一奎、劉承嗣，撫道朱正色、蔡可賢，將領姜顯謨、陳良批、劉天俸、王鐵塊、王希魯、劉朝臣、金尚禮、鄒天福、宿振化、李世功、杜熊兆、張澤、張二、伯效誠、李秉德、王國翰、王國柱、何崇德、李懷信、宗臣、吳顯、孟孝臣、左朝紀、劉本義、趙夢龍、葉子高、安宇等，陸續亦至城中矣。蓋雖有先後，而或以路遠，或以水隔，難以遲速論也。兵不血刃，秋毫無犯。凡各軍丁生擒獻功，盡行釋放，歡聲雷動。【眉批】如此義戰，卒敗于督有殺降之令，惜哉！

至次初九日，兵赴本關北樓，攻打大城南門。盡令先經釋放黃羔兒、戴朝相、林華領王林等向賊叫説："我每獻關都有升賞，你每若獻大城，功勞更大。"賊黨故云："聞守城家丁，盡被殺戮。"王林答以未殺一人。臣盡遣所釋者與賊相見，各賊一一呼名看視，點頭不語，衆口齊叫早降免死。各賊搖手，令其勿言，又以手自指其心，示其有心也。自此撫臣朱正色同各總兵將領，督率甚力。用土墊路，彼此射打，互有傷損，正色亦幾被箭，而浙兵鳥銃打傷賊徒獨多。

至初十日，賊遂送出總兵張傑，使求招安。臣察其意，許朝雖有獻城之心，而憚哱氏父子之强，不敢動手。惟哱承恩年少易動，令董正誼密訪南關軍民與哱相識者，令其行間。

十三日夜，臣標下百户耿憲、武生陳汝松訪知南關居民李登挺身願往，以妻寄母家，子托其弟。自稱成則有功受賞，不成則以死報國。【眉批】李登忠義可貫天日，不蒙上賞不能不追咎當日議功諸大老。臣與以諭帖，使哱承恩父子殺許朝等自贖。當差李如樟、俞方策用小船送至東門，聞有諭帖，暗吊上城。

　　至次十四日，持承恩稟帖下城，且云哱拜見說免死，哭泣跪拜，當與畢邪氣等商議，但要印信執照，以爲憑據。當晚，李如松馳往督臣葉夢熊處討札付，臣與李如松各與執照，如松又向朱正色討要執照一張。

　　十五日夜，李登持各執照進城，值劉東暘知土文秀向有歸順之心，假妝風疾，將文秀殺死。

　　至次十六日早，哱承恩與畢邪氣約同哱承恩赴南門，將許朝、許萬鍾砍死。畢邪氣向北樓，將劉東暘砍下首級，同赴南門報知。李如松差家丁小白兒，臣差把總溫浩上城驗看是的。畢邪氣要臣令旗，又請一總兵進城安撫。李如松、李如樟同楊文上城，董正誼仍執臣認旗上城，禁止殺掠。滿城軍丁解甲焚香以迎王師，又如南關故事。但各門土填，不能即開。仍又放下木梯，蕭如薰、劉承嗣、牛秉忠、麻貴、麻承詔、王通等大小將領一一進城。臣因前入南關，生擒賊黨者，盡行釋放，請賞未與。料各兵進城，必以多殺爲功，不能禁約，雖分遣止殺，而非復南關斂戢矣。

　　至次十七日，大開南門，商賈輻輳。哱承恩出見朱正色與臣，請入大城，且稟稱城中殺人甚多，乞要禁約。臣與蕭如薰、蔡可賢等私議先收人心，各賊家丁分屬該鎮總副標下，撫以恩惠，將哱氏父子兄弟監候請旨，或解京，或傳首，庶不驚擾，而各賊資財，足供賞軍之用。忽督臣葉夢熊傳示諸將，本日不盡殺哱氏者，以賜劍行法。哱承恩方出臣門，即遇浙兵綁縛。時牛秉忠寓哱拜家，方與哱拜午飯，聞大兵喊聲，知哱承恩被擒，牛秉忠即出。哱拜闔家自縊，焚燒房舍。李如樟率家丁李世恩斬獲哱拜首級，麻承詔捉獲土文秀長男土希衛，李寧捉獲哱拜次男哱承寵，鄉官穆來輔率領親丁穆厄等殺死賊黨杜虎喇赤及許朝中軍白鶴等。哱拜家丁俱上平房，哀求免死。李如松與以令箭，遂各投下，至次日方被亂軍搜殺。惟內有達賊數人向衆射箭，當被擒斬，餘俱赴火。連日搜索無遺，亦有民家擒獻者，而各賊資財盡被混搶矣。參政馬鳴鑾、副使蔡可賢親往禁約,皆不能止。【眉批】大夫人心而無變者,誠天幸也。至今株連,尚未休息。此不但臣所目擊,而内有十餘萬家丁,外有數萬兵將皆能言之。

若謂初八日四面攻城,十七日哱賊拒敵,則臣前疏有言,諸將可以欺臣,而臣不可以欺陛下也。奈各將塘報彼此不一,有謂賊徒拒敵者,有謂哱承恩欲逃者,有謂賊尚拒守者。其意不過欲張大其事,以明有功,且避殺降之名。以臣愚直,謂各賊罪惡深重,死不償責,雖殺戮數多,人人稱快,若留之本鎮,則彼此疑忌,終成禍患。且事急後降,殺不爲過。【眉批】包容督府者至矣。而將士環甲執戈,祁寒暑雨,辛苦備嘗。雖死者不多,而帶傷者衆。饑餓勞困,僅存皮骨。若非用命破虜,圍困至極,則雖李登往諭,未必聽從。今業已削平,不惟關全陝安危,亦且係華夷觀望。當茲舉將募兵之時,即加以非常恩賚,似不爲過。但出自聖裁,何虛妄以自希冀?

除文武將吏同與討賊者另疏奏聞外,臣受命之日,已具疏請,事定之日,一切事宜付與督撫,即日還朝。其紀驗首功,俱屬巡按御史,已蒙部覆如議。臣原無別權,止有經歷王立民隨帶馬價銀三千兩,内用過四百三十九兩二錢八分,支剩二千五百六十兩七錢二分,交付督撫,有册送部。【眉批】較之近日糜餉者何如?

臣于本月二十六日遂離鎮城,還朝復命。但續奉部議三事:一與巡按勘李昫功罪,一查已故巡撫党馨、副使石繼芳有無剋減軍糧,一爲五日一報軍情事。奉聖旨:"魏學曾已有旨了,這斬獲功次着巡按監軍御史勘明,從實具奏。欽此。"内麻貴、董一元奉魏學曾之令,堵虜搗巢,雖未目擊,聞之頗真。復行河東、河西、靖邊三道勘明,會同巡按具奏,其李昫功多于罪,已蒙寬宥。党馨雖無剋減顯迹,而沿習舊弊,不能釐革,加以刑罰太重,裁抑將領,頗失人心,前任副使李春光以此不合。及石繼芳與馨至親,人皆稱其清謹,奈事事順從,無所規正。總兵張維忠一味苦節,不能撫軍,久知各丁忿恨,不與馨言,坐待其變,均之無足紀者。若追論其罪,則死已足憫。若隆以恤典,恐該鎮人心且有疵議，非所以示公道、樹風聲也。臣以菲才，遇知己之主，除此一念微誠，更無可以補報。故敢不避嫌怨，據實奏聞。乞敕部院行巡按御史，逐一查勘，略其細故，從重加恩，以風示遠近，鼓舞人心。臣狂躁不慎，致累老臣橫被訾議，不敢復玷班行。儻臣之心事得明，則從此廢弃，亦有餘榮矣。臣無任冒昧切直之至。

奉聖旨：該部院知道。

第十一疏

爲衰病老臣功罪已明，懇乞聖明早賜矜宥，以慰人心事。

原任督臣魏學曾，以師久無功，上干宸怒。臣具疏乞憐，不蒙俞允。彼時極知學曾用心獨苦，收復頗多。但大城未克，不敢叙功，嫌于粉飾。及賊平之後，該鎮將士無不知爲學曾之功。九月二十五日，例有一宴，以慶太平。文武諸臣相與嘆息，謂學曾首任其苦，而不得享其成。僉謂大捷一聞，必蒙寬宥。今捷報一月餘日，學曾縶繫，已行四千餘里。仰窺聖怒尚未盡解，必以學曾爲有罪無功，而臣之申救之者爲欺也。

夫學曾之功，除收復各堡，敗賊退虜在臣未到之先，雖詢訪甚真，不敢槪叙外，止據今之所以成功者，大要有三：一曰遵明旨以遏虜，二曰遵明旨以灌城，三曰遵明旨以赦降。以臣論之，三者皆不可謂非學曾之功也。方虜騎于八月二十二日渡河，距學曾解任僅五日耳。虜至寧夏不及三十餘里，呼吸可至。若必待新任督撫發令，往返二百餘里，又隔黃河。賴有學曾原設李剛、金貴、張亮等堡，哨探塘馬飛報臣知，方遣張澤等，以所部壯丁，令其暗伏。戒以賊未渡，則于半渡射之。既渡，則從後呐喊揚塵，虛張疑兵，以助軍威。而李如樟以自請往，麻貴、李寧以如樟、柏約而往，李如松以援弟而往，皆學曾平日所分布爲敵兵游兵者也，可謂敗虜非學曾之功乎？

臣初築堤，阻者甚衆。惟學曾見同，即斷以爲可行，責成劉承嗣晝夜併工。故水至而賊虜不通，勢遂危急。則灌城者，學曾也。兵法攻城爲下，攻心爲上。以許朝奸狡，善于用兵。既據堅城，又多守備，若非內變，至今尚不可知。學曾屢將明旨賞格曉諭城中，如各賊若能自相擒殺，照例赦罪封賞。及城破之日擅殺降人者，許巡按及監軍御史參奏等項事例，一一密傳，並印信部札，令其通知。故當機動之時，臣令李登往諭，而哱拜父子泣拜聽命，皆學曾先有以攻其心也。

　　學曾之功如此，獨其初聞亂之時似于遲緩。臣未奉命之先，曾以此參論，云此賊必非學曾之所能辦。及至紅山，學曾遣人約臣相見，臣薄其無功，徑自渡河，不與相聞。書札往來，多有譏刺。旬日之後，始知其苦心，而學曾亦知臣之忘身報國，遂忘嫌怨，傾心相與，共誓以死，期于必克。臣以此蒙侵越之謗，而學曾遂罷職去矣。使學曾更留數月，與臣合志，禁止搶掠，則寧夏之元氣不至大傷，而松套諸虜且聽約束，延寧二鎮可保無患，豈特止于平賊已乎？

　　今陛下方以學曾爲罪人，而臣譽之太過，嫌于欺罔。顧臣之所自誓以報知遇者，惟此愚直。況當此虛冒之時，臣每疏以禁欺罔爲先，若躬自蹈之，則凡有欺罔，皆臣有以成之，臣之罪萬倍于他人矣。若謂陛下之逮學曾，由臣疏中票出，以致廷臣紛紛詆臣，臣恐及禍，故力救之，以爲自解之計，猶爲未明臣心也。臣上疏之時，正與學曾同心，大小事體，一一付臣。惟時時問臣："擒賊定在何日？"臣復之云："一月之內，保爲公平此凶逆，以共報朝廷。幸自寬，毋過慮也。"但士氣不振，難以速克。故欲望陛下切責諸將，使知所警耳。不意聖意追究主帥，則學曾宜其不免矣。臣一聞邸報，自悔自恨，若無所容。況他人遠在數千里之外，不知臣二人相與之義，其歸咎于臣，又何足怪。使學曾事不早白，則臣且受萬世訾議，況目前乎？如謂臣爲懼禍，假此自解，又大不然。即以學曾之故而甘心于臣，不過外轉與罷斥而已。臣前自保德渡河之後，時有虜警，臣從容談笑，以安衆心。攻城之時，矢砲如雨，略不爲動。許朝曾露刃擬臣，臣笑而就之，彼方納刀跪訴。人皆服臣之量，則臣于死生之際亦甚輕矣。豈有死生之甚輕，而反重一官位者哉？

臣已候期見朝，惟聞學曾先至，恐陛下尚未垂察，則一時之舉動，係萬代之瞻仰。故敢昧死急迫具奏，伏乞聖慈特加矜宥，則臣之心事，上見信于君父，下見信于群臣，得有面目以就班行。臣雖肝腦塗地，不足報矣。無任皇恐懇切之至。

奉聖旨。未下。

第十二疏

爲仰仗天威，蕩平大亂，直據所見，查叙有功文武大小諸臣，以候聖裁，以定恩賞事。

逆賊許朝等戮官倡亂，糾虜拒兵，幾至搖動遠近，甚于唐吳元濟之據蔡州。在元濟株守彈丸，唐竭數年之力，僅能克之。今各賊虎負重鎮，阻山帶河。内擁勁兵，外連强虜，其勢尤盛。而我軍不滿四萬，克之于數月之間。元濟尚登牙城拒戰，而哱承恩開城迎師。李愬之入蔡，市不改肆。而初克寧夏，家家焚香，商賈輻輳。其功名之奇，從古未有，又非唐憲宗、裴度君臣可同年語也。此皆仰賴陛下，居九重若履營陣，視萬里如在户庭。專以任人而不摇浮議，斷以定計而務責成功。昔二祖以開天之聖，而驅胡造夏；世宗以命世之主，而拒虜殲倭。前古所無，于今更盛。神人之所胥慶，史册之所首編者也。而輔臣之贊襄密勿，考究韜鈐。攻城則有策，禦虜則有策，非徒托之空言；或主于行間，或主于灌城，今悉見之實效。

兵部尚書石星，以犯顔敢諫之節，爲鞠躬盡瘁之忠。聞羽檄則慷慨請行，捧賜劍則感激垂泣。任事不牽于俗，而遣將悉當其材。户部尚書楊俊民，盈縮有度，利國兼以利民；餽餉及時，足兵先于足食。且家世素閑于將略，故談兵特中乎機宜。兵科都給事中許弘綱，論事遍采風謠，知必言而言必盡。兵部職方司郎中楊于庭，籌邊動皆石畫，事求可而功求成。職方司主事趙夢麟，參謀議而兼製攻具。武選司主事來三聘、户部江西司主事趙彦，督轉輸而備歷險艱。均之在内之臣，有功于討賊者，雖例不得叙，而當此非常之捷，皆有可紀之實，真難以常例拘也。

若身當其事，則原任總督尚書魏學曾，據迹雖覺遲緩，原心實極焦勞。每夜焚香，祈以身代圍城之命；多方行間，屢以計伐賊虜之交。故今賊内應而虜遠移，皆其威素行而算預定。總督侍郎葉夢熊，揮霍而雙眸星炯，談吐則四面風生。先在甘州，越千里而自請討賊；甫爲督府，未一月而旋已成功。【眉批】嘻笑甚于怒罵。巡撫朱正色，鼓士凌城，敢身立乎矢石；披甲上馬，更手挽乎弓刀。囊底智算多端，腹中兵甲莫測。陝西按察使馬鳴鑾，沉毅有謀，安詳不擾。當紛紜擾攘之際，有從容暇豫之風。參政楊時寧，督糧餉則錙銖不爽，士氣用張；監軍務而功過最明，人心協服。副使蔡可賢，邊計虜情，悉指諸掌上；糴糧積草，若取之囊中。參議張季思，督運井井有條，馬騰士飽；談兵亹亹不倦，令肅機圓。升任參政顧其志，圭角盡消，而軍需賴其立辦；精明内蘊，而機事可以前籌。雖大小久暫之不同，皆一時文臣之選也。

至于大小將領，則臣所與朝夕，處之最密，知之最真。臣請品第勳勞，而不以官爵爲先後；直據實迹，而不以駢麗飾浮詞。提督軍務都督同知李如松，北堤堵賊，箭中耳傍而督戰愈力。張亮堡之戰，親射黑馬虜將，一發而斃。所騎戰馬被傷，已經三易，猶手刃二卒，用成大功。使着、打諸酋移帳數百里之外，至今不敢近邊。及哱承恩獻城之時，挺身先登，略無疑畏。後承恩被擒，人心汹懼，又親招賊丁千人，以安反側。且以自製堅甲三百副助邊，以示己不復用，更覺苦心。此諸將之所以心服，而推爲首功者也。寧夏總兵蕭如薰，初守平虜，城孤糧絕，乃能獎帥軍士，飲血登陴。即其忠義不減張許之在睢陽，而功則過之。及入大城，衆皆以殺降爲功，彼獨以安民爲本。且調和諸將，略無忌功妒能之心，此臣之所以敬重，而嘆爲名將者也。寧夏副總兵麻貴，初至北城，即能遏截哱拜，使之内外不通。虜衆入犯，星夜赴敵。雖斬獲不多，而以計毒死者甚衆，虜中降人盡能言之。張亮堡之戰，與李如樟、李寧内外夾攻，功尤當錄。定邊副總兵王通，初與虜戰，以數騎衝陣，直至月城，今降賊言之，猶有懼色。原任副總兵李寧，擒大敖把等，殺阿不失戶及黃夾口之戰，皆其領兵。而張亮堡單騎突陣，所向披靡。初得南關，首先登城。以臣所見，敢戰之將無出其右。都司李如樟，當許朝等下城求招之時，即欲擒斬，爲眾所遏。獨以計擒戴朝相等，皆賊心腹。内黃羔兒有力如虎，亦誘而擒之。張亮堡之戰，奮力助兄。南關、大城，皆其先登。而督築堤壩，監造攻具，勞苦爲最。參將來保，于逆賊初亂之時，人心搖動。吳世顯欲將靈州應賊，本官親督家丁，以死拒守，使賊不得東渡。而前後力戰，斬獲獨多。浙江領兵參將楊文，與李提督首登大城，足徵膽勇。且所統浙兵，旗幟鮮明，鳥銃便習，有古什伍之遺風焉。宣府領兵游擊趙夢麟，騎射最精，渾身是膽。聞主將被圍，免冑突陣，示以必死。其果敢義烈，當于古人求之。遼東指揮董正誼，先入南關，後入大城，皆執臣坐纛約束，全活數萬餘人。九月初三日，將升賞姚欽邸報曉諭城中，大叫反賊。向旗竿取箭，一箭正中小竿，各賊齊聲喝采。初九日，賊將南關獻城家口綁吊城樓，人心憂懼。正誼傳臣之令，要將許朝之女，劉東暘之母照樣綁吊，賊遂釋放，人心益安。千戶李有升，屢次獻策攻賊，兼以計毒許朝。張亮堡之戰幾被虜擒，更能取勝。此皆特出之材，所當破格優敘者也。

若原任總兵劉承嗣，與臣定計決水，冒險丈地，督築堤岸，備極勤勞。兩次灌城，使賊洶懼，皆其首功。原任總兵牛秉忠，聞張亮堡虜騎數多，則欲往接應。南關既得，奮勇登城。老年之矍鑠如此，則少壯之英勇可知。此臣之嘗借老將軍以激勵諸將者也。原任總兵董一奎，力能挽強，射必貫扎。以九百疲怯之卒，當南關衝突之地，而竟保無虞，則功難盡泯。原任總兵李昫，當賊虜合兵之時，統固原懦卒，首先渡河，收復各堡。敗賊運糧，多著勤勞。山西領兵參將錢燁，定邊禦虜，斬獲數多。大戰張亮堡，乘勝追奔，直至賀蘭山下。寧夏管事參將馬孔英，當虜入定邊，獨騎雙馬，遠行哨探，故我軍有備，得免伏兵。驍雄敢戰，虜亦知名。莊浪參將王國柱，北門堵賊，奪獲挨牌。石溝禦虜，用奇取勝。延綏右營參將姜顯謨，海寶塔賊虜夾攻，身親鏖戰，又能奪取將臺，使賊不敢復出。和州參將李秉德，石溝之戰，入營馘虜。沙洴被困，徑透重圍。赴水殺賊，中指已被射傷，猶能裹瘡取勝。原任參將麻承詔，每經大陣，戰必居先。而先登南關，能禁殺掠。游擊則大同領兵孫仁，夾何多斬獲之功，而隰寧堡追虜直至瓦踏梁外。總督標下吳顯，助來保以守靈州，擒張承勳而保橫城。前後收復各堡，殺敗虜賊，其功尤多。延綏後營俞尚德，力護糧運于虜騎充斥之時。暗決東南外城，以致大城坍塌。且能披甲入水，當先殺賊。蘭州孟孝臣，鹽池大戰，打傷賊徒最多，哱雲亦于本處身死。但與吳顯等合營，亂行射打，難定誰功。後于河西護糧，略無疏失，虜中呼爲鷂子，亦知其猛摯敢擊也。原任游擊郭有光，大軍未集，首先渡河，收堡安民，護糧遏虜。後署平虜，積糧修備，人賴以安。原任游擊劉天俸，馭苗兵不剛不柔，製火藥可攻可戰。都司則山西領兵李鎮中，斬獲數多，肩腿被傷亦不爲動。浙江領兵陳良批，家世習兵，親丁可當一隊。而實心任事，不爲流俗所染。坐營則提督標下頗貴，督率攻城，親冒矢石。領兵堵虜，奮勇當先。領兵擺賽，張亮堡之戰，馬蹶刀折，徒手奮前，生擒強虜。原任馮大柱，傷瘢遍體，臨陣居先。守備則遼東胡澤，潘昶、王澄等堡設伏，李剛、張亮等處領兵，皆其當先。斬獲既多，收奪尤衆。大同督陣王希魯，行軍獨明紀律，遇敵不避艱難。初入大城，即能安撫。靖邊陳愚衷，年力俱強，智勇足備。原任伯效誠，首登南城，徹夜巡徼，軍民安堵，不知有兵。千把總則苗兵領兵杜熊兆，馭驕狠之兵，樂爲之用。屢次攻城，未嘗退縮。遼東李世功，手擒賊黨，敢戰居先。葉子高火器既精，手刃達虜。張澤騎射甚精，膽勇可用。通官駱允，自神木諭虜，極得其心。久住沙漠，備嘗辛苦。而副將蕭如蘭之協贊軍機，參將鄧鳳之深得虜情，王鐵塊之屢帶重傷，游擊蕭如蕙之獨守要堡，嚴惟忠之奮力破虜，王宜平之獨拒衝邊，金尚禮之屢擒劇賊，宿振化之扶病突圍，張雲之諳曉占候，徐龍之猛烈當先，張進諫之敢死先登。【眉批】先生家居時，言及張君進諫，忠幾勇略，每談不倦，但耻于爭功。且先生與本兵意見不合，凡隨先生士卒，概不得錄。後長公先生爲給諫時，甫爲推轂，而張君竟不諱。數奇不封，寧獨漢飛將軍哉！達雲之補築堤岸，温浩、麻允孝之巡徼營壘，耿憲、王都之周旋間諜，並當優叙，以備緩急者也。

又如原任副將何崇德，延綏參將王國翰，原任游擊趙武、趙寵，千把總劉朝臣、郇天福、譚宗仁、宗臣、施國忠、陳良璣、薛宜春、盧世美、陳守義、薛紹貴、龔君禮、小白兒、許仲、陳松、蕭韶成、楊朝、盧濟滄、劉丙一、王從浩、汪汝謨、成尚仁、李天角、安邊才、焦承恩、沈安邦、卜祥、張詩、薛正南、安宇、朱騰擢、左朝鯤、李懷信、宋文鳳、宋文麟、安舒、趙夢龍、王審大、楊大政、盧惟高、樓大榮、魯瑶、吳平虜、劉鳴鳳、宴武、王綏、胡化、許登麟、趙良臣、冒承恩、張懷邦、李廉、麻植、葉光裕、王惟賢、劉芳聲、馬騰霄、張榮、任應常、左朝紀，或攻城、或築堤，而備歷艱辛；或臨陣、或設伏，而多有斬獲。均當叙錄，以勵人心者也。內陳守義、張詩，曾經臣論欲加梟示。但張詩之罪，以其軍丁趙思孝被賊捉去而不知覺察。然本官及管哨蔣崇功已被李如松捆打，管隊張尚忠又被魏學曾斬示，似亦足以正法。況自是之後，若寶元等十一人皆在各營被賊所執，不罪各營而獨罪張詩，似不足以伏其心也。陳守義之罪，以姚欽獻城不能接應，真爲可恨。但八月初九日，何廷章等約獻南關，臣親督宣大、遼東人馬，方欲豎梯，而賊兵即至，不能近前。雖九月初八日登城，自李寧、李如樟、董正誼而後，少有繼者，蓋城高梯脆，難以責之守義也。況皆係有功，均應寬宥。

其不與攻城而有裨討賊者，在陝西則原任巡撫沈思孝、今巡撫姚繼可、延綏巡撫賈仁元、甘肅巡撫田樂，或調兵足餉，而我之神氣愈堅；或堵虜搗巢，而賊之羽翼已絕。巡按御史孫珫、巡鹽御史先蔣春芳、今顧龍禎，巡茶御史徐彥登，甘肅巡按劉芳譽，或條議以贊廟謨，而兼足軍需；或移檄以作忠義，而益修內治。布政李春光、參政鄭國仕、按察使劉光國、副使李承志，皆多方以灌輸，而芻粟兼充；悉心以糴買，而軍民無怨。延綏副使房守士、神木副使李杜、靖邊副使先張梯、今李楠，或布威信以諭虜，而莊明聽命；或贊謀議以搗巢，而吉囊寒心。管糧通判李崇德、劉沛、吳游藝、王尚忠，解銀經歷王立民、委用經歷陳一鴻,或督糧河上,牙籌不勝其勞;或隨臣營中,矢石屢冒其險。

其餘府縣有司效勞者多,臣不深知,不敢混敘。延綏總兵董一元所調該鎮兵將獨多,其用力獨苦。搗巢一捷,不惟牽狂虜入犯之勢,抑且銷逆賊望救之心。而固原總兵張剛、副將姜直,均有勤勞,皆不可略。在宣大、山西,則總督尚書蕭大亨,威信以服虜,潛消其助逆之心;恩惠以撫軍,自作其敵愾之氣。大同巡撫邢玠、宣府巡撫王世揚、山西巡撫呂坤,或大義以責虜酋,而樂于受約;或重賞以激將士,而勇于從征。按察使韓取善、楊芳,參政王象乾、趙耀、周于德,副使萬世德,彬彬皆經世之才,故士馬之簡選俱精;鑿鑿抱籌邊之略,故道路之紀律不亂。而宣府總兵麻承恩、大同總兵李東暘、參將解生祁光祖、游擊周弘謨,即兵馬之驍雄,知簡練之有素。保德州知州王甲,以數千之衆,守候渡河。船筏移之遠方,糧草辦之倉卒,而隨取隨足,愈多愈辦,亦可喜之才也。浙江巡撫常居敬,忿切叛寇,妙簡精兵。即以初到之日,而關厢遂開。亦見用心之誠,而鬼神協贊。遼東巡撫郝傑,勉將領以忠義,優士卒以廩糧。故以遠涉之久,略無內顧之憂。而居常又曰:"不成功,何以見郝都爺?"則恩義之入人深矣。

此皆臣所真知,故敢直敘。其功次虛實,有該鎮之公論,而巡按御史詳加稽核。恩賞重輕,有閣部主張,九卿科道會議,而斷以陛下聖裁,臣何敢與?惟以方今東倭竊發,西虜未平,當選將募兵之時,正開誠布公之始。必大公,而後可以服人心;必大信,而後可以定人心。是在陛下加之意耳。如必以擒殺賊首爲功,則殺劉東暘者畢邪氣,而郎科其從也。殺許朝、許萬鍾者,據畢邪氣所稱爲王英、石棟,而寧夏之人以爲哱承恩之家丁也。要之始終,忠義則畢邪氣爲首,王英次之。而周旋其間者,副總兵葛臣也。持臣之帖,拼死以諭哱承恩者李登,而采訪李登者,千戶耿憲、應襲陳汝松也。引領上城者,中軍李如樟、貢生俞方策。始終運用者,指揮董正誼也。先獻南關以分大城之勢,則何廷章、王林、夏之時、陳謨、戴榮一之功,皆不可没。至于趙承先陳松等之死義,趙承先母妻之並縊,義士節婦,難以枚舉。合行查實表揚,以振風化。宗藩之被困,軍民之被劫,平虜將士軍民之完守,猶不可不厚加存恤賑濟,以慰人心者也。

臣身在行間,于才品之優劣,勞績之多少,一一親見。獨以塘報互異,心知積弊難革,徒懷竊嘆。忽見科臣王建中疏,稱:"稽核不可不明,即使爵通侯、廕世賞,何以謝天下公諭?"臣心服其言,故敢不避嫌怨,據實直陳。大抵古之恩賞以功,故功高者受上賞,無功者蒙顯罰。今之恩賞以爵,故官尊者雖無功而賞厚,官卑者雖勞苦而賞輕。又其甚者,或欺罔以虛冒,或毀人以揚己,或廣布流言,或密行揭害。種種弊端,不可枚舉。當此議功之時,正人心觀望之始。賞當其功,則有功者勸,而豪傑之士皆乘時以赴功名;賞不當功,則欺罔者肆,而奸險之徒皆多方以圖僥倖。是在陛下鑒從前之積弊,法祖宗之英明,近以定一時之人心,遠以合萬世之公論。臣之愚直,不敢望言之見信,惟求上不負陛下,下不負此心。使天下後世知聖明在上,有不敢雷同欺罔之臣,則志願畢矣。

奉聖旨:兵部知道。

第十三疏

爲辭免恩命,以安愚分事。

接邸報,兵部一本:爲寧賊蕩平,查勘功次,分別升賞,以勵人心事。節奉聖旨:"梅國楨升四品京堂,候邊方巡撫推用。廕一子錦衣衛實授百户,賞銀五十兩,彩段三表裏。欽此。"

臣方卧病,不勝感戴,不勝驚懼。恩綸上命,理不敢辭;小臣升轉,例不當辭。惟有誓竭狗馬,以圖補報。但臣反于心有未安,度之力有難勝者,不得不昧罪爲皇上陳之。

臣初聞寧夏之變,請以身往。不過爲皇上焦勞,群議未定,義激于中,誓不俱生。上以釋君父之憂,下以泄臣子之忿耳。原非藉此以立功名,取富貴也。疏内即云:"出不加銜,入不言功。"皇上過聽,特命臣往。受命之後,堅持此心,始終不易,惟恐有負任使。不進而死于敵,則退而死于法耳。以故孤身行陣,一切危機皆不敢避。蓋此身之不恤,寧復有一毫身外之望乎?仰賴皇上神武,惟斷乃成。三月之間,僅而底定。臣得生還,望見闕廷,則臣之幸已出望外,又何敢貪天之功,以爲己力?還京以來,日惟杜門守拙,延醫問藥。即有顯弊隱憂,是非毀譽,内自憤惋,不復一言。但思保病軀、省罪過,以聽皇上之察也,而後爲歸計耳。今既不以臣爲有罪,而又濫從重臣之後,混叨升蔭。不惟前疏所陳,身自背之,即臣平生所痛恨者,冒功競進之徒,相去能幾何哉?況數月以來,意氣消沮,鬚鬢蒼白。當此邊事敝壞,人心不振之時,雖有狗馬之心,而勢有所不可矣。

伏乞聖慈,察臣愚直之性,不敢僞辭;憐臣孤危之身,不堪驅策。收回成命,使得隨分自效。庶臣之心得自安,而臣之職亦易盡也。無任悚息待命之至。

奉聖旨:梅國楨督戰忠勤,朝廷核實叙功,着遵旨勿辭。該部知道。

第十四疏

爲再懇天恩,允免升蔭,以明初心,以全病軀事。

欽蒙聖恩,升臣四品京堂,蔭一子錦衣衛百户。已于本月初四日具奏懇辭。奉聖旨:"梅國楨督戰忠勤,朝廷核實叙功,着遵旨勿辭。該部知道。欽此。"

臣何敢固違,甘逃榮寵?但臣之初心,詳見屢疏,陛下或未之察也。陛下以臣爲功,不過謂其督戰效勤耳。臣奉敕書,親詣陣所,監督官兵,則臣之職分,非他人比。事敗獨任其罪,事成不足爲功。原非若督撫重臣,不必身親其事,身運一籌,而衆人之功皆其功也。臣所以出萬死不顧一生之計者,止欲早定大亂,以副任使。待事定之後,角巾歸里,口不言功,使天下後世知臣一念樸忠,非有所爲,則臣榮多矣。若混從重臣之後亦沾升蔭,是臣輕死生而重官品,忘其身而爲一子謀也!則臣初請自效之心,反爲受賞所掩,將何所施其面目哉?況臣之病日益深,難以驅策。若不早求休息,將有性命之憂。

懇乞聖明特賜允免，儻臣病稍愈，尚得隨分盡職，即從此以填溝壑，亦得以自白于天下後世矣。冒罪再陳，無任皇恐懇祈之至。

奉聖旨：梅國楨自請督戰，不爲官顯效忠。但功成不賞，何以示勸？不必再辭。吏部知道。

第十五疏

爲患病沉痼，不能供職，乞賜放歸，以圖補報事。

臣自去歲夏秋之間，不知自慎，暑濕不調，饑飽失節。初時肢體拘倦，手足酸痛，止謂患在四肢，無關心腹，不早醫治，以致正氣日衰，邪氣轉盛。日復一日，積成隱憂。還京以來，漸不可支。都察院舊例，御史患病，堂上官代爲奏請。臣再三具呈，皆云臣曾往寧夏，彼處敘功未完，留臣候勘。遷延半載，展轉床褥。雖暫出朝參，旋即注籍。

本年三月十七日，加以霍亂，泄痢不止。本月十九日，眩暈仆地，良久方蘇。延醫李良相診視，云：内傷憂思，外傷勞瘁，調攝乖方，勢已深痼。非藥餌所及，亦非旦夕可愈。螻蟻貪生，悔恨無及。況臣父年七十，因臣在軍中，思念悲泣，致患氣喘。屢有書來，望臣一見。臣母柩在淺土，未得安厝。臣之一身，爲臣不能報國，爲子反遺親憂，忠孝兩虧，生不若死。

查得御史陳禹謨、劉會、馮從吾等皆以病請，俱蒙允歸。臣事體與之相同，而情苦何止萬倍。伏乞聖慈，憐臣既無可用之才，又有可憂之病。特賜放還，使父子相見。幸而苟全，尚竭狗馬，以報涓埃。即瘞此溝壑，亦銜結不朽也。無任懇切待命之至。

奉聖旨：吏部知道。該吏部覆奉聖旨：梅國楨係敘功欽擢官，你部裏即便推用，不准養病。

第十六疏

爲功賞不當，大失人心，目擊時弊，不能匡正，懇乞聖明賜臣罷斥，以明心迹事。

臣接邸報，刑科右給事中趙完璧一本：競功之奏可疑，幽隱之情當察，伏祈聖明，亟爲詳勘，以信賞罰，以彰激勸事。大意爲貢生俞方策自陳有功未叙，欲令與臣面質，以辨真僞。奉聖旨："兵部知道。欽此。"

臣自寧夏以還，日惟杜門乞歸。在朝諸臣罕見臣面，一切時弊徒懷私憂。方以狂躁待罪，何敢又復妄發？忽聞此奏，不勝驚懼。夫方策臣所委用，用之而不知其功，臣之罪也。知其功而不能明其賞，致令瀆訴于君父之前，臣之罪滋大矣。顧臣有大不得已者，不得不爲陛下明之。臣初以御史，自請討賊，即爲人所非笑。及已受命，又請餉、請權，遂目爲病狂，而思得甘心于臣矣。見臣獨在軍中，廣布侵權流言，逆料賊不可平，使臣獨任其罪。非賴陛下明察，則賊未滅而臣先受禍矣。臣所以奮不顧身，甘冒賊鋒者，蓋見時事人情之難。寧死于賊，以明報主之心；不死于讒，反爲任事之戒。彼時已自誓，事敗則死，事成則歸，不敢更與時事矣。惟因賊勢猖獗，我兵散亂，必以身任，庶克有濟。故自任以軍旅之事，而紀錄功罪，付之巡按。此臣未出京而疏已明言之矣。

仰藉陛下神武，幸而平定。得南關，而臣不敢報。敗大虜，而臣不敢報。克大城，而猶不叙功。必待科臣王建中有言，而後略陳其概。臣所親見勞苦功多者，止列姓名。其他勞而有功者，即名亦未列。非敢蔽人之功，蓋督撫遠在靈州，聲息難達。魏學曾與臣同心，盡以付托。諸凡攻戰機宜，俱臣一人調度。既無文臣共事，又無紀功之官。若明叙屢戰之故，嫌于自伐其功。雖不敢沒人之勞，亦不敢詳著其事。一以明無所爲之心，一以消讒忌者之忿。且意事體重大，耳目衆多。臣雖不叙，人必勘明。豈知心欲抑臣之身，而併不用臣之疏。臣未列名者，即置而不錄。即臣所列姓名，亦弃而不賞。其不在軍中，不見營陣者，反叨世職。顛倒乖謬，一至于此乎！且臣之所自遣、所目擊者，尚不之信，不知所憑者何人。若憑之督撫，則督撫俱在靈州，原不與事矣。憑之巡按，則巡按遠在甘肅，相去二千餘里矣。

止憑欺冒附會之説，以誤大事。今雖與臣面質，亦何益哉？如恐臣有偏繫，言不足信。試查臣所不列者，皆臣親隨之人也。不但今日查之，即數十年之後，查有一字涉虛，請先斬臣，以爲欺君者之戒。且臣不但不敢叙功而已，即督臣葉夢熊論臣，而不與之辯。科臣王如堅論臣，而不與之辯。豈其甘于隱忍？事不足辯，惟以身將隱矣，焉用言之。故還朝以來，屢以病呈都察院，而不爲轉奏。自以疏請，而不蒙俞允。今方關會太僕卿徐作，給假葬母。具本欲上，而忽有俞方策之事。科臣以臣方在朝，欲令面質。夫方策隨臣軍中，每聞臣言無功事小，欺君罪大。今臣在此，何敢面謾？其事之真實，可不問而知也。幸而臣在，可以面質。若臣已去，將誰質哉？況方策之外，有具疏而不得上者，有已上而不爲行者，有私所于臣而不能具疏者。臣惟以好言慰之，云身病不能與事，必有公正之臣，爲朝廷明白此事，宜静以待之。今方策既質之于臣，繼此有奏者，又將誰質乎？此其小者也。寧夏雖經賊亂，元氣未傷，而殘破之甚，乃在焚香以迎王師之後。所搶封過財帛，何止三四百萬？倘後有言者，亦將質之于臣乎？此猶其小者也。陛下神武，削平大亂，乃祖宗以來希有之功。陛下御門獻俘，亦重之也。謂宜昭大信、布大公，以威懾四夷，風示萬世。乃是非淆亂，賞罰倒置，即以書之史册，何以信今傳後？科臣所謂近水裁雲，深谷秋水，誠善喻也。故自寧夏叙功之後，欺罔得志，而忠直扼腕；鑽刺成風，而孤介引避。見觀望者之優叙，誰肯臨陣，以冒無益之險；見任事者之招忌，誰不退縮，以享安閑之利？以聖明在上，而以私滅公若此，此人心之所以不平，而行路亦爲之竊笑也。倘以此而盡質之于臣，臣敢任乎？

　　昨尚書石星語臣云："寧夏之事，公論如今漸明，我夢中亦慚愧不安，且其中多有難言者。"即如今漸明，可見前此之不明。即其慚愧不安，可見本兵尚有爲國之心，但有所顧忌，而不敢主張耳。及此時明之，猶爲不遠之復，人心尚可挽回。況今各邊，虜俱生心，而倭奴屯結朝鮮，我兵進退失據，譬若棄財于無底之淵，驅人于無罪之死。既乏必勝之算，又無息肩之期。而遼東一路，百里無人。殺牛毀車，以避轉運。邊事之壞，其勢甚岌。有識之士皆懷隱憂，惟以時方掩飾，無有爲陛下明言之者。不久事露，雖正誤國者之罪，亦何補哉？況彗星示異，正除舊布新之象。且伏讀明旨："近來被論官，情重提問的，有虧枉多得開釋。其情輕閑住等項，及爲民免提的，反混議斥革。伸理無路，政體殊爲不平。今後還着該部虛心細訪，斟酌去留。有原參不當的，一併議處。欽此。"大哉王言，其愛惜人才，惟恐一物不得其平，真天地父母之心也。今從征之士，出萬死不顧一生之計。其初尚以明旨有封拜之賞，既從輕典，已不信于人心。而輕典之中，又以之飾喜怒、快恩讐，臣固知聖心之不忍更有甚也。

臣既求去，本不欲言。但因科臣指及于臣，竊恐臣去之後，各弊盡露，又有歸咎于臣者，不得不先白之。至于顯弊隱情，不敢盡發也。伏乞聖明先將臣罷斥，以謝人心，以明不能匡正之罪。仍敕閣部大臣，念國家多事之時，體陛下信任之重，存大體、忘小嫌、絶私交、明公道。虛心咨訪，去成心以革弊政。則賞罰當而人心服，豪傑之士，皆願效忠于清明之世矣。無任皇恐待罪之至。

奉聖旨：該鎮功次，原據彼處巡按官勘報。如有未確，不妨斟酌改定，有何私嫌？這所奏着該部看了，就問梅國楨何人虧枉，何人冒濫，從實查明來説。

第十七疏

爲遵明旨，據實見摘陳未賞員役，以憑斟酌查覆。仍乞聖慈，特允歸田，以安愚分事。

先該臣奏：爲功賞不當，大失人心，目擊時弊，不能匡正，懇乞聖明賜臣罷斥，以明心迹事。奉聖旨："該鎮功次，原據彼處巡按官勘報。如有未確，不妨斟酌改定，有何私嫌？這所奏着該部看了，就問梅國楨何人虧枉，何人冒濫？從實查明來説。欽此。"寧夏蕩平，已經十月，而功賞之定又數月矣。夫霜雪雨露，無非天澤。輕重厚薄，總屬主恩。故凡有人訴功者，惟以好言慰之；有人怨臣者，惟以必歸謝之。其必不復言之心，前疏已略具矣。止因科臣趙完璧欲臣面質，竊恐臣去之後復有歸咎者，不得已而有言。冀緣此得遂罷斥，則臣志願永畢。及奉明旨，着該部問臣。隨接職方司手本，使臣從實開報。臣方欲直書回覆間，又接邸報，兵科都給事中張輔之一本：西征功賞久定，忽致煩言。懇乞聖明，亟敕原遣寺臣，直書親見在事人員，明白具奏，以便該部查覆事。奉聖旨："兵部知道。欽此。"又不得不爲陛下陳之，不敢止覆該部而已。

竊惟論事貴識體，用兵貴識機。何謂體？朝廷大事，既經九卿科道公議，又蒙聖斷裁定。升者已履任，賞者已拜恩。一旦紛更，則議論滋多，淆亂愈甚。不若就中稍爲斟酌，使人心不致大失，此體也。何謂機？野戰主于斬獲，故禦敵以隻輪不返爲大捷；平亂主于攻心，故克城以兵不血刃爲奇功，此機也。明此而後可以論寧夏之事矣。

逆賊據城，以老我師。臣未目擊者，不敢妄言。自六月二十二日到營之後，初未與賊對陣。若論斬獲之功，惟張亮堡禦虜，方爲臨陣血戰。其次則黃峽口之獲，猶屬剿殺。即夾河口，已爲擒捕矣。至于逐日有獲，或緣各堡綁獻，或堡人來報而往擒之，已非拒捕可比。況克城之後，沿門搜索，駢首就戮，積尸如山。時監軍道按察使馬鳴鑾知其混殺，不肯驗功，必要總兵手本。蕭如薰等堅執不與，各質于臣。臣謂該道以無從辯驗，不敢擔當是也。在總兵又何所據，而敢與手本？若彼此推諉，終必置而不驗。萬一各軍不伏，將如之何？不若每顆量賞銀二十兩，令其散歸。臣明諭各軍，其事始定。且殺戮之時，臣已移住陽和堡，標下不許一人進城。各將憐其貧苦，暗以首級充賞，有數十顆者，有十數顆者，則首級之不足憑，大略可知矣。今拘于條例，專重首級，已非所以論非常之功。而況論于首級之外，又未得其實乎？蓋緣平賊始末尚未明知，故隨意重輕，無所的據。

臣不敢瑣屑，以瀆聖聽，姑陳其略，以便稽查。除已經升賞及不甚相懸者不敢概論外，臣初聞賊用重賄，勾結虜王，套虜以爲聲援。

行至陽和，即具疏，請分別順逆以散虜黨。荷蒙俞允，臣即以虜王大衆托之宣大總督加意覊縻，禁其西行。又向總督蕭大亨借通官駱允，巡撫邢玠借通官盧世美。遣駱允往諭莊、明，盧世美往諭切盡、妣吉及吉囊等酋，各遣夷使，來受約束。臣面諭以朝廷威福，各夷感激而去。駱允與其副陳國自去年五月出邊，往來各帳，至今年正月方回。亡論有功，其苦亦極矣，止各賞銀伍兩。陳國以未題，不在賞例。

初至城下，各堡無人敢出，商賈斷絕。各營鹽菜之類無所取給，軍不堪命。值王世禄等綁獻賊黨吳繼韜，臣見其魁偉，審係用事頭目，即行釋放，令俞方策隨帶耿憲以繼韜爲鄉導，執臣大書白牌，明示各堡，安心生理。其曾經從賊者，各來投見，給以免死執照。各堡見是繼韜，方肯開門，始出耕種，赴營交易，而軍民俱安矣。又欲城內聞知此風，仍遣方策行令各堡，有父兄子弟在城者，齊赴城外喊叫。云："監軍盡赦我罪，又與賑濟。你每速出投降，必有重賞。若執迷不聽，即將我等向前攻城，城上不可亂放鎗砲。"又思各堡壯丁多係從賊，不若招致部下。一以安其心，二以散賊黨，三得知賊虛實，而我賴其用。亦令方策帶領鄭道等，招致幾二百人。即以招到王都、孫承訓、許仲及生員陶繼先，分兩哨領之。臣之營壘，賴此以成一隊。方策以此披甲，周迴數百里，汗透鐵葉之外，諸將盡知，不可謂非其功也。

城大兵少，不能合圍，賊徒出入無所顧忌。臣登土臺寺，相度地勢，三面高渠，止北面低窪。若築北堤以水困之，強于百萬之衆。親行履地立標，時有一經歷在傍，令其丈量。方行數步，見城上飛砲亂下，遽爾匿走，徑赴靈州，云城不可灌，以致葉巡撫屢書力阻。【眉批】《從信錄》以灌城爲葉之功，豈葉自誣耶？臣遣王承烈丈地，計一千七百餘丈。約會魏總督，委劉承嗣督理，李如樟、王承烈往來催併。後許朝等詭求招安，諸將信以爲實，暗傳散工。許朝下城見臣，揮刀直犯臣面，臣笑而就之，責以大義。賊知臣不可動，其謀方寢。臣查知散工，怒將李如樟、王承烈治以軍法。諸將自願三日完堤，以贖其罪。止因承烈與將領抗禮，遂革其委。因而疏未列名，至今曉曉，欲上疏自訴。

臣思怠緩既治其罪，事成不紀其勞，非人情也。

李剛堡報着力兔大衆隔河下營，臣先遣張澤、王都、許仲、陶繼先領標下親丁往本堡埋伏，待虜將至岸，齊出射打。若虜已渡河，不可堵截。待其與大兵交戰，專聽砲響，從後砍下柳梢，搔起塵土，放砲吶喊。使其懷疑，不敢迫近。李如樟因而自請，臣壯而遣之。令約麻貴、李寧、王通等，以兵二千同往。至夜半，李提督自選兵一千接應，適與虜遇。如樟聞，急同麻貴及前遣張澤等赴援夾攻，虜遂大敗。原疏雖未盡列，所稱王都等，即其人也。且本日未報虜敗，賊甚得志。城上號烟起火不絕，反罵我軍爲反賊，何不早散，頃刻即有禍到等語。臣恐賊見虜來相助，我兵分散迎敵，突出冲營，勢必難禦。令董正誼向城大叫許朝，傳臣之言云："着力兔領精兵十萬助你，如何死守，不出迎接？"賊心始疑，不復叫罵。即遣總兵張傑上城叫說："情願招安，無心望虜。"臣又令董正誼回說："往時將官尚不許招安，況今各得虜首數百，視寧夏已在掌中，豈肯相聽？惟開門出降，自我赦之，誰敢加害？"賊遂疑虜真敗。未幾，果報大捷。又令正誼揀壯大首級三顆，持向城下叫云："今有首級，人言是着力兔兄弟，未知真假，送與許朝辯驗。"賊疑虜酋果死，而氣益奪矣。臣嘗謂正誼數言，賢于十萬之師。今正誼止推備禦，而張澤等止賞銀伍兩，均似太薄。

王林等謀獻南城，若妄殺一人，則大城堅守，誰肯復降？先使正誼執臣認旗，繞城大叫："有妄殺一人，擅入人家者，即時斬首。"各民聞言，把火照耀，焚香跪拜。臣坐城上，分遣伯效誠、麻允孝、溫浩、俞方策、張進諫、龔君禮、薛宜春、張澤、劉本義等周迴禁約，止許將士生擒獻功，不得擅殺。自夜至曉，口不絕聲。而俞方策以儒生披甲執旗，曾無厭倦，更足錄也。賊勢窮促，許朝送張傑下城，討求招安。臣知有間可乘，尋訪哱承恩親識，令其行間。耿憲、陳汝松報有李登將妻子托寄，情願入城。臣與以諭帖，密令李如樟、俞方策暗討小船，送上東門，因而事定。今李如樟以別功升叙，俞方策反注邊方員缺。耿憲、陳汝松皆驍勇敢戰，克城多賴，俱止賞銀伍兩。汝松原係應襲，徒以家貧，不能襲替，尤爲可憫。以上員役，功非斬獲，條例眞爲不合。而事關勘定，弃置殊爲不平。況原無敵可戰，非其欲戰不能。與其賞不實之首級，孰若拔有用之眞才。今或遺而未賞，或賞而未盡，彼不怨核功者之不能得其實，而怨臣親見者之不肯明其冤也。若盡舉虧枉，即臣吏書葉希陽、吳震、楊世鶴等，相隨軍營，暴露烈日風雨之中，時有矢石之患。目今升賞員役，皆其所見。自謂勞苦過之，況其他用力之人乎？

至于冒濫，則臣更有説。蓋冒濫之與虧枉，起于彼此相形。功同而賞異，則賞輕者以賞重者爲冒濫；功異而賞同，則功大者以功小爲冒濫。各邊凡遇有功，則督撫大將親隨用事之人，皆得附名，均沾恩賞，相沿已久，不足爲異。況寧夏之賊，據城糾虜，搖動遠近，天地大變，朝野共憤。仰仗天威，幸而蕩平。即有重賞，原不爲過。但自虧枉者視之，或于他處效勞，未至營陣。或暫往暫來，無大勞績者，亦得世職。而日夕勤苦，多有實效者，榮不及身。遂見其爲冒濫耳，其實未爲過也。如俞方策、耿憲、陳汝松，自負以薦李登成功，及見別有指稱行間受蔭者，遂目爲冒濫矣。王承烈擒賊黨陶大鶯，遺而不叙。李如樟擒黃羔兒及造火器僞官汪雲谷，張進諫擒賊黨陳雷，且以之獻俘矣，又皆叙爲他人之功。則自覺虧枉，而以受賞者爲冒濫矣。葛臣倡義圖賊，人所共推。張傑入城，即被拘繫，爲賊求招，則張傑爲首。今葛臣止賞銀十兩，而張傑遇大將員缺推用。不惟葛臣視之爲冒濫，恐穆來輔隨府亦有後言矣。自臣所見，世襲鎭撫五十七員之中，惟朱騰擢常在營中，製造火器船筏，得此誠不爲過。若以之相較，毋論臣疏内所叙諸人遠出其上，即臣委官郁世雄監造各器，勞苦相等。止因大砲不堅，爲臣所斥。以此論之，何啻天淵？

九月十六日黎明平賊，至十七日午後，督撫有書與臣，欲殺哱氏父子。臣恐人心未定，急之或致敗事。尚欲止之，李如樟、董正誼等禀臣云：「軍門要殺哱氏，何不先拿？安肯自我平賊，反使他人收功？」臣叱之曰：「皆賴朝廷洪福，何分彼此？況以束手擒人，豈是名將所爲？"及軍門牌到："諸將不盡殺家丁者，以賜劍行法。"哱承恩方同王英、石棟出城見臣，家丁張進諫、陳子玉密謀，欲就臣寓所擒之，則力省而功大，臣皆不許。後承恩方出臣門，即爲浙兵縛去。至今言及擒哱氏之功，皆笑其冒濫，而恨臣之不用其言矣。各軍搶殺之時，臣禁約標下，不許入城。後見在城多得金寶，又得首級，又得升賞。而臣之人，一無所得。無知者恨臣執法之過，不肯恤下。而有識者諒臣自守之心，遂目他兵爲冒濫矣。此其大略也。

蓋臣之疏，皆所親見，惟此前稍著其詳。督撫之疏，出自風聞，故前後屢變其説。又況按臣核功之時，當諸將已散之後。止據報册之空言，懸斷于數千里之外，雖至明察者，無所用其巧矣。即明白易知者，如反賊以七月三十日挖堤，而曰初一日夜。楊文兵以九月初八日到城，即遇獻關，而曰初三日。李登以十三日二更時上城，而曰十四。又況密謀隱事，人所不及知者乎？伏望陛下念事體久定，不宜更張，且功疑惟予，古今通義。敕下該部細加查核，儻臣言不實，即明正欺罔之罪，不煩別議。如言有可信，將虧枉各役斟酌升賞，以慰人心。其已叨恩命，不必追奪，似亦國體當如是也。至于臣之不才，既賴衆人之力，以遂報主之心。又以避嫌之故，而没衆人之善。況今見叨非常恩賞，即蔭不敢受，而官尚未辭。是陛下不忍負臣，而臣深負于衆。臣即欲爲陛下用，而臣之人不肯爲臣用矣。何以自解于怨望之口哉？更乞聖慈允臣歸田，以娛老親而謝衆口。則從此有生之年，皆荷再生之造矣。無任懇切待命之至。

奉聖旨：兵部知道。

西征集卷之三

書札一　與魏制府往來書

魏確庵來書[①]　五月二十五日始

頃已裁書，遣使馳迓三旌于延鎮境上，此時諒始入台覽。不謂輒辱琅函，先我書而下也，見之感竦。僕駑鈍，不能速滅逆叛，至門下離雲霄而涉遠塞，慚憒云何。向賊挾虜據堅城，極難攻剿。今幸虜聽撫出邊矣，而賊懇求招安。【眉批】西事有兩誤，一撫虜不得法，一招安輕中賊計。先生始終寓撫于戰，借招安以誘賊，此處便見頭面。昨廿四日，已請原任總兵張傑入城。今日許朝等將出見朱撫院，若一二日事定，僕即疏題宣大諸兵，似宜暫屯沿途城堡，俟此中消息爲進止也。諸欲請教，以便決策，引領光塵，無任懇切。

學曾再頓首，五月廿五日。

又

側聞門下今可弭節延綏鎮城矣，不知何日可抵靈州？此中撫虜處賊，具在五日一報疏中，錄以奉覽。思欲借石畫以速訖事，苦不得一日即侍綺談耳。昨書奉白，欲李提督以大兵暫屯延鎮道中，徐爲進止。【眉批】老實甚。又伏思之，若相距太遠，萬一欲用，恐緩不及事。莫

[①] 魏確庵：魏學曾(1525—1596)，字惟貫，號確庵，陝西涇陽人，嘉靖三十二年(1553)進士。歷任户部主事、光禄寺少卿、右僉都御史等職。寧夏之亂時，爲兵部尚書，總督陝西、延寧、甘肅軍務，因用兵遲緩，惑於招撫遭劾，回京下獄，奪職爲民。後復原職，卒於家。生平事迹見《明史》卷二二八《魏學曾傳》。

如徐行，而屯延鎮之西境。查得清平、鎮靖、靖邊，皆有積餉，而又與寧鎮鄰。若李提督輕身來與僕計事，而兵分屯三城，從容休養。倘有急，則一呼可至，甚便計也。不審門下以爲如何？謹此再白，伏惟裁示。

五月廿七日，學曾頓首。

復魏確庵

承教。及讀大疏，知賊平在近，不勝雀躍。切欲疾趨以睹成功，奈大兵不能兼程。俟至定邊，將兵馬分半就糧，具候別用。或以輕騎自隨，或縤鐵柱泉同李將軍馳謁聽教，要之撫剿機宜。【眉批】大將軍原係先生請以自隨，爲寧城不可無大將耳。大疏已盡，但須慎密勿泄，功可立成矣。

魏來書

頃者虜聽撫諭，賊求招安，以爲此事數日間平矣。今虜固就撫，而賊請張總兵已入城招安，乃其情態有不妥者。【眉批】纔曉得。昨已移帖諭之，敢以藁奉覽，似仍須用兵始完。願門下語李提督，令屯舊安邊、定邊、花馬池更便也。昨僕所以許賊招安者，以秋期甚邇，虜不退則賊不滅。兵聚寧城下不得罷，而虜騎訌秋，天下事不可爲矣。故欲招安，徐圖之耳。【眉批】一味老實。所幸廟堂主于滅賊，而不嫌于撫虜。主于撫虜，而不嫌于費財。此策之最得者，以此決事乎，何有？【眉批】數語是。塞外諸酋，最東神木入市者，莊禿賴、明安也，哀求復市已極頻懇。稍西鎮城入市，則吉能。已經題准許復，彼又數求之，而該鎮皆蹉跎未行。【眉批】確老不知先生發諸路諭帖矣。再西則土明部落，雖懷去歲搗巢之恨，然不衆。再西則切盡黃婦，極恭順。其伾鐵雷雖曾侵犯，今已認罪求款。再西則着、打二酋也。過寧夏而西，則賓妻與其疏屬把都等。賓妻甚恭順，見入莊浪市，而疏屬亦且有就吾市賞意。誠使延鎮收三酋，則止遺土明之黨，諒無能爲。賊即延入深秋，我兵不解，彼不死安往哉？此今日大計也，願與門下圖之。東望三旌，曷勝引領。

五月廿九日，學曾頓首。

復　魏

前接台教，即欲駐師榆關，候捷至還朝。忽承命前赴，輒又起行。奈賤軀素不耐暑，患痢旬日，加以眩暈。而馬多疲乏，日行三四十里，計程須新秋可到。爾時平定已久，唯于轅門稱賀，以快夙仰。【眉批】不敢任事，如此而居。後乃以侵越致謗，可傷也。

教云退虜以制賊，而厚賞以退虜，此兵家伐交上策。楨在神木，曾以帖諭莊、明等六酋，【眉批】第一著。該道李憲副亦任其可行，獨延綏撫鎮司道堅執以爲不可。【眉批】同心者誰？已力勸其以莊、明諸部委之神木道，以吉能諸部委之定邊道。即不能必其聽命，亦可令其持兩端，則助賊不力也。【眉批】如此勝算，後皆一字不爽。失此不圖，恐虜馬漸肥，入犯河東，絕我糧道，則大有可慮。九邊安危係此一舉，而主上望平安火甚急。楨身在行間，有同舟之義。引領捷書，以日爲歲。草裁布復，無任惓惓。

魏來書

側聞六月一日三旌始次鎮城，雲霓之望，不得急遂。奈何初五日葉龍公已至，議欲數日進兵。【眉批】禍本。乞轉語李提督，促兵速來可也。昨初四日，曾上一疏，乃五日一報者，謹錄奉覽。又董總兵在河西，接得城中人投一密稟，亦錄致左右，庶見其城中之情狀云。【眉批】惜無人善用。勛勸不能多談，惟原察幸甚。

六月七日，學曾頓首。

復　魏

讀大疏，及得城中密稟，知賊不足平。上紓九重之慮，下定三邊之心，皆我翁之力，不世之勛。【眉批】胸中了了。鄙意虜雖狡猾，亦須以計緩之，勿使其重怒，以致死力。但當多選精兵，往援平虜，而仍如前旨與之議撫。【眉批】御虜無如此法。彼既不得志，于平虜則其氣日沮，而又貪我撫賞，則其心自懈。虜勢一散，然後併力攻賊，期于必克，則必有爲之内應者。【眉批】又料如神。

楨即欲同李將軍馳赴轅門，快睹成功。奈馬多疲乏，不能急行，然亦不敢緩也。昨于神木，差通官諭莊、明二酋，彼即差夷使回稟聽命。願得延鎮通官，同諭吉能，可見夷狄可以理論。已再三與賈西老言之，雖此公意尚猶豫，楨頗動以利害。【眉批】與癡人說何用。蓋禦虜之策，惟以戰爲上。而既不能戰，又不與撫，但聽其入搶。【眉批】正切今日。使城堡悉空，邊牆盡壞，恐不可聞於當寧也。【眉批】可涕。想聞此言，亦不得不同心圖之。因使者還，布其區區，諸容面陳，不盡。

魏來書

小伻回。兩奉琅函，仰見門下暢達兵機，善通權變，把玩嘆息者久之。彼颺歷塞上數年者，尚不免于隔閡。乃門下開眼洞然，人之才智相越如此哉！【眉批】亦老實話。先生知己，還幸有此。

莊明自正月講求復市，吉囊亦間托人講之，夷稟已數至僕處矣。僕亦已數示彼中當事者，而迄今尚在阻格。此無他，蓋徒知媚虜足以爲戒，而不知天下大計固自有圓機，非可以執一論也。【眉批】切中。今虜既難羈縻，而幸其馬尚憚熱，不能深入。欲乘此急平寧賊，賊平而虜可無慮矣。進兵期，與其規格，附覽。即以請教，士馬果緩。願門下取道花馬池鐵柱泉，速來計事，誠軍中一大便也，望之，望之。【眉批】確老知伏先生矣。

六月十有七日，學曾頓首。

復 魏

師次清水，欲單騎奉謁。忽報虜騎無數，俱從邊外西行，想知兵將渡河，故往助賊耳。此時所患，不在賊而在虜。若非大創，則將來戰撫無一可者。【眉批】無一着不是先手。楨聞此報,即取道紅山渡河,遵我翁規格督率將士,爲必勝之計。若不乘此銳氣,恐又費鼓舞矣。肅裁布候,更希指示,以便遵行,懇切,懇切。

魏來書

惟門下以雲霄之客,特出監軍。諸所應用官役器具之類,該鎮必已辦備,不謂其全未也,可嘆已。【眉批】事事如此。茲撥員役十名,列別楮,奉充使令,惟查而收之,不宣。名另有刺。

復　魏

本欲奉謁後,方赴寧夏。忽聞虜警,倉卒渡河。攻城三日,砲聲不絕,而賊略無恐怖,此其意必有所待。聞虜騎屯聚山外,不可不爲之備也。【眉批】觸事起見,安得不勝？若前貪攻城之利,而後忘暗襲之患,日久心懈,則又墮賊奸。鄙意于西北一帶分兵數千,一以遏虜內衝,一以絕賊外遁。且大兵盡渡之後,河東餉道,尤宜以重兵守之。【眉批】布置井井。惟高明裁示,俟周覽地形,躬歷營陣,當圖專叩,不一。

魏來書

此中望河西寨,固步武之間耳。而阻我良覿,于邑如何？具有廚傳之需。本欲候從者至而效之,今既阻隔,敢效之武帳中,犢下執事,惟原納幸甚。

六月廿二日,學曾頓首。

復　魏

承厚惠,敬頒之軍中,使人人飽德,不啻投醪之感已也。時賊求招安,無非緩兵以待虜援。姑陽許之,而急辦攻具,期在必克。【眉批】先着。早間牌行各營,備見勝算。待成功之後,即躬賀,并領台教。草草布謝,不盡。

魏來書

連日士卒死傷者,已逾三千矣。門下身親督責指授之,而城猶不下,此其故安在?願門下與李提督參詳商之。麻總兵有略,劉總兵亦頗有機智,令各陳其算,門下采而潤澤用之,何如?昨承教,吳顯被創,已給藥資五兩。又聞姜顯謨亦被創,及他千把總軍士被創者,各分輕重給藥資,餘見買牛將椎犒焉。此固以恤其情而示之勸也,門下以爲是不?昨遵旨申明軍令,已傳示軍中矣。門下試取而一閱,倘有未妥,望見教改之,懇懇。

廿六日,具。

復 魏

善用兵者,立于不敗之地。諸將奮勇敢死,誠不易得。鄙意欲先爲土山、懸樓、挨牌之類,使砲石不能傷,睥睨無所恃,而後登城若平地矣。諸將無有從者,以致死傷數多,功竟難成,乃所謂兒戲也。【眉批】出京請劍爲此耳。見傳示諸條,一一合法。賊黨公然下城,拾箭、奪梯、奪牌,無人敢近。前夜燒碑亭,昨朝燒道院,若罔聞之。恐乘夜以數人劫營,則自相踐踏,所傷不少矣。【眉批】身任監軍,而無得侵越之旨屢下,所以無權至此。乃卒以此成功,從古名將,未聞有此。楨見東南風急,欲乘以焚樓,無肯用火者,必待重怒而後聽令,豈實心爲國者哉?李提督與賊議招安,彼欲大兵盡退,止許帶二三十人入城,是又欲張傑我也。【眉批】賊誘張傑入而拘留矣。非先生至,不知幾將佐續傑之後也。軍中鐵匠、木匠甚少,兼缺鐵木,幸命官置辦,非此無以置攻具也。弊端種種,容從容陳之。同心爲國,不敢復避狂躁耳,台亮爲幸。

與 魏

人之所以爲人者,以有此心。人之所以爲心者,以有是非也。若自心無是非,而隨人之口吻以爲是非,是無心人矣。【眉批】本色語。楨生平惟信自心，故往往不合于時，然終不以爲非也。李昫忠實而畏謹，[1]且親立矢石，此豈爲不善者乎？楨非目見，敢犯群議而曲爲庇之？連日所以栖栖行間者，非敢曰能獎率三軍，亦欲察諸將才品，以備緩急耳。

魏來書

承翰示。仰見門下光明正大，非讒邪者所得而蠱惑也。李昫有功無罪，人誰不知之？祇緣有積怨善讒者，造爲掩敗爲功之說，布散遠邇，欲以阱之，遂波及不肖。竊恐犯護短之嫌，默不敢出一語，欲俟自明。今來翰云云，而曰數萬耳目可盡塗乎？吁！此非大有明察者，見不出此，而從此有天日矣。敬服！敬服！

攻城似可破矣，此門下與李提督之功也。僕拂紙濡毫，將爲發揮之。犒士牛尚未盡到，酒欲一時得數萬壺亦難。今日送過牛五十、羊二百、酒數千，將日夜續送。門下分營以次犒之，何如？黃布、鐵匠、鐵即催令速送，務不誤用。軍中有功可賞，願任意賞之。而有罪的可斬者，亦望見示，使得明軍法肅衆心也，望之，望之。【眉批】確老每有知己之言，尚云有罪見示，不得自主，況葉公無此等語乎？傷哉！先生何以成功也。

廿八日早，具。

復　魏

賊勢似可破，而尚無必破之策。暫休士待時，得牛酒之犒，氣增十倍矣。生鐵欲製砲，黃布無所用之，鐵匠須得善鑄造者。營陣稍有精彩，俟一一合度，即圖請教。謹復，不宣。

與　魏

昨見攻城，僅同兒戲，空損軍士，費耗糧餉。諸將不以實告，倘我翁得知，其忿更倍于楨也。早間因人心渙散，即欲還朝。國家大事，全賴主張。此時所最急者，布袋更得二萬餘條，鉛子與箭已盡，原無傳號金鼓，懇乞早發，以濟燃眉。楨欲與諸將誓死報國，但無名耳。
【眉批】可涕！惟臺下念之，至懇，至懇。

魏復書

承翰示，不覺錯愕。連日報軍士死傷于攻城之下者，約以千計。【眉批】惟兒戲，故傷，確老未見及此耶。僕方謂其極能用命，而不意其同兒戲也。既同兒戲，則所稱死傷者皆虛報矣。【眉批】惟兒戲，故死傷，非虛報也。向人言李昫報不實，今若此，則豈但昫一人為然耶？人心渙散，號令不從，門下既有旗牌，何不以軍法行之，而欲還朝乎？【眉批】屢禁侵越，雖有旗牌，何所用之？若官職不便于行法者，乞示名，僕將以賜劍斬之耳。軍中事，僕僣主張。至布袋金鼓之屬，該撫鎮儻肯早辦，有何難者？口袋原有五六千，自昨日與今日造送二萬矣。茲令再造一萬，明午可完，不知能足用否？鉛子火藥，適報有四十餘車，明日可到。金鼓購發十面，苦倉卒不多耳。自有賊難，僕已誓以死圖之，豈敢累他人哉。草草附復，惟原諒幸甚。

魏來書

承諭，得一賢司道核實，良為高見。僕意寧城下，固河西道屬地也。而蔡憲副又以異才，破格起用，則彼中事，渠當任之。而頗覺有不然者，今馬河東初至，未諳練。楊固原誠賢，而許賊以萬金購其首，軍士亦素怨之，恐渠有畏禍心，故不如蔡為便。門下若以為可，僕當移檄，專責成之耳。直指使者，聞在涇州，即馳書延之，未知肯就近否。姚欽者，起初即與同志者約圖賊，而事未就，已而甚為賊用命。今竟投降，似仍可錄者。乃軍中匿密帖，致失事機，情最可恨。即已行河西道，查其人，將法之也。賊窮必逃，恐不出北門，則麻貴難為力。業已誡西門、南門，極宜防之，仍望門下申飭之為便也。火藥已令董師查散，此時諒已散之矣。

學曾頓首。

復　魏

一應查核功罪，委之河西道甚當。只如諸將攻城，斷不可克，徒損軍士。須多製堅厚牌柵，先避砲石，而後以土袋急堆齊上，或可破也。今諸將不先爲備，數千人中止有小挨牌十數面。問之，云不必用。及至被傷，又支吾以軍中原少此物。此所以謂之兒戲也。【眉批】可涕亦可笑。砲石如雨，而軍士不退，皆我翁鼓舞之效矣。自姚欽謀泄，賊有輕我之心。爲固守之計，招安全無實意，勢窮方肯出逃。且緩挑壕，誘其出而擒之，更便。【眉批】都有略。

昨周覽地形，築北堤，直接唐渠、紅花二渠，城必可灌。計地一千二百丈，用夫五六千人，四日可成。但用此計，且不決水，舉城慌亂，賊逃必矣。【眉批】遲疾有法。我翁苦心如此，容有不相信者？楨連日讀尊教，一字一泣矣。

魏來書

承鼎翰，謂宜先避砲石，而後用土袋，緩挑濠，誘其出而擒之。及爲堤，示將決水，以逼賊逃，此皆鑿鑿妙算也，望決意行之。聞劉總兵挖暗道爲入城計，此最宜速行。但欲引水暗道，以淹城令塌，則誤矣。賊出欲襲擊挖道者，而爲我兵所挫，此可爲大快也。適得鎮靖通官姚一元塘報，言吉囊等酋，差通事等回門下話，故爲狂肆不決之辭誑賞，並遷延待時，實欲時到內侵，或助賊夾攻我兵。僕以爲虜情如此，必平賊後併力創虜，然後可。今姑宜誇示兵威，量加撫賞，以徐決進止耳，如何？如何？

讀翰中見憐苦心數語，把玩數四，不覺感極而悲。吁！世有光明正大，能照人隱伏如此者乎！僕何以得此于門下也！感之！嘆之！【眉批】真人無假淚，魏已先制于葉矣。此其中蓋大有說，門下一留意，便可盡得，僕不敢喋喋也，不能悉念。

九日，學曾頓首。

復　魏

吉囊若差夷使來言，即易爲處。連接塘報，降夷稱着力兔等欲來助賊，雖未必實，不可不防之也。兵馬不少，但多備糧草耳。河東一帶極爲可慮，幸急諭延鎮備之。平虜足以自守，恐日久糧盡，宜如何處之？挖地道誠便計，以之淹城，則迂也。河西道募得鄉夫八百，即今便應築壩。如賊懼而走，可襲而擒之。即賊不走，闔城慌亂，亦不能安，破之必矣。

魏來書

連日情狀，賊中似狼狽矣。而猶守不下，日復一日。今且立秋，令人撫景惕衷，心熱如焚。何以得賊即滅，以舒聖明之慮乎？即欲以死圖之，而無妙算。門下今方召也，何以教我？聞昨賊又請招，止許我一千人入南關，不知有無此語？若果有之，但入兵至數百，而勢不可禁矣，何不遂依此行之乎？【眉批】此語似當，但果有此，先生早行之矣。又聞北城已挖二窟，不知的否。若設法製其火薰，急令人挖之，窟漸大，漸次添人。添至數十百人，向旁邪挖一道上出。臨可上出處，將城磚外鑿長孔，陷一二垛口。我從上出可也，從外梯上亦可也，似必可登城矣。門下依此督之，何如？昨恐姚欽非真降，已密令營中防之，今聞其真也。既真，則彼知城中堅瑕，及賊不畏忌處，問彼必如何而可以速破，似即當依而行之也。隨機而變，見景生情，總于門下是望焉，懇懇。

念九日，學曾頓首。

復　魏

賊若肯以五百人入城，即聽之矣，今止許二十人。所謂千人者，謂駐城外，待旨下，方入城耳。其爲詐明甚，徒緩我兵耳。降人不必論其僞，可隨機用之。【眉批】因間用間，妙豈易傳。賊知鑿城，親帶兵出北門衝擊。我軍砲傷一青甲白馬者，疑是許朝之子，未可必也。李提督乘賊出北，親攻南門，各將無一人助之，真可恨也。【眉批】時事如此。賊徒出招達虜，副將李寧往捕，得虜首一十七顆，生擒賊二十人，亦足以寒賊膽，絕外援矣。【眉批】李寧矯矯。謹并以聞。

【校勘記】

［1］李昫：原作"李朐"，據後文及《明史》卷二二八《魏學曾傳》改。

西征集卷之四

書札二　與魏府往來書

魏來書　七月初一日始

連日蒙門下德愛，仰見門下涉世處人，忘形骸，照肝膽。僕不自量，私以爲若有合焉，欲借結爲知己之交，可乎？僕罷駑衰病，本不足以當大事，以故致生群議。昨已上章自劾，欲先以罪廢，仍行勘，坐以欺罔罪。但得報，即飄然長往矣，恐不得終侍門下教言耳。

頃嘗請枉駕靈州，不知高見以爲如何？竊以爲彼中若可處，處之。如不可，不如靈州爲便也。【眉批】此召乃念其辛苦，非若葉之忌先生成功也。敢再申請，惟尊裁之，不一。

七月初一日，學曾頓首。

魏又書

賊既出新北門，擊我挖地洞之兵，我若伏兵城西角，待彼出而與我洞口兵戰，伏起而疾馳追之，可以入城矣。惟裁酌，幸甚，名不再具。

復魏

楨最庸下，獨願得真豪傑之士，爲之執鞭，往往見負。當時重望者，多有補塞罅漏，而少開朗豁達之意，以此不敢信之。而人皆以楨爲狂，然此心終不可變也。【眉批】李龍湖生平敬愛先生，如此數語，投契在此矣。比來始見我翁，願得北面，敢結忘年乎？近日少年，喜刻核而忘大體，況主上以西事焦勞，幾廢寢食。翁但一意收拾，事尚可爲。若倉率自請，恐上下俱疑，反因而求多，大有不便。

楨出都時，已密囑本兵與職方，不得輕信人言。有所更張，可問而知也。賊出城填塞地道，我將尾之而入，甚便。奈隔壕深闊，且有護城土墻。欲從別道，又慮城上砲石如雨，不然豈肯坐失機會。昨諸將捕得賊心腹，勾虜通官家丁近三十人，亦足以寒其膽矣。楨受主上知己之遇，親見事有可爲。但諸將之心，似欲功䌓己出，而又不肯實心立功。【眉批】可泣。楨欲就中協和，兼擇其可以激勵之者。幸而相信，則爲之叙功。若心力已竭，而人不見信，則徑自還朝，叩閽泣訴，自甘奉命不終之罪。若營中之危，人人知之，恐離此則衆心益懈。故雖處虎口，視若太山耳。【眉批】成功在此矣。若非孤忠自矢，安能陰邀天眷，不握尺寸之柄，而卒殱强寇乎？承我翁知己之教，不免縷縷，幸恕其狂直。

魏來書

官回，奉有答翰，字字皆肝膈之教也，私甚感服。而官又口道，門下欲初二日進兵。夫兵家亦重天時，今得《兵禽》家所選吉日時一幅奉用，此甚驗，不可以爲泛常者也。李提督得奇功，可喜。僕尚未知其詳，若果得勾虜通官等，更可喜也。翰中謂諸將，不肯實心立功，殊爲可恨。夫將有力不副心者，不足斬。若心不肯爲，則直須斬之。僕欲行而恐不的，願門下明言教之也。懇懇。【眉批】確老遠隔，猶謂不的。若葉，則遠隔數百里，據諸弁塘報，遂執以爲的，而與先生親在營陣者强争矣。如確老者，亦未易得也。

兵馬不少，委宜多備糧草，即行督糧河東二道矣。花馬池等處，宜防虜警。竊料亦須再數日後，俟門下用兵，何如？當爲圖之。平虜糧缺之慮良是，昨有人來謂本色糧或不便，願得折色。一二日將以折色並賞銀送麻貴處，令撥兵轉給之耳。築壩以速賊逃，此上策也。惟門下即以責成道將，諒無難者，望之，望之。

初一夜，學曾頓首。

復　魏

築壩事，業委官行之。士氣方不振，而數數勞之，恐生他患。姑休息數日，如所示《兵禽》時日行之未晚也。至期當請尊命，誅不用命者，方可必成功也。【眉批】都有算。

撫虜最爲急務，聞吉囊遣夷使來，尚未到，到必有以諭之。即不聽命，可緩其來。我翁苦心如此，所不與共濟者，有如皎日。時賊方求降，若許帶五百人以上進城，當聽之矣。假此寬數萬生命，獲罪不惜也，【眉批】着着許降，竟以此成功。蓋始終以生命爲念，鬼神亦當陰相之矣。想高明亦同此心耳。

魏來書

得延鎮賈撫院咨書，言定邊、磚井等處報邊外虜聚謀犯，欲撤其被調之兵自顧。僕意今寧城正在垂破之時，兵似不宜遽撤。而彼處又爾爾，殊不可以無處。查得省東臨潼縣有礦徒甚多，情願殺賊。咨行撫道，招二千來攻寧賊，而換定邊等原調兵二千還備虜，于事體如何？願門下有以教之。【眉批】頗虛心。

今日用兵，必有權略，不知可得聞乎？昨奉白伏兵挖地道所，待賊再出，則疾馳尾而入之。聞諸將亦有此意，此似可行也，惟裁決是望。

初二日，學曾頓首。

復　魏

定邊一帶，虜所必犯，不可不備。但時正熱甚，大舉尚在半月之後。【眉批】此謂之天時，非選吉也。礦徒禦虜，非其所長，而攻城則便，須募到方可定也。賊出尾之而入，楨曾有此見。奈隔壕深闊，又有外城。欲繞城馳逐，則砲石難防。如隨道已下城多時，而諸軍對面不能相救，致賊縛之而上，況其他乎？待士卒稍休，攻具盡完，齊心併攻，或可克也。適又生擒土文秀之舅吳繼韜，賊與土正相疑，已免其死，使之行間。【眉批】妙着，竟以成功。幸發下姚欽三人密議之，强于用兵也。

與魏書

連日甚有機可乘。城中每夜哭聲，一也。家丁飽粱肉而軍士無半菽，二也。賊黨漸離，三也。硫黃將盡，四也。恐下水灌城，五也。望虜不至，六也。【眉批】事事審度，爲將之道也。若以大挨牌避砲石，而用土袋雲梯四面齊上，必有內應。奈諸將心懈，非方不足，亦有微意。蓋有專功者，又有恐人之專功，故不利成，而甚且有利其敗者，楨察之審矣。【眉批】古今通弊。不思我翁衡鑑在上，而楨亦不忍喪其良心者，雖微勞必錄，況沒其大功乎？

承示。《兵禽》既得天時，築堤已得地利。我翁不以楨爲狂謬，而虛已信之，此人和之極也。【眉批】奈有不和者在傍。待攻具既辦，犒士之後，方敢用之。數日內當有內變，姚欽輩幸善諭之。更發一二人至營中，如無別機，則使之行間也。

魏復書

承示。破城有六可乘，而將乃心懈，可恨之甚。今秋氣漸逼，胡馬欲健。萬一虜從東深下，而我不得撤兵以應之，則何以免地方之患，解主上之憂乎？輾轉反側，生不如死。若不先斬心懈者，恐此事終難就也。望門下先示僕一人以行法，而即決意爲齊攻計，期在一晝夜完事，有遲誤者，必斬之。【眉批】此老尚有同心。灌水事亦須乘築壩，一刻不得緩也。僕仍一面招礦兵以撤延兵，一面撫虜使勿動，或者方得濟事。然非仰仗門下一其號令，剋期督之，恐必有不完辦、不齊力者，萬望爲國家、爲不肖一助也，至懇，至懇。

初二日夜間，學曾頓首。

與　魏

小疏中曾留李昫，奈按院無人往來，未之相聞。昨晚始知差人提之甚急,面語河西道,姑緩數日,以待立功。本道今早來言,須得我翁主張。楨訪知各堡有願效死力者,一呼可得數百人。若諸將肯齊心併攻以分賊勢,而以敢死之士乘機直上,可必克也。城克,而昫可免矣。奈心志渙散,務爲退脱,日復一日,且有他患,今早塘報可見其概矣。姚欽輩以忠見疑,張遐齡闔門屠戮,可憫也。若我翁肯以用人之際,諭本道稍緩昫三五日,楨敢不力贊之,誠不忍見其無罪而就死地。【眉批】先生爲人,必欲爲徹。若不以功贖,雖都中諸老,必有能察其冤者,奈聖怒何?惟翁裁之。

魏來書

昫有功無罪,而修怨者欲阱之。【眉批】何此等人多耶?因波及不肖,故僕不敢開一語。幸門下有此大公至正之心,此天心也,敢不令事事如指?赦劉許原咨,已付原押姚欽官王誥密切齎去,或在昫處,門下可索而用之。長木並張遐齡,天明當即發過河也。時序已秋,大功未就,恐重君父之慮,此心真生不如死。昨日舉止,已有顛眩處矣。門下肯助僕使得賊平,則社稷之功,天必厚之。固不待云,而僕一念感激,如生死而骨肉也,寧有既耶,惟原諒幸甚。

七月初三日夜,學曾頓首。

復　魏

李昫一入京,非死刑,則死獄耳。明知其冤,而立視其死,如天理何?楨昨疏中已請留用,一以爲公道,一以爲我翁也。【眉批】□事開爽。聞該鎮欲托軍中左右在楨處從臾,果有此,則楨不敢力主,是自速禍耳,幸嚴諭之。

賊果有招安之意,即當從之,其實詐也。昨若肯以五百人入南關,今日事定矣。所幸城中號哭徹夜,如金貴、李剛十數堡,盡已收復。所獲賊黨釋之,使其繞城高叫:"我輩本賊黨,今皆不殺,你每何不出降?"以此離散其心。【眉批】到底以此着成功。楨又差官執一受降旗于各堡降賊安民，且募有勇力者以當矢石。即以所赦賊黨爲敢死士，當先上梯，我軍緊尾其後，克之必矣。【眉批】善使過。于要緊之處，楨親督李昫兵以箭砲射打，則其功不小，罪可贖矣。木植不妨多發，游擊趙寵、原任守備徐應禎，皆可用者，望即遣到。翁幸善保玉體，楨不忍見翁苦心，且受主上知遇重恩，必滅此而後東渡也。

魏又復

張遐齡昨隨朱撫院過河矣。長木三十，即已發行。尚有三十根在，若欲用，當仍見示，令續送也。今日之事，不論用何許計，只在得賊。【眉批】是。顧有欲避招賊之名而沮之者，僕誠不知其解也，願門下與李提督力排衆議而行之。【眉批】奈此人何？但得賊平，則可以釋聖慮，安國家，而我輩臣子之分義盡矣，何不可哉？懇懇。

初四日，學曾頓首。

魏來書

昨奉告姚欽非反，蓋得之李昫使者。昫使使來問印，適傳報姚欽已反，而昫使即押姚欽在壕岸，與許朝寫字人看抄咨文者也。【眉批】昫使者有人心，則昫亦可觀，宜昫之不免也。咨文已抄完，而哱賊有心腹人不遠，欽過壕將與土文秀人密語，遠望者誤以爲欽反，急拿之，欲以爲功，此其最的者也。欽事頗有次第矣，而忽復如此，豈天不欲我輩成功乎？奈何！奈何！望門下再爲參酌，事倘可就，仍望委曲成之也，懇懇。

初五日寅刻，學曾頓首。

與 魏

賊之所以敢于抗拒者，恃虜束入，斷我糧道耳。須一大創，則城不攻自破矣。麻副將人馬精健，火器足備，苗兵一千，恐不足用，須以火器手三五助之。【眉批】此舉兩見皆同。山西兵八百，亦無火器。趙武所領一千二百，止可圍城，似難破虜。此策關係甚大，乞嚴令挑選精兵、火器，務必勝虜，以寒賊膽，不可嘗試而漫爲之也。幸召麻副將面議，此將乃鐵中錚錚者也。

魏復書

承示。賊恃虜東斷糧道，此洞見賊情者也，故須大創之始妙。麻貴猛將，兵二千亦皆精，獨山西與趙武兵似只平平者耳。所幸靈州有各營養馬軍二千，皆堪戰。先已令蕭中軍統出禦賊，若麻副將與之合營，或亦足破賊也。苗兵一千太少，業已白葉龍公，令發千五矣。【眉批】此爲禍苗兵之始。謹復，不能悉。

學曾頓首。

魏來書

得靖邊道稟帖奉覽，吉、莊諸酋，畢竟爲賊所勾，欲以大兵深犯內地，今犯者必即其端緒也。我兵非萬數及大砲四五位，恐未易破虜。望門下與李提督議，以城北迎敵全營及遼晋等兵內，再挑一二千益之，並以大砲四五位往，何如？搗莊、明之巢，以牽其內顧。許吉、莊等以厚賞，以緩其深入，俱可行否？惟裁示，幸甚。

學曾頓首。

復　魏

虜騎東犯，一以掠財，二欲斷糧道以助賊。即將尊命傳語李將軍，令其挑兵往勦。迎敵人馬似難盡撤，恐虜見兵動，必有西來者，賊出夾攻，大不便也。莊、明新奉旨撫賞，必先以大義責之。待其入犯，而後一面截殺，一面搗巢，彼方理屈。若吉、莊以厚賞緩之，更便也。

魏來書

答翰料虜料賊，皆洞見肺肝。似宜委曲支虜，令無爲大患，而于賊則極力圖之。決水未妥，招安亦聞有詐，惟墊路可以得志。僕欲至城下督之，務令一晝夜即得登城。【眉批】該來。但趨事不亟者，即斬之，門下以爲如何？

學曾頓首。

復　魏

城堅守固，本不易攻。所幸者軍民絕糧，城中心變，賊黨亦自相疑，草盡馬死，皆機之最難得者。城西南、東北及南關之東，皆鹼土易塌，乘雨濕以大砲擊之，必有崩壞，已傳之諸將矣。灌城最毒計，定可行者，須待堤完。得工萬人，兩日可以濟事。稍下水二三尺，城中必自亂也。【眉批】不遽灌，智且仁矣。如下水而賊猶不出，以數千人守堤，擇精兵繇橫城出搗虜巢，則松虜退，而套虜亦不敢入矣。營中無駐足處，非翁所宜居，煩趙瑞明督之可也。

與　魏

主上望賊平甚急，此舉當爲焚舟之計，失此更難收拾矣。賊不過以虜脅我，不墮其奸，即不足平矣。莊浪魯光祖，西寧李春光父子、游擊祁德兄弟三家，可得精兵萬餘。【眉批】處處物色。而史繼祖、祁承恩、柴國柱皆驍將也，且欲爲朝廷出力，望速差官調之。【眉批】□着。幸毋曰："緩不及事也。"

魏來書

承諭。主上望賊平甚急，僕當爲焚舟之計，此正僕意也，望門下助我爲之，懇懇。所示魯光祖三家，可得萬兵，而史繼祖等三人皆驍將，此則僕之所未知者。【眉批】確老儘合手，不必比較老葉，而此公已爲不易得矣。果有此，則無事礦兵矣。即刻遣人調取，務令速來濟急也。

初九日，學曾頓首。

與　魏

初十夜有最可恨者二：無故而傳攻城，調到各營官兵。忽因雨不攻，又不傳散，使軍士盔甲立雨中，過夜半，楨知而後散之，一可恨也。不知何人擅放大壩，夜半水大，幾至入營，賴姚欽開渠泄水而止，二可恨也。【眉批】姚欽，有用人。賊見水至，闔城驚亂，謂我軍下水，復求招安，則其所畏可知矣。昨見切盡比妓稟帖，各夷尚可撫，撫虜以孤賊，而剿賊以安民，不易之論也，願我翁堅持此意。明早遣夷使過河西岸面諭之，不必至堡中也。臣子之爲朝廷，但當擇其是者，一切嫌怨皆不足避。趙兵部忼爽丈夫也，想其見亦不外此。

又與魏

築堤須二三日方完。虜勢急，即下水，惟以二三尺浸城，則城雖不傾，而賊必走矣，且不至傷民也。【眉批】恩威并見，真仁人之師。虜既得志，必攻靈州，使我不得不撤兵以解寧夏之圍，幸急爲守備。築堤已托之劉總兵，既不慮賊，則楨當助翁拒虜也。【眉批】有餘閑。

魏來書

今事急矣。宜以決水爲主，而堤尚未完，可乘此以了葉龍公之令，願與李提督商之。【眉批】外有一令，要了奈何。今日明日若能成功則已，不則于十四日定須決水，再一刻不可緩，緩則必至狼狽。此惟在門下主張，決宜爲之耳。

復魏

築堤攻城，兩無所妨。【眉批】定而靜。李提督意明日攻城，已力贊之。十四、十五，堤定可完，只候虜勢緩急，即灌水以便撤兵也。葉龍老恐決水害及各堡，絕無是理。【眉批】偏是庸人多憂。非多憂也，故爲憂態以塞責耳。但爲城中士民慮，則可耳。

與魏

王宜平之報，勢所必至，非妄傳也。楨初入境時，曾有小啓言及之矣。虜本截糧爲賊，以撤我兵。其計不行，則必以重兵困靈州，而分兵以堵渡口，使首尾不能相顧。【眉批】然。計之最毒者，惟待堤成下水，使賊不得出。仍照我翁原定規格，各將分守四門，李提督總之，則足以制賊。而于牛秉忠營內調俞尚德兵馬一千，王通營內調吳顯兵馬一千，以守靈州。苗兵五百，以守渡口。但須多備火器，聞花馬池所貯尚多，宜取用之，則東西俱保無事。【眉批】一帶看來，如無事人。處置日間小事，絕無驚惶。但將士怯懦，楨當爲翁身督之。訪知河之東西尚不乏糧，若增價收之，足□月餘之用，且不致爲虜所掠也，似不可緩。

與　魏

劉承嗣築堤，極盡心，極得法。奈諸將無與同心，止有民夫，而營軍無一人往者。昨見我翁督之甚力，劉大畏懼。楨復行牌各營，分定丈尺，限以速完，然非明日所能辦也。若堤不堅厚，恐水到衝決，則力不能堵，爲賊所笑矣。昨夜城中哭聲震地，想畏水之故，須以漸逼之可也。夷使諭畢，即遣還。堡民得賑，足安其心。似宜稍濟其急，恐待奏太遲緩。堡民且有以糧五十石助軍需者，此風甚可嘉也。

魏來書

再奉鼎翰，仰見門下忠謀宏材，定克濟事，此僕之幸也。堤既未完，決水不得不改于十七日矣。但堤不必高過丈餘而後決水，即僅僅一丈，水即可決。水既下，而築堤之工不已，則堤漸高，水漸深。而築堤之夫即所以守堤，甚便也。此事承門下極力督之，雖爲國家實助，僕之不及者耳，感何以當之。王宜平之報，似虜因興武兵殺彼邊外部落，恐或搗巢，故爲此說，以先制之也。連日察虜情形，或欲從螺山尾趨西北，從中衛西界過河，此昔年彼犯螺山退兵之故道也。業已令麻副將偵哨，若果爾，則可伏兵河上，俟半渡擊之，是天欲使我成功也，但不可先泄耳。夷使謹如教，當即賞之令還矣。賑濟事曾與朱撫公面論，渠謂姑宜以募夫築堤，寓賑濟之意，俟事定，再斟酌之。門下若見其必宜急賑,當再促之,令具藁也。此時有輸粟助軍者,殊可嘉尚。其人爲誰?幸見教,將有以處之。

十六日,學曾頓首。

復 魏

請賑濟以安民,遣夷使以緩虜,而又遣將半渡以取勝,皆萬全之算,邊疆之福也。輸粟者一爲方淮父子,一爲李偉。各輸五十石,楨以銀五兩製一匾獎之,敢附以聞。

與 魏

賊計已窮,勢已逼,問石兵道之弟即知之矣。但招安一事,彼此俱難憑信,是以久而不決也。若果以南關與我,必要大兵先退,彼據大城以待恩旨鐵券,儻主上不允,何以收拾?若曰既得南關,則大城可得。必不能也,反受其毒矣。惟有暫撤大兵使出逃,而于中途制之,乃便計也。不意諸將行事乃至于此,不惟不能鼓舞,反欲激怒軍士。【眉批】上有若者,下必有甚焉。有一個撫臣欲將士不爾得乎?楨所以連日禁約不攻,而專待各堡軍丁,正爲此也。今日各賊有稟帖,意甚恭順。明早楨親諭,或有機可從,從之。必不可從,更得一二日,鼓士凌城,必有效也。我翁爲國苦心如此,所不竭狗馬之力,以自附同心之義者,不復東渡矣。【眉批】真憐碓老。

初三日差人往京,廟堂諸公或明翁心事矣。賊已在掌握中,但多延時日,一者城中軍民受害,二恐我軍心渙也。在加意拊循之耳。幸自玉,毋過慮也。趙寵已留營中,石繼善更望發下爲懇。

魏來書

聞今日賊又獻南關矣。我兵一入南關,則即不得決水,遷延數日,而大虜逼至,我之百事無成矣。【眉批】數語大是,然先生前帖已詳言之矣。望門下主張,令其無墮賊計。若必欲招安,須獻大城而後可,不則惟有决水耳，要南關何用哉？

十七日入夜，學曾頓首。

復　魏

賊見决水，城中汹懼，故以南關空城求緩我師。若諸將既得南關，而襲之亦爲便計。【眉批】後來竟用此法。如信爲實，然彼縱實降，必留家丁自衛，必欲分城以居，作何究竟？誰敢奏聞？或奏而不允，何以制之？【眉批】何等識見。又或待我方奏之後，而賊心復變，與虜合黨，則追之不及，此皆非楨之所敢任也。大抵諸將爲賊玩弄如嬰兒，諭之不省，終成誤國，惟我翁之主張之也。

魏來書

五更初得報，賊講定天明開東門請兵馬入城，不知臨時如何。若入大城，則何事不可做，天下事即定矣。但我兵多在西南，彼不開西門而開東門，或者賺我兵東入，而彼即突出西門奔逃耳，此不可不嚴防之。各將心思或有不及，望門下多算督誨之，務令萬全始可。李提督入城，門下可即入乎？僕意欲仍回河西寨，或來靈州以待事定，具疏上聞耳。不審高明以爲如何？

十八日丑時，學曾頓首。

復　魏

昨各賊遣人來迎，且一一下城相見。楨面諭今早開東門，延董總戎到任。彼竟支吾云日期不利，權開新北門，請李提督與楨以五百人從北先入。蓋北係夾墙，下皆品坑，上列大砲，馬不得行，其實緩我决水，以待虜至耳。而諸將信以爲然，遽令罷工，楨已面責之。昨夜遣人放水，計二十日方到城下，彼時堤已築完。賊既被水困，但須防其偷决，一意禦虜，可以兩全。翁幸自寬，惟多方運糧，他不必慮也。

【眉批】閑整。

魏來書

昨賊已懇求開東門獻城矣，而又不果，其故伊何？彼若反覆難信，今惟有決水而已，望門下堅意主張之。虜南下，屢被麻貴擊之，乃盡趨西南螺山之尾，已又向犯西北鳴沙州，似欲繇西北過河，不復來沙湃也。故僕撤苗兵，將令帶神砲伏鳴沙諸處。不意虜犯鳴沙者，偶爲中衛兵以大砲打死者甚多，人自虜中逃出者能言之。以故虜復盡收而趨螺山之尾，不繇西北出矣。今麻貴報虜衆俱東行，或者自定邊出耳。將復遣苗兵赴沙湃、定邊諸處，不知竟能遇否耳。今董一元在定邊，麻貴在鹽池，業已令其彼此約會，謀一創虜。而兵馬單寡，不知可能得志否。

學曾頓首。

復 魏

開東門原非賊意，楨命之也。今早又以鷄狗血與諸將約誓，李如樟令李有升以毒入酒中，許朝飲三大甌，聞已病而不見報死，非藥力不到，則又以藥解矣。今日已開閘，二十日水可到，此定計也。鳴沙州乃要路，既能禦之，餘無足慮。計虜且未即出，董將軍已在定邊，麻副將宜與虜相近，時時擾之。而以苗兵伏沙湃，使之進無所獲，退無所歸，當以卑詞請命矣。【眉批】虜在目中。兵雖寡，若善用，足以制虜。我翁勝算□定，惟在諸將力行之耳。

魏來書

賊既狡詐，只該決水。將官有遲緩築堤者，可斬也，惟門下斷然行之。昨得大司馬書，欲僕爲李昫上章，請立功贖罪。僕既有偏聽之疑，又可爲此乎？

學曾頓首。

復　魏

　　昨日已放水，今晚可到。堤已完，可守也。昨拘得賊心腹四人，盡知其中急迫之狀，蓋所畏在水也。楨時又以諭帖入，仗翁之力，內變必作矣。【眉批】此處妙。李昫本無罪，前疏曾有云。使功使過，宜在此時。既本兵有此意，宜緩其行，或于小疏覆之，未可知也。事機垂成，各將且不必更調，惟翁主之。

魏來書

　　賊既以獻城之計緩兵待虜，則決水灌城不爲過矣。水于昨日午時放下，計今日即可到。水到而城中即變，幸也。萬一不然，賊猶據守，而城又急不崩塌。且夕醜虜出邊，若仍赴寧夏助賊，我輩何以處之？望門下多算，何以使賊速滅也。僕前遣夷使還，而又以通事持諭帖去，冀猶收拾之，令不助賊，不審肯聽之不耳。李提督留住劉俸等，而又擒得黃羔兒，則許賊之計窘矣。恐或拼死突圍而出，不可不嚴防之。于諸將不啻三令五申矣，慮猶玩忽，望門下再申嚴之。有不悛者，乞送李提督處，以賜劍斬之，亦未可奈何耳。懇懇，謹瀆不能悉。

　　十九日，學曾頓首。

復　魏

　　我翁所慮者，詳盡無遺矣。以楨度之，水到城即有內變。昨已令各堡軍民數百赴城下，呼其父兄子弟之在內者，令早獻城，或出降，免坐而待死。今又以諭帖往，相疑必矣。夷使既往，虜決可撫，在我翁力主，勿爲群議所搖。楨近又有書與廟堂諸公，懇切言之。虜必不來助賊，即來，亦能禦之。【眉批】見得定。惟賊拼死突圍，楨所甚憂。或只在今晚，遲亦不過明日。已屬郭有光、俞尚德謹防東門，[1]賊必從東突出，其實欲從西南出也，李提督嚴裝待之矣。翁幸自寬，惟促該道多方運糧，事機已有七八矣。李昫不死，亦見天之佑善人也。

魏來書

承門下令,軍民呼城內父兄子弟,又有諭帖,則城中必相疑可決也。但許賊多術,恐猶能制城中不敢動耳。然水若深至五七尺,當以別計破城,決不可令遷延出五日也。虜已回頭,據今日之報,則仍是兩路出邊。苗兵已赴邊堵口,不知竟如何耳。虜出邊後,可撫仍撫之,此誠俊傑之見。第虜入邊時,僕曾行延綏撫鎮,令乘虛搗巢,以牽彼內顧。萬一已行,奈何？惟門下裁示焉。

廿日,學曾頓首。

復 魏

初意恐我軍暴露日久,心生怨望。【眉批】伊誰之力乎？今城中賊皆敗氣,而我軍銳氣方盛,此必勝之機,我翁鼓舞之力也。賊能制人不敢動,而不能制其不欲動。水到必自有變,虜出邊,負重而馬疲,諸將必有大獲。撫虜乃萬萬定理,無可疑者。【眉批】如指諸掌。延綏果能搗巢,撫之尤易,從此虜來求我矣。幸静以俟之,豫為我翁稱賀,不既。

魏來書

傳聞許賊昨日中毒,不知有此事否？若果有之,則下毒者為誰？不可不重賞之也。虜已東行,似將欲出邊矣。而逃歸人口又言,螺山之虜欲從固原深搶至省城。果爾,則須得大兵于螺山擊之。而牽羈寧城下不得動,奈何？寧城若破,百事無慮。願門下問姚欽輩,但有可圖,當無憚煩瑣也,懇懇。

學曾頓首。

復 魏

前日用毒者,李如樟行之,而提督主之也。惜藥出朱把總之手,不能取效耳。【眉批】把總可斬也。夜來水已到城,又以他渠泄去,則防守者之過也。本當重處,念其曾被賊害,故薄責而遣之,且限以補築,是以未解,想臺下不以爲罪也。虜入此時,計已馬乏,負重不便深入。如果無厭,禦之不難。平賊事十得七八,待水到城下,即可分數千兵往爲翁遏虜。李提督偵知虜帳所在,以精騎搗之,此勝算也。【眉批】仰城有略,不但勇也。奈賊未即平,故滅此而後耳。幸翁自寬,毋過慮也。

魏來書

昨聞門下購本紙,苦無堪者,即令吏書檢紙百葉將送之,而答云自固原取來四百,俱摺成本矣,無可送者。今思之門下購紙,不過欲作本耳。既摺成本,何不可者?謹具五十奉用,幸照收之。張華四原宥,此門下好生之德,正不肖所深願也,即奉命矣。適延鎮董總兵報搗巢得功一百三十,與吉酋莊明無干,乃土昧明安之部落也。土明向欲報復,無求市意,則此搗之,似與撫吉酋等無相妨也。門下以爲如何?

廿日燈下,學曾頓首。

復魏

承惠。本紙正值急闕,深感,深感。張華四之宥,仰體我翁德,意知必不重處,以安寧夏之人心也。土明既被搗巢,則莊明求撫愈急。【眉批】不出前所料。莊明撫,而土明、吉囊等盡撫矣。惟姑置着力、宰僧等,待賊平之後,以計剿之,則松套而東,烽火可總。即火落赤在西,亦游魂餘息耳。【眉批】九邊俱關籌畫。楨所深慮者,恐倭因報警,則廟堂不復西顧。今幸種種有緒,皆社稷之福,我翁之功也。

魏來書

聞昨門下與李提督親詣決口塞水,嘆服不能自已,世有不畏禍患,不避勞苦,一意爲王事如門下者乎?【眉批】可稱知己。計門下身親行間,今且浹月矣。而僕輩高坐靈州,寧不愧死。僕非不欲自造寧城下也，念僕頗有專閫之寄，一趨寧城，則東西南面皆照管不周。況向奉旨，令葉、朱二公過河西殺賊，而令僕靈州。是以每躊躇不能決然，心固時刻靡寧也。【眉批】違旨不過河西殺賊者，亦曾時刻靡寧否？且此事若非門下與李提督周旋行間，將何收結？故竊謂倘得成功，不但國家賴門下功勳，而區區受被恩德更萬倍之。當感藏沒齒，且令子孫頂戴于無既也，門下能信之不？

廿一日，學曾頓首。

與魏

兵凶戰危，古人所戒。楨頗究心此道，故敢以身犯之。知其必不能害，且性能任勞，非敢輕試而漫爲之也。【眉批】一味包辦得來。我翁專閫，豈得與將士爲伍？即葉、朱二公，亦不必強其西渡，恐致驚怖，反大不便。【眉批】在百里外尚且驚怖。賊中情僞，盡得之矣，保爲翁破之。所慮者惟將士甚怠，恐夜出決渠，人不知備。若白日衝營，尚能禦之。今欲計誘哱承恩父子出而擒之，爲力甚易，但恐諸將不肯用命，又成虛設矣。賊平之後，尚欲爲翁制虜，爲久遠計。【眉批】有膽有略。蓋楨尚無子，有老父在堂，且迂直不合時好，決意乞歸。惟特受上知，此一念未了，故不愛其身，以盡此心耳。軍中所需撓鈎、撞竿、木筏、小船已令買辦，更望分布信地，令其自守，誅其怠玩者，則事濟矣。

魏來書

水雖至城下，若不挖城，則不破。挖城不于水底，則賊得而砲射之。今與朱把總議得一法，水手可以匿水中無患，令持竊盜所爲挖牆之具，從水底掏城磚，不一日而城可崩也。今令其呈樣，惟門下裁之。虜初入犯時，僕一行延鎮。今搗巢，一諭麻貴，而貴即欲從清水出搗之，乃葉、朱二公力沮之，謂其不可。【眉批】庸人何足語。今得一降虜，言邊外狀甚悉，令解以投見門下，試問之。若如其說，李提督提精兵一千而出，即着酋可擒也。第寧城之圍太薄，而寧賊又將突出，殊有可慮，門下再斟酌之。僕且不敢以語李提督，俟門下有定畫，然後可以令渠行之也。承教，麻貴距虜八十里，此或傳者之誤。自貴擊虜營帳于石溝西南，而虜遂移去，鹽池以南路通矣。貴進兵過鹽池，駐惠安堡，南距韋州六十里，而韋州北三十里皆虜。麻貴曾于某墩下欲伏兵擊之，而虜陣嚴密，不可動，故竟待虜已東過，然後統兵馳鐵柱泉圖之，不知竟何如耳。貴非怯者，願門下獎率之，使知所奮勵可也，懇懇。【眉批】論麻貴得體。

學曾頓首。

復魏

水攻無過挖城，退虜無過擣巢。曾有人獻議，能令人于水底伏一晝夜。初欲用之，聞其人無行，有所求索，將置之法。正思別得一人，今朱把總亦可用也。昨見橫城塘報，即約李提督，若能生致着酋，豈特寧夏在掌中，而各邊事大定，此封侯之業也。此公意甚踴躍，如待水到之後，可撤三千人往，令蕭平虜多方偵探。【眉批】着着妙。沿途下一二大營，先以五百人嘗虜，而以千人撲之，可大獲也。但須內防虜歸，外防虜覺，則萬全矣。麻副將者，楨曾薦之，近見其人，果能不負所舉。因塘報人來，一一指其所報地名問之，或答以二十里，或三十里，最後云八十里，想虜退而追之未及，故相遠若此。恃我翁相信，故敢以實告，乃所以獎率之也。若他人聞此言，必將謂楨甘心于麻矣。

魏來書

計今夜水可浸城，似賊必于今夜突圍而去。雖已行諸將戒嚴，猶不能不望門下之申飭之也。昨于邸報見僕被論，而奉旨下部會議，則僕固五日京兆耳。此于僕誠脫，然第賊猶未平，須門下力督其事，令就戡定，以釋主上之憂可也。望之，望之。【眉批】此言甚可敬重，宜乎深知先生也。趙兵部述門下欲待水浸城，掉鞅而過靈州。倘及僕未行而至，得一侍顏色，聆咳唾，固中心之至願也。【眉批】真。

二十二日，學曾頓首。

復　魏

比來士氣正奮，防守頗嚴，蓋知賊之將敗，而各有成功之心。況賊馬已疲，水中不能馳驟。水到即不敢開門，一開則水大入城矣。非虜來救賊，則賊必不能突圍也。年少喜事之人，往往妄談老成，以見風采，而不顧大體所係。廟堂自有定見，豈肯輕信？翁幸一意爲國，毋動去就之念。況此時一去，則數年苦心，竟無知者，反增好事者之口也。【眉批】將切。昨小啓奉瀆，嚴諭防虜，望急圖之。更得旬日，大事濟矣。

魏來書

今水已浸城根，而賊猶不動，其意安在？聞虜欲仍過河奪占寧城，此不可不慮也。沿河沿山墩皆亡軍，而金貴、李剛等堡見無兵馬，何以扼虜，使不得渡？然此等處置，須得本處總兵任之。況蕭如薰奉旨令城下剿賊，則不可不調之來也。僕欲委吳顯帶家丁並選兵一百赴平虜署事，而換如薰來寧城下經畫諸務，門下以爲如何？聞苗兵打死一酋首，不知爲誰？果爾，則苗兵之恤當更厚矣。昨鼎翰言董一元不救苗兵，伏思沙湃距定邊百有餘里，而一元尚不知到定邊未，其勢有不能者。【眉批】不救苗兵，令其盡殲，□□咎心。若能于定邊、塞寧等處，放虜出邊，而邀擊後散，則善矣。筏在寧河墩者，知虜中消息，欲移筏靈州對直擺渡，而寧河墩且量留小舟數隻往來，不知于事體如何？門下目擊，必自有定見也。

廿四日，學曾頓首。

復　魏

兵法云："擊其惰歸。"又云："歸師勿遏。"正我翁俟其過半而擊之之謂也。苗兵不聽而致敗，惜哉！賊諸念已絕，惟望虜甚急，此楨之急欲防渡口各堡以杜其來,則賊遂絕望。若縱其得至城下,則事又瓦解矣。移蕭將軍鎮城剿賊,楨正有此意。但平虜爲虜賊往來扼塞,須得如馬孔英、郭有光等任之。使其虜將入,則多方遏之。既入,則從後擾之,恐吳顯不能也。【眉批】知人善任。苗兵若果斃一酋首,則虜從此求撫,不敢復聞砲聲矣。糧運渡河,人情似寧河墩爲便。承問直布,統在尊裁。

與　魏

虜負重馬乏,擊其惰歸甚易。【眉批】此着敗于不以兵繼之。今苗兵一千,又無車營、拒馬、蒺藜、品坑之禦,使虜得蹂躪之,十不存一,傷哉！使虜志驕而軍心怯,倘乘勝而西,則事事瓦解矣。宜急以兵五百,助蕭如薰防平虜。而以三驍將如王通、李寧、郭有光等各領一千,守李剛、金貴、潘昶等堡,阻其渡河,則一可當十。【眉批】救敗法。若待其既渡而禦之,目中諸將無大可任者。且察其心,欲禦虜,又恐他人破城。欲圍賊,又恐他人破虜。欲兼爲之,力又不能。惟操一忌心,事事皆壞,而諸將亦以是心灰氣,索翁不可不知也。賊日夜于城上舉火,又多發火箭,正符降夷之言。惟急圖之,且加嚴令,楨不敢以虛言相誤也。

魏復書

苗兵原令放虜過太半然後邀擊,而麻貴促其後,或可得志。此不但僕誡諭之,而葉龍公亦再三叮嚀。不意彼竟犯其戒,可傷已！雖大砲殄虜頗多,而我軍未免喪氣,真可恨耳！以兵助平虜,而又遣將防金貴等堡,誠爲妙算。業已面諭董帥,恐未必實行,茲當如命再申令之。草草奉復,不一二。

學曾頓首。

魏來書

昨夜城中不知有何舉動,昨日投順者竟是奸細否？水已漸逼,正賊將死之際，豈肯坐以待死？凡我將士，宜萬分戒備，防其冲突，始可無虞，幸門下時加申飭之。昨董帥稟帖，言平虜有前兵三百足守，再發兵，恐糧餉不敷。李剛堡有李提督內丁二百矣，餘堡無可發者。以城下兵太薄，恐賊突出不便也。惟麻貴兵一回，萬事俱足。計該昨暮回兵，而至今尚無消息，不知何故。聞虜中有使投見門下，似有可撫意，是不？若果可撫，此中尚有虜使三名，當即厚賞遣之也。

廿五日，學曾頓首。

復　魏

賊已窘甚，惟時時城上放火箭以招虜耳。今早又請李提督講招安，提督不往，此時已知不能緩攻，但見城中慌亂，假此以安人心耳。【眉批】軍中惟緩急須眼見。報虜入廣武，恐來決壩，須得五百兵防之。若壩一失，不可再爲矣。虜真可撫，奈方大創之後，難于爲言。姑羈縻之，待其來求可也。楨已賞過虜使，正欲遣赴轅門。因通使在李提督處，明日方可到。見時稍寬假之，併前三夷遣去，即不能得其心，可以免其助賊。待賊平而圖之，未晚也。各堡投到壯丁近百名，精悍可用。聞庫中貯有盔甲，及收到馬四十餘匹，幸發孟參將處給之，即他日各堡保障也。昨來投者，迹甚可疑，須謹防之。蓋賊此時內外不通，不得不爲此舉動也。

方具啓後，平虜蕭將軍報來，虜必助賊，急求精兵二百。幸如翁前議，以吳顯助之，不可緩也。此時張傑又請李提督講話，且曰若待明日，則水深，彼此不能相見，此足以知賊之急矣。

魏來書

承發夷使來，即如諭遣之。平虜本欲委吳顯，因翰教，謂郭有光可，即又改委之矣。茲得李提督文移，似不欲用郭，而欲于麻貴、牛秉忠二人內委一人，門下以爲如何？【眉批】亦慎。【眉批】亦虛心。謹請裁示。

廿七日，學曾頓首。

復　魏

　　夷使既遣，虜必感恩。平虜委郭有光，可保萬全，或只于金貴、李剛二堡往來更便。麻貴名將，正有別用，但不得自展。牛秉忠夙將，若往平虜，于蕭如薰殊爲不便。【眉批】畢竟是郭可。我翁布置周悉深遠，豈淺淺者所能窺測？且事體貴定，不宜數易也。承間直布，亮恕爲幸。

魏來書

　　得昨城中射出帖，欲以招安並反間計，及佯作吊得達虜狀，誘出殺之。此皆似可用者，門下以爲如何？若可用者，促令諸將作速行之，無再緩也。水今抵城矣，萬一水雖淹城而不得崩，或用朱騰擢令水手從水內挖其城磚，致即崩陷。而賊據城不下當用何術擒之？願有以教我也，懇懇。

　　廿八日，學曾頓首。

復　魏

　　前誘賊出城，已墮計中，以忌者沮之而止，問之劉承嗣可知也。此時水深，賊不能出。即出，我兵不敢退，恐其決堤，則水盡泄矣。北城已塌，水來方盛，賊安能存？既有兵守大壩，又有兵助平虜，則虜不能來，惟防其偷決，萬萬無失矣。幸安心俟之，不必慮也。

魏來書

　　見翰中言昨賊已誘出城，被忌者沮之。此沮者爲誰，可見教以正軍法乎？且諸將不能和衷，頗相乖忤，此甚可慮也。即如麻將軍，一時翹楚，正欲賴以平賊，苦忌之，不令展布，豈不壞事？願門下察其病之所在而策之，務使其同心濟事乃可耳，懇懇。【眉批】難言也。

　　廿九日，學曾頓首。

復　魏

諸將隱情，久當知之，茲不必深究也。【眉批】難言也。賊困已極，所慮者惟恐新堤不堅，已致衝決。此外則虜乘勝而西，我軍怯懦，恐不能禦。除此萬萬無事矣。葉龍老所製臨衝，須四五日得完，楨親督攻之，謹並以聞。【眉批】愛獻伎倆好笑，後來何嘗用臨衝乎？

魏來書

今七月又盡矣，而賊猶未得，可奈之何？計昨夜水必浸城脚矣，賊寂不動，計將安出？聞昨日賊吊下小舟，家丁披甲而游戲水上，似必有別意也。即已行諸將戒嚴，願門下再申飭之。連日軍士雨中勞且寒矣，已行各道，令買見成綿襖給……①【眉批】是。

【校勘記】

[1] 俞尚德：原作"愈尚德"，據前後文改。

---

① 此處文意未完，似有缺頁。

西征集卷之五

書札三　　與魏制府往來書

魏來書　　八月初一日始，十七日魏解任

堤壞水走，來參將誠可恨可斬。【眉批】何不斬？所幸城塌三處，約百餘丈，則我兵可從此三處進城矣。所慮城壕水深，兵不得過城塌處，賊誠不便于據敵。而鑿口兩旁，賊仍得出頭旁用矢石，此二端何以處之？有處，則選驍將精兵從塌處緣上，賊可擒也。來參將既欲免死，須責以身先士卒，不則有軍法耳。惟望門下酌處停當，大驅將士，一鼓而擒之，懇懇。

初三日，學曾頓首。

復　魏

軍中情狀，難以枚舉。惟默默調停，不得太露，反成形迹。楨所以栖栖河西者，非特爲攻賊，恐致他變耳，翁久當知之，難以明言也。【眉批】難言也，可□□。聞諸將有托故他往者，萬望勿聽。儻一人得脫，則人人效尤矣。昨來保所管堤被決，念其舊功，准以攻城贖罪。因人心甚懈，借以激勵。達雲堤岸被賊暗上偷決，綁縛軍士，尚不得知。幸救兵到而賊多溺死，不然所喪多矣，其罪甚于來保。望我翁先示以必殺，而後聽其以攻城贖之。【眉批】使過。既有二將致死，而又以勇士助之，一大機也。諸將中欲殺二人甚多，在翁主張之耳。

魏來書

昨夜得葉公札，若謂達雲本有功，而反欲殺之，以爲疑。【眉批】好

葉公。故僕即馳書奉白，冀以寬假。而不意其疏虞，至令賊上堤縛軍去而猶不知也。可恨！可斬！第保與雲若處有異同，恐疑竟不免，况戰將不無可惜。【眉批】也没奈何。承示云云，真恩威曲盡之術也。即已行李提督，令如來教行之。二將若果奮不顧身以求自贖，或可得登城之濟耳。僕遠不能目擊曲折，操縱生殺，不能不望門下斟酌之也。【眉批】確老自謂知遠，不能知曲折，可謂虛中無我。若葉公徒據人言，便與目擊者争執到□矣。

初四日，學曾頓首。

復　魏

達雲之罪甚于來保，小啓已略言之。【眉批】不便明言。諸將怠玩至極，假此可以激勵。昨已懇我翁先示以必殺，而後許以立功，使其急而有致死之心，方可破賊也。兵事非一端，不得不委曲行之耳。讀台教，見翁虛心至極，不覺泣下。既在宇下，而不以公心自效者，豈人也哉？連日賊小船不時衝突，我軍望影而逃，又在來保信地。本官曾保靈州，意甚重之，何一旦不振若此，豈非命乎？姑寬之耳。諸將中頗有欲攻城者，當以厚賞督之。果肯奮力，又出望外。遲則賊于土墻上，修完守具，用力更倍矣。俚言三首呈覽，知我翁焦勞之極，以發一笑。【眉批】奕棋賦詩非虛也。

魏　復

昨麻將軍于望軍臺殺四賊，擒一賊，而我將占據其臺，略足以挫彼驕狂之氣矣。此皆門下驅策振作之所致也，心甚感服。常思古豪傑于兵戈間賦詩作歌，傳之千古。而僕自討賊以來，悾愡至不能作書，每自愧絀。【眉批】此老似未可與談此。昨承佳章，清新雄渾。讀之不覺感嘆，以戎馬間有此安在，爲古今人不相及也，謹此奉謝。原送答應員役內二名告假，兹謹補送，幸驗收之。

初七日，學曾頓首。

魏來書

虜有降者，報吉囊與着、打二酋，欲從平虜對直過河，攻圍平虜城。雖未必的確，而不可不備。業已行蕭將軍轉行郭有光戒嚴，不知能勝其任不耳。浙兵三千，楊參將統之來，傳牌已到此矣。僕不知此兵之能，留之攻賊乎？發之延鎮禦虜乎？【眉批】都虛心。見今賈撫公索撤延兵，不可無以應之也。惟門下裁教，向差通官申佑伴送切盡娘子。夷使至鎮靖，具禀帖來，敢附奉覽。若如其說，似亦微足以創虜矣。

初六日，學曾頓首。

與　魏

虜果損兵三百，必悔禍求撫矣。浙兵原以討賊而來，若調之別往，未免失望，且無以厭遣兵者之心。賊平則以爲忌其分功，不平則以爲不用之過。【眉批】開口必得人心。以楨度之，虜且不犯延鎮。繇橫城截大渡犯靈州者，十之六七。繇平虜助賊，十之二三耳。蓋虜來必因糧于我，今各堡已空，且知賊被水困，重兵在外，即來不過張虛聲，以塞賊之請，必不深入且久居也。【眉批】如燭照。【眉批】必如此方可談兵。不若以南兵攻賊，而多發火藥糧料往助平虜。沿邊沿河，添設堡軍烽堠，可以萬全。諸將既不能攻城，更望嚴督。劉承嗣候補決堤，以水困賊，一以絕其通虜，二可盡壞其城也。

魏來書

聞初六日東面營軍有劉九者，直入水撲殺反賊，逐之奔退，奪得鉛鐵子盔甲若干，不知的否。若的，則其勇敢可嘉，僕當有以厚賞之矣。【眉批】心好亦得體。又前李提督堤上戰，麻副將水中戰，亦有此勇敢者乎？有則當均賞之。間者虜大舉，而麻副將襲擊之也。雖未能成大功，而亦頗能支持牽絆之。其戰傷官兵王國柱等，初欲置之不問，今不能過意，似宜仍一恤之，門下以爲如何？【眉批】此等處與先生不相異同。視彼以一意殺降，并及生靈者，何啻霄壤。招安事今如何矣？萬一得諧，不但可以滅賊，而一城生靈猶可救什之五六也。幸門下調度主張之，懇懇。

初八日，學曾頓首。

復　魏

初八日城上密帖云，土文秀于初四日中風，許朝初九日辰時葬妻，約至期獻南關。我軍將至城下，即于城上招手，又將箭一捆丟下，雖有砲石，皆不傷人。必待許朝親丁到，而後着實射打，可見獻關非僞，而土賊之病亦真。奈我兵又不能上而止，可勝悔恨，顧大勢已在目中矣。劉九入水殺賊，驍勇用命，極宜厚賞。其餘雖有數人，無可與比。麻副將禦虜雖首功數少，而殺虜頗多，降夷能言之矣。家丁有傷極重者，正望恤之。城中出戰軍餘，以敗靴皮爲食，則民又可知。各賊招安，必欲敕書鐵券，即如言與之，又必擁兵自衛，非諸將之所能圖也。待與議定，方敢奉聞。

魏來書

早間得門下諭城中散糧告示，心私嘆服。此中作用妙不可言，而不知者殊不然之。僕與之言而不悟，渠且云有書與門下爭論其事。僕願門下置之度外，勿以介意。蓋我輩義在急君，彼云云者，亦聽之而已。【眉批】確老此書，足稱知己，先生何忍負之？宜數數上辨疏也。

學曾頓首。

復　魏

接台教，不但虛衷采納，亦且委曲保持，槙何幸得長者相信如此？願益竭肝膽，不敢負知己也。【眉批】只作感恩語，兵機仍泄不得，妙甚。

魏來書

連日與賊既講招安矣，而昨忽攻城，此其故何也？既攻城矣，許賊輒又講招安，益不可解。門下察之必眞，願見示焉。此賊若必欲破城取之，恐城中生靈俱盡。不如仍以計取之，猶得救生靈什之五六耳。昨得鎭靖通官報，諸虜酋俱已罷兵歸巢，惟着、宰二酋欲犯横城、靈州，以絕糧運助賊，語意又若欲求撫。然故特遣習于撫虜徐龍住横城，與令李提督撥兵令統之，一以防其侵，一以招之撫。今令投見，願門下面敎誡之。

昨見賈撫公報捷疏，欲罷和主戰，似與我輩意見稍異。故僕于會疏中削去未用，門下以爲何如？昨于邸報見李昫免拿解，殺賊贖罪，此門下大公至正之所賜也，諸將當皆知奮矣。【眉批】救得李昫，亦是先生快事。

初十日，學曾頓首。

復　魏

虜來求撫，斷其非僞。且此時邊備未完，聽之爲便。賈西老曾兩議罷撫，問其戰又不能，守又不能，但云無可奈何。【眉批】妙哉西老。楨當復之云："此或公故相戲耳。若以爲實，豈可使他人聞之？"蓋楨曾以款事爲非，形之章奏，皆以必戰爲主者。奈時事不同，兵機貴活，難以執一耳。若只畏議論，爲自免之，計如國事何？【眉批】誰肯不自免？時楨有通官在榆林尚未回，又以書囑賈西老，乞付使者達之。【眉批】何等擔當。事機所在，望我翁力主，毋惑浮言。至懇，至懇。

魏來書

賊難以力攻，而可以計取，門下必與僕同心也。顧諸公意，恐未必相合。若我輩不令之知，則必以爲怪。與之商確，則又恐見沮。【眉批】傷哉！此非指諸將也，督臣掣肘矣，況監軍乎？宜如何而可？願有以敎之，不一。

二十二日，學曾頓首。

復 魏

承教。以計取賊，真社稷之福也。【眉批】泄不得，妙甚。特遣中軍李如樟密稟，幸寬心待之。我翁用心如此，不日定可成功。【眉批】與此老同心苦心，而此老不數日去矣，可傷。諸將不必盡使之知，亦不可不使之知。此時萬分秘之，至期自有處也。

魏來書

僕鄙人也，幸逢門下，以當世雄俊，誤施同心之遇，交誼甚洽。顧以事有所急，諸凡內交之儀，一切罷廢，意欲俟事平後圖之。而僕今行矣，【眉批】五字黯然。情不容已，聊以薄將進，殊不自宣，惟鑒納幸甚。

八月十六日，學曾頓首。

與 魏

楨所以經月尚未奉謁者，非自絕長者。知我翁心急平賊，欲勉效馳驅，以不負發縱，慰焦勞耳。【眉批】字字真。待事定而後北面函丈，以自附門牆之末。昨風聞有裴公綠野之命，斷為謬妄。豈廟堂愛翁之身，重于愛國乎？今乃知果有是事，豈天之假助逆賊，不令早就擒戮耶？【眉批】説得傷心。大抵此時之事，即廟堂亦不得自主。楨上有老父，下無弱息。初意欲仗翁之力，早平逆賊以完事君一念，即為山林之計。今前念已灰，惟以病請。【眉批】不緣人心不灰。我翁有書往京，幸借一言，使得早還，真生死而肉骨也。楨非面讕，翁且不能容，況么麼小竪子乎？翁今垂橐歸矣，何至以重貺相加遺？即不為子孫計，獨不念與故人共飲耶？謹付使璧還，明辰追送，以求面教。若前旌已發，不敢攀留，至前途更便也。【眉批】臨岐執手，猶畏屬垣之耳，讒人可畏哉！

魏來書　此十月碻庵既蒙欽釋後來札

不才奇禍已成，竟得恩宥，什九皆門下之力，苦未得一謝。【眉批】真。

瀕行之先日，既承枉顧，因避客未敢出見。乃復寒夜遠出，賜餕于橋。情愛若此，世寧有過之者乎？別後感念何以得此，獨以其中有契合者耳，【眉批】確老原無疑先生意。而不知者云云，可嘆已！諸役還，草此附謝，引筆不能什一。

廿四日，學曾頓首。

王都俞曰：既有督臣，又有監軍矣，甘州之撫臣何必又駐靈州？意在求代乎？意在分功乎？幾令逆賊不平，老成不保，知己之心事不白。非先生萬分過人，恐未必沮之而計終行，殺之而冤得理，離之而心終相照也。孔子曰："鄙夫可與事君也與哉？"

西征集卷之六

書札四　與葉巡撫往來書，葉係甘州巡撫，自駐靈州

葉龍潭來書[①]　六月初七日始

叛賊招虜，日益驕悍。城中防守愈固，似未易破。不肖初一入界，虜充斥于道。六日始抵靈州，坐待大砲。十五始到，苗兵前後至者二千有奇。制府因師老，急欲進兵。不肖以節鉞將至，按兵以俟。刻期在十九日，惟尊駕兼程以定大事。謹差官奉迎，無任延佇之至。

六月七日，夢熊頓首。

復葉龍潭

聞旌節已駐靈州，知賊徒授首在即。人言賊虜併力以圖平虜，宜力援之，使虜不能得意，則助賊之心自懈，而後以計散之，城不足破也。【眉批】只此數語，到底何嘗爽一字？異才！異才！

楨行次清平，奈馬乏不能速進。若聞捷在十日之外，當以大兵留屯各鎮，單騎奉詣以慶成功。若二三日內即得捷音，則楨便還朝，不必往返數百餘里矣。【眉批】如此推讓，猶不免于忌，奈何！此楨受命時，具題如此也。七年契闊，恨不即睹，臨書馳戀。

---

① 葉龍潭：葉夢熊(1531—1597)，字男兆，號龍潭，歸善(今廣東省惠州市)人，嘉靖四十年(1561)進士。歷任福清知縣、戶部主事、邠陽縣城、贛州知府、山東布政使、右僉都御史等職。寧夏之亂時任甘肅巡撫，以功歷陞太子少保、太子太保、兵部尚書、工部尚書，赴任之際，卒於家。著有《運籌綱目》等。

葉來書

十九日進兵,廿日清晨始泊城下圍攻,再得翁臺大兵至,則士氣益奮,可刻期破賊矣。千萬早臨兵直趨橫城徑渡,翁臺與大將軍尚到靈州一會,以決機宜,幸甚。【眉批】便要羈縶麒麟矣。

復葉

初意欲于花馬池暫歇士馬,以養氣力。既奉台命,不得復緩。已將大兵徑赴橫城,楨同李將軍親詣靈州,計二十三四可到也。倘能旌節渡河,幸再遣一信,當繇橫城徑渡矣。

再復葉

將至清水,接台示,稍解鞍息馬,即馳赴請教。大都虜雖東行以防我兵,若大兵渡河,則俱集城下矣。今日即至靈州,已在夜半,不敢以煩閽者,容明辰專謁。不備。

葉來書

伏枕再三思之,惟有填布袋一事當急幹。【眉批】此異同之始也。後面阻灌城、阻用間,只爲此伎不售,不勝忿忿。若以督撫親至城下,誅一二不用命者,此計自可行。而監軍則無誅賞之柄,將士畏城上矢石不敢前,故惟有灌城、用間可行。葉公不知其不可行,繇監軍無權,而督撫遠隔,乃謂監軍不行彼策,謬甚矣。先找鷹架高城五尺,要長闊上排椽填土。可放滅虜砲二門,用槍砲及火箭亂放,人不能近,任我填土矣。望急爲之,至囑,至囑。狗馬之疾,不能奉陪,罪罪。惟矜亮幸甚。

復葉

攻城無如土袋,可恨者自二十六日已行諸將築土山懸樓,先拒女牆,然後以布袋堆集,則一涌直上,賊不能禦矣。而不肯用命,間有築山而不先找鷹架,使軍士立砲石之下。如在營張詩者,反欲激怒軍士,此何心也？知有貴恙，奈事機不可復緩，須強起爲之。至禱，至禱。

與　葉

賊昨日又以招安緩師。楨見東南風急，激怒龔子敬以火箭焚樓，皆臺下之功也，敬附以聞。【眉批】明示以功不在監軍，何必忌。

書札五　　與葉巡撫往來書

葉來書　七月初一日始

生自北平一會，至今服門下爲海內人品。如不肖之疏狂時，辱存注而噓植之，即欲報之而無從也。西夏之役，初以易心視之，復以難心緩之，遷延及此，生到稍更弦轍而令多粗牾。自翁丈渡河，營陣改觀，將領始知有朝廷矣。連日冒矢石而殞，不敢有退心，翁丈之令已行矣。願少休息，以養其銳可也。【眉批】一次阻撓。

節鉞西來，未曾與制府一面，于形迹似倨。此翁近被論列，心大不安，翁丈不少爲委曲，恐未見長厚之道也。【眉批】隱隱以忌制府之心，卸于他人。恃愛饒舌，請道駕一過，一二日生即奉陪而西也。唯尊裁幸甚。夢熊頓首。

復　葉

承示，具見相愛至意。奈軍中事機時刻不同，遠一分則訛傳一分，是以不敢避難，俟密言之耳。【眉批】此大拂他意矣。制府實心爲國，容有不相信者？【眉批】又拂他意。僕乃今方知之。更苦心數日，與制府同完此事，于事體俱便。賊求招安，果開南關，李提督以兵入城，當軍勞民困之時，借此休息，亦便計也。奈不足信耳。

葉來書

虜入似大舉，不可不防內地。故撤苗兵沙湃截之，以宣大兵隨所向而逐，可大創。幸爲仰城公一言之，何如？攻城可歇手，以攻具未便也。【眉批】二次阻撓。聞老丈築土以水灌，其法作用幸相聞。至望，至望。熊生頓首。

與葉

虜既入邊，無論大舉，須大創之，則虜自畏，而賊可平矣。今見龔子敬領苗兵壹千，別無接應。又無火器，恐難獨用。【眉批】苗兵之敗，先已料之。已有書與制府，調三五百火器手助之，庶可成功，須翁力贊之也。攻城久已歇手，昨見地勢，城必可灌。止築出水一渠，則城在阱中矣。顧此亦不得已之計，未便行也。

葉來書

與勍敵而攻具不備，將領不照原約，此非必勝之策也。【眉批】三次阻撓。攻一二日而傷者甚衆，更漫然而進，又不知傷者幾多。即宜變局，請翁丈到河西寨一議。【眉批】二次不許臨陣。虎豹之威在山，不在平地。雷霆以不測爲威，非與人習見也。願翁丈裁之，勿謂書生怯也。夢熊頓首。【眉批】屢次召先生回靈州，非愛先生。人勇我怯，恐相形耳。不知先生亦復躲閃，功成無期，誰爲彼采花成蜜也？

復葉龍潭召回靈州

初受命時，即小疏出不加銜，進不居功。蓋知事勢大壞，不忍負國耳。連日所見，賊本不難平，而終無平理。【眉批】人謂此札稍稍動氣，不知爲先生者亦難矣。僕數日間，欲從此還朝，承教深荷相愛，明日暫還河西，不敢復軍事矣矣。[1]草復并謝。

葉來書

昨得本兵字云云，或老丈水灌之説乎？一向有決大壩灌城議，是全城弃之也，後必有悔，不如只坐窘之。【眉批】四次阻撓。虜入查亦不多，天熱亦不能久，以精兵襲之，決可成功。創虜與誅叛等耳，翁丈以爲如何？日夜想之，此城之破，必仗大砲。大砲得據高而下擊之，則無敵矣，雖鐵城亦破也。初發兵時，即與朱和老議，欲築臺、找鷹架二事。魏碻老云，臺不能待。【眉批】又歸過制府。自今視之，終不出築臺一策，庶大砲可上也。翁丈再與和老商之，不肖明早亦來，外薄酒三瓶奉上。本兵字覽畢擲下。夢熊頓首。

復葉

決水則全城盡弃，非決水則賊不知畏，而人心不變，在斟酌行之耳，但不可泄此機也。【眉批】婉詞答之，其實後面亦未沒全城也。我翁深于兵者，亦以爲信然乎？築臺鷹架，與諸將言之屢矣，而皆不肯聽。【眉批】又欲築臺，又不肯親臨。徒委之無權之監軍，稍欲行法，便云侵越。及令不能行，事不可就，又疑立意矛盾。難矣！難矣！令其稍遠，則彼必欲近。令其用遮牌，則彼必不用。明欲軍士被傷，以歸怨于築臺者。只得聽之，僕不能相強，在翁力主之耳。得親過激勵之，甚妙。佳釀留以待從者，不悉。

葉來書

前示軍中機宜，時刻不同。翁丈不避難親臨之，至勇至忠也。但我輩往來其間，正須珍重。【眉批】三次不許臨陣。昨隨僉憲跳城而下，賊即追之，隨從容整暇綁縛而上，無一將一兵赴救，尚可謂有將有兵乎？使其欲聚全力擒一文武大將，亦似不難。【眉批】以此嚇監軍，未夢見監軍在。中軍營帳未見嚴整，對勍敵如處堂室，將何所恃？今惟恃李提督公一人主張，餘皆非所望，不肖亦盡委心焉。軍中口不煩言，手不煩指，蓋有大將主之，僕過河所幹何事？兀坐寨中，與靈州等耳。【眉批】目擊與傳聞大相懸絕，寨中與靈州相等，將誰欺乎？且此賊恨僕獨深，自四五月講招，至今僕來，一切絕之。故奸細供報，有刺客伺僕，不得不防之也。【眉批】只是不敢臨陣，有何刺客？今日有墊土上城一節，經題請而行，諸將若不從，僕亦置之而去矣。所云提督兵入南關，其餘兵何往？兵勞，借此休息，究竟如何結果，【眉批】句句挾制人。惟翁丈命之。

　　弟熊頓首。

復葉龍潭召回靈州

　　各將之所以可恨者，以其不待命而空傷士卒，幸而不死耳。所謂大將者，不知爲誰？翁或未之細察，他日當思鄙言也。【眉批】渾厚答之。事機不宜過旬日之內，師久則當退，一退不可復整，惟翁細察之。僕非好勞，蓋不忍見國家事至此耳。幸強起渡河爲望。

葉來書

　　虜大入，今又報一萬從定邊來，意在阻絕餉道。【眉批】前說虜不多，今復以此難人。此事已急，老丈何以爲計？目前應急之策何出？兵分勢不能破賊，惟有先驅虜耳。必勞提督公來，用親信家丁乃可勝，此亦此公素志也。【眉批】意在離開監軍、仰城耳。至于事急，不得已決壩一節，似可爲，望翁丈裁之，幸甚。【眉批】知不爲所阻，便改口。

葉又書

　　今日事急矣。國家安危在此一舉，惟有決策填布袋上城可急爲。【眉批】又從新說起。有棚車十八輛，相接運布袋，不患矢石。擺大砲護之，使城中人馬不敢出。又列敵樓鷹架兩座于濠邊，以鎗砲自上而下，可保全勝。路成，即以宣大、遼東家丁先沖上，而苗兵繼之。此係老丈與李提督公之功爲首，而弟附之者也。【眉批】前已說明築臺之令不行之故，強之親臨不許。今乃疑監軍忌功自彼出，可謂以小人之腹度君子矣。亦千載一時之會也，不可失也。若遲數日，虜大集，事事不成。不得已至于決壩放水，益不爲功，且有後悔矣。瀝血爲老丈言之，千萬從此定約，背者神明鑒在。【眉批】五次阻撓。又有一計，彼以我撤兵禦虜，不能攻，頗有易心。昨與劉天俸約，將一千兩銀賞苗兵五百名，隨他方便偷上城，而遼東家丁並力先登，亦此時背水一陣也，翁裁之。急矣，急矣。家丁亦領銀一千。

七月九日，夢熊頓首。

葉來書

弟已起而視事，不敢苟安，然亦止于驅使將領耳。【眉批】小人口角，見得人不用他計耳。呼苗兵把總戴君寵等，到靈州定約，彼亦有成算。望翁丈休息他數日，攻具一便，即報臺下，然後約諸將兵一齊攻，決可得手。【眉批】六次阻撓。尊駕暫過河一議，【眉批】四次不許臨陣。尤望，尤望。

復葉龍潭召回靈州

不佞所以栖栖營中者，特以休息士卒耳。各將收有犒賞銀兩，而不肯給散，其心謂何？苗兵果有成算，宜速辦攻具，填土袋上城，計無出此者。【眉批】就依他説。須先防砲石，以便填壕耳。軍無紀律，虜大將如縛雞，承教足見骨肉至愛，敢不銜戢？

葉來書

昨遣中軍官後，又不知軍士心何如？勉強恐難行也。【眉批】怒氣漸感矣。填布袋一節，用路車則矢石不及，又覺平穩，在翁丈再裁之。用兵非一定法，非一人見也。翁以爲何如？更乞與提督公商之。

十三曉，熊生頓首。

復　葉

非土袋不能上城，非路車不能運土。車又須得二三十輛，以見在車爲之止，加屋其上，非難爲者，而無人可托，徒坐失事機。【眉批】據目前光景答之。適有浙人獻敵樓安砲打城，言亦有理。惜無材料可爲，木匠亦不足用。東城有土臺，西有土塔寺，皆離城不及一里，皆可用砲。奈無好教師，砲多不中，所以將士聞此，往往失笑。乃人之過，非砲之過也。李提督比來焦勞極矣，今早墊土，又以傷人而止。賊守愈固，而我之攻愈懈。此時有能出一言、效一力者，當拜而師之，敢執一法乎？【眉批】應答妙。

葉來書

攻城既傷人，只一面築堤放水，亦無可奈何矣。初欲與老丈誓滅此賊，而天意人事不齊，惟有負罪含羞耳。【眉批】字字噴恨。軍士分布防守，苗兵用小船巡水，其餘器具，收拾高埠，種種皆宜諭諸將。豫爲老丈先過河，面請禦虜方略，至望，至望。【眉批】五次不許臨陣。

熊生頓首。

復　葉

賊之不滅，失在人事，非天意也。此時惟有乘其窘急，而多方用間，及重賞購死士偷城而已。【眉批】不得已以兵機與之言，奈其不悟何。決水只以困城，非以攻城。蓋生命甚多，但使其不得與虜通足矣。須賊不得出，方敢渡河。禦虜之法，當以虛勢綴其老營，而以精銳擒散卒。今諸將全師與老營相對，是反爲彼所綴矣，宜虜之得志也。賊若受困，宜以萬人分班守之，更以數千禦虜，爲兩得之計耳。【眉批】此札作莊語。

葉來書

告示稿呈上，不知中機宜否？乞教之，幸甚。

夢熊頓首。

復葉龍潭

適見所發告示，悉中機宜。須得一委官督視，使諸將不以虛文塞責耳。劉束暘住北樓，初畏大砲，用厚板遮護。近見不攻，又復去板。見有翁所見教土臺，極便攻打，地遠不傷我軍。【眉批】據事據理答之，絕無成心。楨欲于明晨親往督帥打之，但各營皆稱鐵子不足。昨有生鐵千斤,發回靈州鑄造,幸催大鐵子數百應用。事之可為者尚多,奈將心渙散,急之反惑亂人心矣。

葉來書

不肖拙且迂,奉命而來,日夜憂恐。聞翁節鉞到,喜有所依,得因人成事,故始終止出一令,填土上城,以鷹架大砲護末,後又改車以避矢石。而將官視為兒戲,掩耳不聽,不肖之不足與有為,大略見矣。將不中制,聽其自繇,不意人事之失,莫非天意使之然也?翁丈與李大將軍號令風霆,何城不克?乃不得已為決水之計,亦未為失策。若稍緩,則賊之巧術又百出矣。【眉批】操生殺之權,不肯臨陣誅一二不用命者,乃反謂監軍號令風霆。豈屢禁侵越者權,反重于開府乎?又豈監軍忌功成自彼,而令諸將官掩耳不聽乎?可笑!可笑!虜聚鳴沙洲,意在渡河。已調沙湃苗兵,合麻大帥營,乘其半渡擊之,不知如願否。禦虜方略已聞命矣,謹此謝。

夢熊頓首。

與葉

我兵不能攻城,惟有坐困,而困之非水不可,我翁見之真矣。【眉批】取以與之,免其不忿。已令朱把總造臨衝二十架,至期用之,必有效也。各處報虜將入犯,更不得不急防之。【眉批】來札滿紙戈矛,全然不照。大難!大難!諸將告火藥甚闕,幸多發為望。

葉來書

官軍以招安為第一策,加手于額,稱天爺佛爺,宜其于填土鷹架之攢眉掩口也,付之長嘆!【眉批】絕不悟借招安以愚賊之法,宜乎曉曉。雲鳥、支遁、扶胥、天潢等件,皆古人借此以驚敵人,顧人用之何如?此智愚勇怯之大較也。放水關係,視攻城尤大,翁自有成算。然計其水至,必盡力一衝而逃,不逃即挖壩,又或拼死一決戰,不然又求招,更不出此。【眉批】第七次諷刺阻撓。如果招,必獻哱賊父子而後可,翁以為何如?

【眉批】此自爲殺降之本。

夢熊頓首。

葉又書

虜勢甚大且衆,此萬分難支,老丈何以爲計?途間糧俱燒盡,自石溝至鹽池,帳房二三十里。絶此咽喉,賊計已得上策,當事者方寸亦亂,將如之何?弟以愚見只宜先偸城一節,城破則虜自解。【眉批】只要行他一計,使功自己出,不顧可行與否。偸城非拼死不能得,必遼東與苗兵爲之。【眉批】遼東苗兵,豈誅賞無權之監軍能得其死命,而欲其强之效死也?自愚耶?愚人耶?鷹架有幾座成矣,拆開取幾扇抬去挨城,則一起可上十人,許二千金,更加之亦願爲。望老丈與提督公一決,至望,至望。雨中極好上城,必西面近北角人稍疏,幸裁之。

夢熊頓首。

復 葉

虜之東犯,久言之矣,不足異也。【眉批】□閑一句,好膽好識。賊以截糧退我師,今見師不退,必將困靈州,使我不得不撤兵反救,此不可不豫爲守具也。守具無過火器,是在我翁主張之耳。偸城事屢試之,而賊即覺。李提督定議明日墊道上城,奈挨牌不足用。【眉批】又以莊語答之,不與計較。昨督之蔡經歷,止有二大牌發去。俟困賊稍有次第,須精兵從橫城出搗巢,方可退虜也。

葉來書

一向見人心不肯填土,故令不行,遲延至此。今奉台翰,李提督公定議墊道,喜之不勝。昨差中軍專爲有一臺可施大砲,故懇之翁丈,欲乘大砲之威上城。次又有一圖請教,用路車填可避矢石,或即從近臺去處填可也?天留此臺,非偶然,願翁丈裁之,至幸,至幸。挨牌生自甘州帶來許多,又造許多,又在靈州庫内查許多,各營私自藏下,可恨,可恨。翁一查之即得。蔡經歷不知何人委,此何足督也？破城後方可鄙虜,此必然之理,不然兩失之也,何如？【眉批】虜破,城方破,公豈知之？

熊生頓首。

與葉

我翁既知事急,當力爲主張,若蔡經歷者何足與謀議也？翁屢委之造攻具,今何如哉？僕已知後悔之所在矣,但不在灌城耳。【眉批】淡淡一語,或亦敲髓。苗兵有立功之心,議尚未定。夜來許以千金之賞,聽其自便,不可強也。

葉復書

不肖身在河東,何敢有一刻不急哉？胸中止有填土上城一策,此外皆非所知。而將士號令不行,幾回欲上疏辭歸,又復隱忍。【眉批】始終要賣此技,而怯于一行,致人不用命,反疑監軍爲彼矛盾,何其謬也！造梯百輛,皆發兵時始就,以前何常有也？鷹架以護上土,未發兵時言之,又發銀克賞犒,竟不應,將奈之何？弟一出門,便防李師道故事,翁丈當原之也。蔡經歷不知何人委,只當時管人造梯,亦不知何人令弟與老丈共事。有一舉動,不敢不請正,非故爲煩瀆也,惟鑒亮之。放水事詢之衆論,謂放之無法,則各屯堡星布者,盡爲魚鱉,似又不可不慮,翁以爲何如？【眉批】八次阻撓。制府又急催放水,亦迫于虜也。

熊生頓首。

葉來書

事事勞老丈神思,生不能奉陪左右爲罪。水浸半城,必使城塌。用古人攻城圍邑有臨衝,蓋臨而衝之也。今以木筏三丈者,如楚越水簰樣,中懸臨衝,頃刻可破。已造式樣,令朱騰躍往請之,老丈以爲然否？

夢熊頓首。

與葉

城已崩數丈，水勢正盛。待有再崩者，楨親督攻之，兵不再舉矣。【眉批】足見定力。所以作將士之氣，嚴退縮之誅，則在翁與制府、朱和老主張之耳。

葉來書

誦老丈兵不再舉之教，壯羨欣慰，僕病瘧不覺躍然而起，一二日當渡河，以從節鉞。【眉批】欲挾此一句，幸功不成而譏監軍耳。水浸城崩，賊必逃。尚有二千必死之人，所向必冲突，萬一逸去，城破人民死，而賊又不得，何以復主上？【眉批】九次恐嚇阻撓。即破，即不逃，而二千人拒戰，我兵何以戰？【眉批】不勞費心。宜先計之也。須先選冲鋒人數，入城對敵者若干，外面防冲逃路若干，庶有責成。【眉批】何公之慮深遠，而又料監軍不及慮也。其木筏渡人，尤宜多備。連日造火箭頗多，冲鋒之必勝器也，先有便已奉達李大將軍矣。老丈幸裁之，不盡。

夢熊頓首。

復葉

尊體違和，失于問候，有罪，有罪。朱騰擢所製臨衝，須三四日始完，完即可用，皆我翁之教也。望綱鐵堅炭甚急，幸催發之。水大如洞庭彭蠡，東、西、北俱不能出，惟南門稍近水淺，謹防衝突。城即破，人民未必死。賊雖有死黨二千人，若于將破之先明白出榜安撫，不拘已未從賊，但不拒敵者，一切免死。其拒敵者，全家誅戮。彼見賊勢既敗，各有身家之志，必有大半投兵而望活者。惟入城人最難得，全憑重賞激之耳。火箭造完發與蕭將軍收之，此公昨始相見，真可與言兵也。【眉批】又識一將。

葉來書

決水事獨勞翁丈心力,躬親督責,生不能時時隨侍左右,爲愧爲罪。【眉批】何嘗偶一臨陣,而云不能時時？苗兵守沙湃,軍門又調之歸靈州,趨麻將軍合營。及聞虜已移帳歸,又催之復往沙湃,連日夜共走六百里,無一飽之時,即馬亦斃,況人乎？【眉批】先生原請以火器助苗兵,無一應者。制府之過歟？葉沮之歟？倉皇與虜相值,未及布置,以千人敵三萬虜,無一人應役,非兵之罪,生與軍門不善用之也。龔游擊忠勇,以身殉國,翁丈力爲贊成,使破格贈蔭,白骨知恩矣。麻將軍兵宜分,如翁丈頒布,誠上策也。橫城防以護渡口,石溝防以獲大道,皆不可無兵。但分之則寡,將奈之何？業有疏再請添兵矣。

與 葉

虜久掠出境,正兵法擊惰之時。顧止苗兵千人,又無車營拒馬之固,諸將兵不爲少,遠望莫救,以致全師殲焉,傷哉！【眉批】□師只下先看。賊中時時舉火,正符降夷之言。虜必乘勝而西渡,諸將中無可禦者。惟急以兵三四千阻其來路,如李剛、金貴、潘昶等堡,多設瞭哨,擊其半渡。待水浸城,而以臨衝攻之,則事可萬全。如令其入境,則內外不能相顧,九仞之功,虧于一簣,悔無及矣。惟翁圖之。

【校勘記】

[1]矣矣：疑衍一"矣"字。

西征集卷之七

書札六　　與葉巡撫往來書，八月十七葉代魏稱制府

葉來書　　八月初二日始

據達雲報，初一日夜三更，有反賊乘船十隻，筏一隻，來挖堤。【眉批】不報監軍而報巡撫，狡甚。達雲督官軍皮朝臣等對敵，射傷軍三十五名，射死四名。後將大砲打翻賊船三隻，獲首級十六顆，生擒一名，此可以爲功也。【眉批】不問來歷，一味偏護私人，于國家公事何？忽聞老丈罪之，不肖不知其故，或有他故也。向自永昌帶來，謂其平日驍虜，不知其反取罪。【眉批】永昌帶來便不妨失事乎？特專使奉請，幸教之。

復葉

賊以船筏十一隻偷決堤岸，已縛我軍數人，而將領無一知者。後李提督親到，賊方退去，尚縛二人上城，二人落水。賊于黑夜爭舟覆水，于達雲何功？即其不敢欺楨，而止以奉報，其虛可知矣，應殺無疑。【眉批】侃侃中委蛇，妙絕、妙絕。但知爲我翁愛將，已密囑制府，許其立功。幸且勿泄，使其急而後有致死之心，奮勇破賊，即我翁之功也。

葉來書

達雲之罪，生不知其所犯輕重之條，惟老丈寬之，即至仁也，謹此謝。城塌矣，宜于何日進兵，乞指示。不知諸將有成算否？頃之當趨侍左右。鉛彈、鐵彈，皆生運自甘、蘭者，將士皆不知愛惜，或藏匿之。其所帶馬腿三眼鎗，多不放者。見賊將塌城重砌，亦坐視之，將奈何？

【眉批】一味翹人之過。火藥昨發十五扛,今又稱乏,真難繼也。不盡。

夢熊頓首。

與 葉

達雲之罪,在于失守。被賊綁縛軍士,偷决信地而尚不知。今以翁故寬之,使肯自效,尚當論功。城塌攻之頗易,諸將有何成算?連日用火藥不多,而又告乏,何也?適獲奸細云,虜將西來,以三萬精兵助賊,尤不可不多備火藥也。營中非翁所宜居,賊不時衝突,又報虜來,視前更爲危機矣。大丈夫相與期于共濟,不必拘形迹也。

葉來書

昨無故信賊愚弄攻城,又傷許多人,可嘆!可嘆!【眉批】有權者遠隔,而臨陣者無權,其敗宜矣,何嘆之有?賊約虜二十五六到,故以招安詒我,其狡悍百出,奈何信之?國家全仗老丈一人主張,精神聚于補堤,則刻期一二日補完,專以困城爲主,切不可多岐,以分人心,以懈兵志,至懇,至懇。

復 葉

賊何難平之有?果得一人主張,豈待今日?【眉批】力能主張者尚不自知羞耶?誤事者在一二人,堤之不完,職此之繇。各處已報虜動,誠不知所究竟矣。前日攻城,實有內應,非愚弄也。奈兵不能上,可恨!可恨!我翁見之既定,復何所疑?待事事都完,楨力督之,不得狥情矣。

葉來書

賊勾虜已有定期,彼姑托招以緩我,我奈何落其計中。凡人皆自以爲智,不知賊之智又有過人者。今日國家大事,必須與同事一議。即使至愚極陋,亦當以人視之可也,奈何日爲弃物也。【眉批】其攻城者,因有内應,非因招安也。其致敗者,因主張無人,共不用命,非因獨斷也。敗則咎其不與共議,共議則又不肯臨陣主張,將使監軍束手不爲,然後可乎?適有傅老丈告示,讀至先令飢民赴河西寨支領。倘賊狡詐,放千餘人出領糧,與之乎?不與之乎?不與則信不行于反側子,與之則運糧入城以救賊飢。彼有餅粟,且搜括殆盡,肯以所領者救飢民哉?從此作堤者懈,水無時可到。【眉批】十次阻撓。虜一至,益難措手。首惡未得招之,終無下落。【眉批】虧了確老亦識此計。或者謂得入城,何患首惡不得?僕意城未必得入,即入,首惡不易得,請丈再熟思之。

許朝亦世罕見之猾賊也,彼方以術愚我,恐我之術未必能愚彼也。昔王濬造樓船,可容二千人。今造數百筏,千人亦可渡。待水滿,城又塌,即以塌之時刻爲號,夜塌夜上,日塌日上,必使彼不得防禦,不得修補乃妙。聚精神幹此,同心戮酌,以成公家事,非私事也。狂妄惟丈裁察,幸甚。

再復葉

賊之深謀,遠出諸將之上,僕曾有是言,今翁亦見及此。【眉批】絶不動氣,妙甚。所謂知己知彼,從此可勝矣。賊之招安非特待虜,見人心甚亂,假此安之。而諸將反助成其計,以致人不肯動,故僕出此示以收人心。限三日内開門放人出城,斷其不從,則人將感此而恨,彼其亂必矣。此乃就招安之説以愚衆人,惟各賊識之,諸將不識也。【眉批】可惜好話對他説,且泄此玄奧,亦苦于無法處小人耳。想高明自默喻之,何至反以爲疑乎?此番攻城,須事事具備,爲破釜焚舟之計,不可如前草草。如火藥、木植、麻繩之類,望催發,懇懇。

葉來書

昨燈下草率得罪,然爲公家事,不得不率真也。若果肯出城來,即如煮粥救飢一樣,置煮粥廠三兩處,令彼就食,切不可許之糧也。【眉批】昨已明告,料其不從,又復二爾,可笑。近得大木筏數十,是天授之。昨行各將全營合力，以一二日完堤。查前布袋三萬，散各軍不過借一日之勞耳，然非老丈與李大將軍威力不能行，不肖亦徒言而已。

復　葉

因賊詭求招安，以惑人心，故發告示，以小計破之。自念可以瞞諸將，而又不可以欺我翁。【眉批】婉詞答之。昨得來教，果爲所覺，前言戲之耳。新堤尚未完，尊票多撥軍夫，竟不之聽，其意云何？此時已遣旗牌同翁委官嚴督之矣。

葉來書

攻城宜在虜未至之前，然泥濘如何馳逐？城滑如何攀援？礨石如何當之？須與軍士計之，毋如向日亂攻傷兵，竟成兒戲也。此必有以倡之，方能作氣。遼東、宣大、延綏素爲各兵所推服，宜當前鋒上城，則無有不隨之者矣。石東老近寄有奸細書，并招一篇，不知書可射入否？可令一人傳此招，謂哱承恩得罪朝廷，與爾衆無干，以此動許朝亦可。老丈與李提督公商之，至望，至望。

復　葉

攻城屢失事機，惟有嘆恨。各賊心志甚堅，尚未可間，石東老書付李提督相機用之耳。土文秀中風，賊失一臂矣。聞翁欲西渡，甚望。營中無居止之處，待有事機奉報，方可命駕也。【眉批】恐他來則阻撓益甚。

葉來書

賊城已破損，而意氣閑暇，恃內有家丁敢死，期于必戰。【眉批】安見得？我兵須先挑出有敢死者若干，乃可敵之。向日攻城，恨不得其尺寸之破，今已東西數丈矣，乘水乾可上城，老丈千萬主張之，仍須用長門梯乃可。中夜想筏上安梯，有一妙法，即欲親來製，并請教。因制府回籍報至，故少待之。【眉批】確老去，撫臣計得矣。又報虜欲過寧夏，宜何如爲計？惟恃老丈在也，不盡。火藥已發，木植、麻繩即催之。

與　葉

虜報甚急，而攻具未完，殊可嘆恨。筏上用梯，須照飛橋摺疊爲之，想翁更有妙製，乞早發式，與朱騰擢造之。適李提督欲決塘渠放水，以阻虜騎。此堤一決，不可復塞。且無水困城，虜從外來，賊緣內突，患方大耳，業已阻之。【眉批】仰城智者千慮矣。制府回籍有的報到否？須報到，方敢往候也。

葉來書

不肖雖旅，猶在內地，老丈則河外孤旅，尤難爲情。時當肅氣，雨濕侵人。謹以雞酒進，酒係明流不熱，惟俯納，幸甚。

復　葉

本欲製鷹架、土山、臨衝者，爲破城上女牆，防矢石耳。今女牆懸樓已去，其中心土城，賊上下如馬道，可不用梯索。我軍遠望，莫敢誰何，反聽賊數千人公然砌牆，此何説也？昨王通云："攻之則以水隔，以砲打則賊用挨牌。"何我兵挨牌無用，而賊之挨牌我不敢打？既以水隔，昨晚賊船又至我岸，是水偏能容賊，不能容我兵？賊之挨牌、鎗砲俱有用，而我之挨牌、鎗砲皆虛設也？【眉批】王通當無詞以對，良可嘆恨此中有阻之者耳。以此推之，即土城盡塌，亦無敢入城者。不但無平賊之期，且爲賊所窺，而突出蹂躪，未可知矣。方在憤惋，得所惠酒澆之，深感，深感。蕭將軍頗有識，但恐不得自繇耳，不盡。

葉來書　八月二十三日，大將軍破虜，故有此書

向聞大將軍戰功而未親見，今乃知名下無虛士也。【眉批】制府行矣，撫臣代數日耳，便有此捷。小人攘功，天實假之，而平日苦心人、臨時調遣人、當塲血戰人，有

誰知之？昨夜一夜不能寢，直至天明始得實報。詢之大將軍身入陣中，與其令弟同力死戰，皆世所難得者，尤仗老丈心授之妙，一至如此。承教，僕之愧愈甚。茲以連兩捷并進，以慰主上殷憂，不知老丈有疏否？疏則兩捷一時事也，謹此謝。浙兵即至，僕安頓他休息兩日，并賞過，方過河。亦少待船筏齊，僕即趨左右，不盡。

二十四日，夢熊頓首。

葉來書　九月初一日始，此時有疏論監軍矣

本兵昨有書來，切切囑不肖與老丈同心，速完此大事。謂廟堂意，專望吾兩人及李大將軍也。丈夫重然諾，一諾即可死，奈何汶汶爲負國負友之人哉？請與老丈誓心天日。【眉批】誰不一心，煩你此誓？務在數日間決一計，如老丈所謂兵不再舉之策，待浙兵到，賞過即來。惟老丈先令各將用臨衝，多置筏，不肖船隻源源繼也。上帝臨爾，無二爾心，願與老丈共此。

夢熊頓首。

復葉　此時有侵越之旨，故云

賊勢已急，士氣正盛，專候我翁一臨，唾手可得。前者兵不再舉之言，正謂今日。【眉批】先生自始至終何嘗爽一字哉？小子何知，能佐末議。況近日以來，救過不暇。即欲獎率諸將，誰則聽之？所以隱忍不去者，惟欲候知己成功，藉以復命耳。忽承尊命，凡職所當自盡者，不敢不勉也。

葉來書　因大將生致三人，葉欲索去爲功，故云

前所擒三人者，今作何發落？此驍雄之賊，能信而不疑否？【眉批】推心置腹，何煩你疑？望老丈熟計，特着官密請。

復葉

黃羔兒等三人，聞我翁呼之，驚疑哭泣。【眉批】可憐。幸明示以不

殺之意，以安其心，乃所以安衆人之心也。裁示幸甚。

葉來書

召此三人，正要他出力報效，原無他意，幸老丈善諭之。彼原無罪，既歸我，我安得不憐之？然杻決不可放，待功城事完始釋之，何如？何如？【眉批】假話分外像，然憐之而又扭，何也？

夢熊頓首。

葉又書

昨所云者，機心一動，鷗鳥先飛。望老丈托李將軍收之，静静無形迹乃妙。此力士也，收時非數人不能得，慎之，慎之。幾時到堡？當親候。

葉又書

老丈使惡人疑我，則禍在旦夕。【眉批】一黃羔兒，費多少紙筆。可早擒之，上起肘，即安在老丈處。此數人敵不過，若放之，誰復能禁？望老丈安彼，亦安不肖也，密之，密之。

夢熊頓首。

復　葉

三人者即付來官帶去矣。【眉批】與他便子，只三人可憐。近日邸報有到者否？欲一見之，便中寄示爲望。

葉來書

退虜大捷，皆出老丈指畫所致，不肖坐享其成，因人成事耳。其受賜不亦宏哉，謹撿行篋，得粗幣，少見塞上寒暄之意，惟丈垂納，幸甚。

夢熊頓首。

復　葉

抱病以來，終日憒憒，不復關營務矣。【眉批】消他忌心。惟冀早臨破賊，使楨得返。初服受賜多矣，何至以二幣相加遺。惟出自知己，即製爲方袍，使進退服之，以毋忘長者之惠。【眉批】答得妙。

葉來書

虜又入境，徑趨環慶矣。時事如此，將奈何？老丈與李將軍及不肖皆主上特用者，成則俱成，壞則俱壞，同功一體者也。今日騎虎之勢，亦難中止。惟大家一心，以共成其事。此先國家之急，乃其重且大也。其餘一切是非，固其細耳。願老丈虛心照破，極力斡旋。【眉批】早念及同功一體，早肯大家一心，則功成久矣。然此時猶只口頭好聽耳，到底未真念及同功一體，真肯大家一心也，反教人虛心，反教人先國家之急。得非忌生疑，疑生忿，所以顛倒至此乎？刻期在此數日，浙兵一到，乘其旺氣，可以登城也，惟尊裁何如？薄酒二尊，燕窩、羊肚二件，幸與大將軍共之。

夢熊頓首。

復　葉

昨聞虜入，既有我翁調遣，不止目前之捷已也，豫賀，豫賀。水勢已甚，諸將專望指授。承佳釀、南菜之惠，病中稍有起色矣。

與　葉

水勢已深，諸將專候新令，楨惟引領以睹大功，幸早臨指授。【眉批】一味消他忌心。張詩、陳守義雖有失事之罪，念用人之際，望翁稍寬之，許以功贖。且失軍者頗多，難以盡法也。石東老意亦如此，楨何敢與？在翁主張之耳。

葉　復

承教。原二將斯仁給三軍矣，感感。【眉批】彼所欲庇者，故如此狂喜。

浙兵今日可到，賞完即當趨侍節鉞，謹此謝。壩多漏水，何法可用？乞老丈指諸將以妙計，望望。

葉又書

報城塌，乃滅賊之期也，已責成大將軍與楊參將共圖之。【眉批】虧你責成。浙兵即日過河，望翁指示。成功在眼前，老丈復誰讓誰諉也？諸將有後者，有賜劍在。【眉批】老葉得意在賜劍，惜遠隔，又犯法者皆所私庇，故無所用之。不得不留待成功後，放手殺降耳。願老丈同心報國，至懇，至懇。重九佳辰，隔河悵望，不得親奉一觴，歉當何如？謹以薄具申敬，惟鑒在幸甚。

復　葉

他鄉令節，不勝牛山之感。忽枉佳貺，不知身之在客也。陶令白衣，邈乎下矣。城被水塌，乃賊就擒之機。浙兵意甚踴躍，殊快人意。諸將不見協心，須我翁或朱和老親臨，方可必成功也。【眉批】賊在掌中矣，不速他來，則忌轉甚。肅裁布謝，容面悉，不盡。

葉來書　此正欲借招用間，而葉又異同

魏確老行時，止遺五萬銀與不肖，今立盡矣。昨忙忙歸，求姚文軒及兩按君隨便借給，而布政司如石沉水，此豈同心共事人哉？【眉批】畏怯而歸耳，銀盡其借名也。老丈勞心，盡此數日完事，而自始至終皆首功也。【眉批】此等話何嘗不好聽。在老丈不以此在念，而不肖非木石，其能忘之？獻首惡之說，畢竟延緩爲修備計，惟刻期攻之，此定策也。【眉批】十一次阻撓。千乞與大將軍決之。

夢熊頓首。

復　葉

自我翁昨日渡河，且有重賞，而人心大奮矣。今水又到城，宜以臨衝四面擾之。【眉批】推尊妙，用他臨衝妙。即不能攻，亦分其勢。賊以家

丁之在南關者家口，縛之城樓以受箭砲。我翁似宜取劉東暘等親屬，置之于我軍之前，填土上城，看彼如何？事勢似在不日，惟翁圖之。

葉來書

吾丈爲國之心，可格鬼神，而人未必能亮之。【眉批】不知指誰。不肖近日益中心愧服，此大功之成，必仗老丈也。望堅志以圖之，幸甚。劉東暘家屬監在涇州，遠一時不得到。【眉批】小事計較。三萬布袋抛去，爲力似易，老丈何法以立就也？謹復。

葉來書　此用間入關入城，給免死執照，葉又異同

今日必得哱氏父子，乃爲完事。【眉批】十二次阻撓。失此一着，後悔無及也，望翁丈決斷。已行令將官爲矣，至囑，至囑。

復葉

首惡既獲，則餘黨可赦。恐牽連者眾，人人自危，須我翁嚴禁之。【眉批】入城殺降，事事繇不得監軍，監軍又爲此書，亦忠君之念未了耳。哱拜已殺，哱承恩或斬，或解京，宜早行之，則人心自安矣。賤體病甚，欲拜賀後即行，倘台駕不渡河，容槓往候耳。

與葉

某受命之時，已自誓事敗則死，事成則歸，今日何敢與聞時事？聞翁敘功疏稿已成，緣翁遠在靈州，一切傳報未免參差，官軍有功未敘者，似多怨望。此事關係匪細，乞翁更加詳慎。【眉批】頻行矣，又爲此書，蓋無以謝有功軍士也。

葉復

官軍怨望何事？僕所憑據者，止有塘報，除此外又將何憑？【眉批】妙在憑塘報。一撫臺，一總兵，皆耳而目之者，僕舍此二人，又何處

訪？【眉批】看他剛愎傲狠氣焰。故爲不肖者亦難矣。所望者惟老丈任國事，奈何當機而爲此言也。

葉又書

朔方平定，秋毫皆翁丈苦心殫力所致。不肖熊一念微意，謹以宴中所得，上之臺下，見區區不自安之心，亦所以仰酬也。【眉批】求他叙有功者，必不肯聽。乃以宴中所得送來一團，忿戾如毒。伏望麾納，使有顏色，至幸，至幸。

菊月廿六日，熊生頓首。

復葉

我翁大功，不肖忻逢其盛，得與喜宴，不勝大幸。【眉批】得免鄧艾之檻車，豈不爲幸？若以朝廷公典，推以見惠，是重其愧也。附使完上，萬乞體亮，至懇，至懇。

王都俞曰：葉龍潭有三個伎倆，填土也、鷹架也、臨衝也。無奈彼操生殺誅賞之權，怯于臨陣，遠隔靈州。而臨陣者止一屢禁侵越之監軍，且犯法者龍潭又曲加庇護，是以將士莫肯用命，一切攻具自難施用。先生不得不以決水困之，以佯招間之，以免死降之。而龍老之伎倆，無所用矣。龍老不幾木偶人乎？當日來靈州何心，肯落人後乎？其忿嫉先生宜也。于是百端阻撓，百端齮齕，卒借謀來制府之賜劍，殺降冒功。據無根之塘報，欺上邀賞。但梅先生者，矛頭淅米劍頭炊，險矣；采得百花成蜜後，傷矣。

西征集卷之八

書札七　出京至寧夏及還朝，與閣部院督撫鎮道將佐書

與賈西池撫臺①　六月初旬始

種種高情，無非同心爲國，非楨私感已也。行至懷遠，而所差通官持莊、明二酋禀帖至，且云一見諭帖，即收斂不敢入搶，又誓不往助賊，可見夷狄可以理諭，可以恩結。【眉批】當時無人敢爲撫虜一説，而先生獨行之，千難萬難。今事已停妥，權在臺下。機會之際，望即留心。或專委之神木道與張副將，必可成也。更以迤西諸虜，委之靖邊道，尤爲意外之望。蓋因賊黨甚盛，邊事甚危，所以寬主上西顧之憂，貽三邊安靜之福，非臺下無可望也。

虜使又云，望即開小市。更得臺下差一通官，同往諭吉能等酋，即望俯從。此中事體如此，若失機會，恐魏確老怨有所歸也。此後虜使往來，更乞沿途導之爲望。【眉批】周密。

與張助所憲副

弟未出京時，所憂者寧夏耳。及渡河，而知寧夏不過肢體之患耳。實心謀國者，當爲疆本。治内之説，即平賊稍緩，而經久可行。若曰急治標而緩治本，將兩失之。非年丈深于邊計，弟不敢爲此言。相見在近，願聞至計。先因使者布其區區，如以弟言爲迂，幸開其愚，

---

① 賈西池：賈仁元，字西池，山西萬泉（今山西萬榮縣）人，嘉靖四十一年（1562）舉人。歷任山東歷城知縣、兵部主事、户部員外郎、保定府知府等職，因練兵有方，調陝西延綏巡撫、兵部左侍郎，加兵部尚書銜致仕。

毋使空抱杞人之憂也，懇切，懇切。

與神木道李雙溪①

別後至懷遠，而通官持莊、明稟帖至矣。且云一見諭帖，即收斂人馬，不敢入犯，又誓不助賊，可見夷狄可以理諭，可以恩感。此正事機之際，望力主之。或與開小市，則各酋必有聞風效順者，使賊黨日孤，則討賊之功當以門下爲首。【眉批】處處布置，何等精神。

昨魏碻老書來，有"延鎮蹉跎"等語。此事一成，不惟釋碻老之疑，而三邊從此安枕矣。若門下苦心已深知之，必不敢負也。惟留心，至望，至望。

與沈繼山開府②

初出都時，即知西事所見，定與所聞不同。及六月二十二日渡河，親歷營陣，益知賊久不破，有繇然也。【眉批】犯時忌。一切攻打盡如兒戲，諸將彼此相忌，攻具百無一備，鉛彈、弓箭遍尋不獲，且無紀律。不至大敗，幸矣，況望其勝耶？今寧夏已失，非大更張，不可復得。而腹心之患，又在河東。前大疏已露其概，幸力爲之圖。豪傑所爲，無與他人同也。【眉批】深勉同調。

柬石東泉本兵③

楨逆知邊事必壞，故屢效狂直。今果敗壞，不可收拾。儻倭酋復有警報，則西陲必置度外，如全陝何？莊明、切盡等酋，受楨諭帖，明

---

① 李雙溪：李杜，字雙溪，河北永年（今河北邯鄲）人，萬曆二年（1574）進士。歷任戶部主事、潞安知府、神木道兵備，以按察使致仕。著有《老子大意》。

② 沈繼山：沈思孝（1542—1601），字繼山，一字純父，浙江嘉興人，隆慶二年（1568）進士。歷任刑部主事、太常少卿、順天府尹、南京光祿卿，後升右僉都御史，出巡陝西、寧夏，又升工部左侍郎、右都御史。著有《秦錄》《晋錄》《溪山堂草》。

③ 石東泉：石星，字拱宸，號東泉，山東東明人，嘉靖三十八年（1559）進士。任吏科給事中，隆慶初罷爲民，萬曆初起復，累遷至兵部尚書，加少保。因倭寇朝鮮，力主封貢，事敗，下獄死。

有可撫，但撫之不得其道。必得如鄭範老、吳環老者，一人主之，無不如意，捨此無有他策。蓋民已擄盡，墩堡無人，有城無軍無糧，雖有名將，無如之何，況中才以下乎？楨決意乞歸，不復敢與時事。但心不能已者，不敢不具陳之，以翁之任甚重，且狥知己之私也。

與趙瑞明兵部

亟欲過靈武，與翁丈傾倒。奈賊未受困，恐一行則人心遂懈，反弃前功。【眉批】始終離不得行間。三五日間，或有次第也。接邸報，見防倭禦虜，各持一說，不知當事者何所適從？劉臣等四人，皆可用之材，翁丈試驅使之，必有效也。制府早間以二策見教，皆攻城退虜勝算，幸力贊之，毋中止也。諸容面。

與戶部趙明宇年兄①

前聞年兄回京，恨不飛渡，吐露心曲。近知虜騎充斥，暫留靈武，則弟又得稍緩以待困賊。大抵寧夏之事，賊不足平，而將不可用。初到尚肯同心，及見有欲專功者，而衆心遂散，不可收拾矣。【眉批】此專功者，皆葉老帶來私將也。四面齊攻而不許之攻，南兵上城而不許之上。昨以計誘賊出而擒之，已中吾計，而極力阻之。【眉批】如此沮撓，如此掣肘，猶一意擔當，委婉報國，其愚不可及也。前者非弟在營，則城中又質一總兵矣。敗事若此，誰執其咎乎？此可與年兄道耳。

聞制府調李提督禦虜，果有此，賊計日平矣，幸力贊之。【眉批】善用人。何日定行，示知以便面別。都中諸公，則不暇作書也。不悉。

與楊冲所職方②

平賊本有機，而諸將氣餒心散，且有沮撓之者，可恨！可嘆！

---

① 趙明宇：趙彥，字毓美，號明宇，陝西膚施人，萬曆十一年（1583）進士。著有《籌邊略》。
② 楊冲所：楊于庭，字道行，號冲所，安徽全椒人，萬曆八年（1580）進士。歷任濮州守、戶部員外、兵部車駕職方郎中。平寧夏之亂後罷歸。著有《春秋質疑》《楊道行集》。

【眉批】□□□□枝。即其塘報與弟所復之書，足知其概矣。各堡之人被賊戕害，恨不生食其肉。且恐大兵一退，則賊必雪忿，無復噍類，情願攻城。弟一呼可得數百敢死之士，許以重賞，又赦賊黨，使之當先以抵砲石，我軍尾之而上，可以必克。【眉批】因其勢而利導之。須諸將齊攻，以分其力，而多助箭砲，始可行也。如此計不就，更以降人行間。【眉批】後以此勝。又不可，惟有撤兵各堡，以養氣力。但民食已盡，而賊黨可支一年。最可慮者，虜雖不助賊，勢必束搶。我軍反隔在外，道阻糧絕，衆心驚潰，在事諸公皆不以此爲慮，恐悔之晚矣。【眉批】皆見事不透，何縣知慮。

與馬鳳麓大參①

不佞初入境時，即有數字達制府，欲防虜截糧，及守渡口。今見絶糧，不能退師，必分兵一困靈州，一堵渡口。事在不遠，屢達制府修守具矣，未審見信否。虜來若風雨，非倉卒所能辦也。訪知各堡尚有糧，若增價收之，必有應者。【眉批】腸一日而九迴，何事不想到。此時又達制府調兵二千守靈州，苗兵五百，佐以孟孝臣運糧之兵，以防渡口。王宜平者，亦驍將，以兵數百從後援之，虜豈能久乎？知老公祖留心之極，敢私布之。

寧遠李寅城②

屢辱惠書，銘感無已。賊本可平，奈諸將無肯同心，將奈之何？仰老極爲盡心，四令郎老成有見，許、劉二賊下城，欲就而擒之。若其

---

① 馬鳳麓：馬鳴鑾，字君卿，號鳳麓，四川內江人，萬曆二年(1574)進士。歷任工部主事、湖廣僉事、湖廣參政。寧夏之亂時任按察使、督糧監軍。後歷任右僉都御史、副都御史、兵部右侍郎，卒於官。著有《鳳麓稿》等。

② 李寅城：李成梁(1526—1615)，字汝器，號銀城，鐵嶺衛(今遼寧鐵嶺)人。祖爲指揮僉事，幼時家貧不能襲職，四十歲仍爲諸生，入京才得襲職。駐守遼東，累陞副總兵、總兵、署都督僉事、署都督同知、左都督、太子太保。萬曆六年(1578)，封寧遠伯。十九年(1591)，被劾罷職。二十九年(1601)，因邊備益弛，復爲遼東總兵，加之太傅，年九十而卒。生平事迹見《明史》卷二三八《李成梁傳》。

計得行，事定久矣。他日必爲名將，不佞心甚服之。不知都中諸老議論若何，便中示知，尤感。

復蕭總戎①

連日正憂虜來，屢懇制府以兵三百助平虜，更以千人分守金貴、李剛、潘昶等堡。或擊其半渡，或伏于茂林，則一可當百。制府雖以爲然，而不見舉行。【眉批】此確老遲緩誤事處。必待麻將軍兵到，恐緩不及事。時接尊示，已再促之矣。如再遲延，不佞當自分布之耳。【眉批】幸制府是確老，可以諉先生。

與董少山總戎②

虜以數萬之衆，深入內地，浹旬而不返。數百里之內，人畜爲空。明公駐師定邊，扼其歸路，使之求歸不得，盡還所獲，莫大之功也。聞出師搗巢，誠攻其必救。但其中順逆不同，若所搗者，在莊明土吉鐵雷合落赤則可，在切盡娘子與賽漢住則不可。彼方求撫，恐啓釁端，是在明公嚴諸將分別行之耳。因趙游擊人便，聯布鄙私，傾耳捷音，以解憤切。

柬石東泉大司馬

西事詳見疏中。連日備見制府苦心，從前之事，諉諸將競爲欺罔，難與分析。以楨身在營中，尚欲相蒙，況耳目之所不及乎？賊中見楨築堤灌水，人心洶懼，哭聲震地。若得同心者，因其瑕而攻之，不破則走耳。此時將不患不廣，而患不同心；兵不患不多，而患無紀律。

---

① 蕭總戎：蕭如薰，字季馨，延安人。萬曆中，以世襲百户歷陞寧夏參將。寧夏之亂時，死守平虜城，以孤城抗敵，歷陞副總兵、總兵。後被魏忠賢彈劾奪職，崇禎初年卒。其生平事迹見《明史》卷二三九《蕭如薰傳》。

② 董少山：董一元，號少山，宣府前衛人。歷任游擊將軍、石門寨参將、副總兵、總兵。寧夏之亂時，斬首百三十，陞署都督同知，入爲中府僉事。後徙遼東，戰功甚著，陞左都督，加太子太保。其生平事迹見《明史》卷二三九《董一元傳》。

其中更有難言者，須以至誠默化之耳。【眉批】此難言者，東泉不能無過。若大可慮者，又不在河西，而在河東，不可不急圖之也。

與楊冲所職方

西事詳見疏中。此時賊已洶懼，滿城哭聲，蓋知弟築堤將以水攻也。儻有同心者，因其懼而脅之，不破即走耳。軍中大患，種種不一。有畏難求脫者，有欲他人致死而己攘以功者，有恐人之攘功而反幸其敗者，有旅進旅退苟且塞責者。弟以身察之，而後知其然，尚且以塘報相欺蔽，況耳目之所不及乎！弟不惜西事，而惜國家之兵制廢弛若此也。【眉批】本朝兵制，只廢却塘報，亦革大弊。至于延綏一帶，冗中不能悉言，宜萬分急圖之耳。制府苦心，今始知之。李昫因弟以言激之，真欲效死，姑且緩之。降人在軍中，正用間之時。弟所以汲汲者，以師久翱翔，恐生他患耳。

初二日，隨龍淮自跳下城，無人往救，又被賊縛上扭鎖，傷哉！【眉批】此當斬數十人以殉，賜劍安在哉？恐齋本遲緩，先付急足以聞，知丈望報甚急故也。

與河西道蔡見庵①

正欲聽教，以病不能出。所募鄉夫已到否？【眉批】不用軍而用鄉夫，情景可見。幸議定丈尺工食，委官督工，從教場邊出水渠，立標興工，城內自亂矣。虜報甚急，滅此而後朝食可也。昨見條議，有拒馬五百，不知見在何處，可移置近地防虜也。

復平虜蕭將軍

大鎮已失，而孤城獨完。將軍忠義貫日月，謀略驚鬼神，當為國

---

① 蔡見庵：蔡可賢，字子齊，號見庵，一號聞吾，河北成安人，嘉靖四十一年（1562）進士。歷任户部主事、太原知府，因得罪於當權者，稱病歸鄉。寧夏之亂時，為軍中謀士。事平後陞一級，駐遼東。後因病歸里，尋卒。著有《治河諸篇》《西征鼓吹》。

朝名將第一。使以將軍防虜，而更得一人破賊，何至老師匱財如今日哉？賞不酬功，私心實切不平。昨見特旨擢用，真聖天子明見萬里之外也。不佞在榆林時，已有書與制府，急發糧餉並精兵，往援平虜。鄙意更欲先取金貴、李剛二堡，相爲犄角，以内遏賊，而外禦虜。此時因攻城百物不備，兼無紀律，心甚焦勞，終不肯使將軍孤立也。國事方殷，努力自愛。不悉。

與趙瑞明兵部

昨夜過半，夢與翁丈相見，喜劇不爲禮。更有客六人，内有奇姓者，大意謂奇會也。弟倚案作書，翁丈急欲與弟談，挈其臂令罷。弟曰："方作書與兄，正有兩言得意處。"因朗吟曰："我尚不識我，而欲望衆人識我。難哉！"因自解説："比如我自看我，混混沌沌，兀兀突突，不知我是何如人，衆人怎得知？即如兄亦不知兄爲何如人。弟在家時，看千人萬人俱是一般。今見兄，乃知有千人之人萬人之人，可見乾坤之大也。"【眉批】黃粱枕上，惜無此議論。相與大笑，翁丈痛飲，披襟嘔吐。乃我兩人披肝膽吐心腹之徵，一何神耶！

此時虜截糧道，本爲賊退師。既不可退，必困靈州，使我不得不返救之。望力與制府言，急修守具，且謹防渡口船隻，毋令燒毀也。因便聊布，不盡願言。

復各鎭

承示。攻城不克，徒損我軍，不佞所親見者。連日休息，止修攻具，意正在此。但目今軍士暴露已久，食皆糗炒，飲皆泥漿，恐生怨望。又兼久旱必雨，難以駐札。秋高虜入，不西來助賊，必束扼我後，患在不遠，寢食不安。所賴將軍各出方略，早爲平定。上以寬主上之憂，下以全軍民之命。若但彼此推諉，不恤軍士，不明紀律，奸細出入而不知，賊徒下城而坐視，隨道出而不能救，内變作而不能應，不但城不可下，虜不可禦，恐賊出劫營，自相踐踏，軍久心散，不可復馭，非不佞所敢知也。【眉批】詞嚴義正,諸將當亦悚然。彼此爲國,不嫌直布。幸各賜密示,相何機宜?用何妙策?不佞敢不贊成。若止耽延時日,虚文塞責,不佞從此奉辭,不敢留此,成誤國之罪也。激切奉白,萬乞體亮。立候回示,以便行止。

與劉子玄兵部[①]

見邸報,知轉兵部,行將有推轂之遣矣。不爲故人喜,爲宗社喜也。邊事敗壞乃至于此,詳見小疏,猶爲隱乎爾,不敢一字虚也。近用水攻,固出下策。【眉批】灌城豈得已哉?然將不可用而用夫,所幸築堤僅千丈,而四面視城如釜底。又兼以閘放水,可淺可深。開閘一分,可灌城五尺。開五六分,則没城矣。生靈十萬餘,何忍没之?【眉批】痴人慮淹各堡,真説夢也。惟以水困之,使不得與虜通,以俟其内變可也。人便,幸有以教之。

與楊沖所職方

弟無所短長,獨于兵家之事,時有千慮一得。行時小疏,若有相信,早遣寧遠,則西事定久矣。【眉批】知人用人難。奈一時皆以爲狂,不敢復言。今敗壞至此,惟恃社稷之福,止據人事,則萬無勝理。魏確老乃天下第一流人物,處之邊疆,非其任矣,顧下此惟蔡聞吾副憲而已。弟無論事之成否,決意乞歸。翁丈方任國家之重,不敢不以直告也。

與涂境源、[②]于泰寰二年兄臺長[③]

年丈遂忘不肖弟耶?弟疏在何時?而四月杪方遣。所請何將?

---

① 劉子玄:劉黄裳,字玄子,河南光州人,萬曆十四年(1586)進士。歷任刑部主事、兵部員外郎。于朝鮮之戰大敗敵兵,陞兵部郎中。

② 涂境源:涂宗浚,字鏡源,江西南昌人,萬曆十一年(1583)進士。歷任御史、巡按、山西、宣大總督,後晋兵部尚書,加太子太保。乞歸後復起宣大總督,赴任數日,卒,贈少傅,謚號忠襄。著有《證學記》等。

③ 于泰寰:于永清,字太寰,山東青城人,萬曆十一年(1583)進士。歷任樂亭縣知縣、湖廣道監察御史、出按宣大、再補福建道監察御史。著有《四書蒙訓》《舉業正傳》等。

而所遣何人？以至事壞。則弟不敢任其咎，弟耳之所聞皆捷，而目之所見皆敗，故小疏不敢不以實聞，不知都中之所聞者如何耳。既不得自繇，得早罷爲幸。【眉批】此正制于老葉時也。

十七日，各賊出城見弟，遂有欲以五百人進城者。非弟阻之，又一張傑矣。便中不吝教言爲望。

與李仰城提督①

反賊之意，明白欲緩我師，以待虜至。只宜一二日間決之，若更遲緩，虜騎一入，諸將皆有推諉。不佞已有所聞，不敢不告。【眉批】除仰城，誰可告語？若二日以內堤不完，攻具不備，不敢赴城下矣。關係甚重，幸急圖之，至懇，至懇。

與趙瑞明兵部

聞駕欲還朝，想傳者妄耳。西賊未平，東虜正急，方賴戡定，何得遽行？水至城下，已將傾圮。賊中心腹，多有投密帖自訴者，許朝又求招安。若因而圖之，亦便計也，幸寬以俟之。弟數日間或得東渡，以快夙仰。賊于城之平中，豎一高樓，爲自免之計。許朝而外，皆沉于酒色，蓋自知朝不及夕，以此爲生前之樂也，愚亦至此乎！附聞，以發一笑。

與賈西池中丞

鄉在榆林，小簡與楊職方云，虜入秋必東犯，截我糧道。虜顧居內，我顧居外，雖得寧夏，如石田矣。我翁見賞，以爲知言。今寧夏未得，而虜果在內，竟無能禦之者。雖將出境，而各堡殘害極矣。聞董

---

① 李仰城：李如松(1549—1598)，字子茂，號仰城，遼寧鐵嶺人，寧遠伯李成梁長子，朝鮮族。歷任指揮同知、都指揮僉事、山西總兵官。寧夏之亂時任提督陝西討逆軍務總兵官總兵官，以功進都督。朝鮮之戰立功加太子太保，後擢升遼東總兵。萬曆二十六年(1598)四月，遇埋伏，陣亡，謚號忠烈。生平事迹見《明史》卷二三八《李成梁傳》。

將軍師駐定邊，果能大創之，奪回人口牲畜，可以杜其復來。不能，則豺狼無厭之性，視慶、固如外府耳。楨在行間，始知諸將用兵，皆不必紀律，而塘報皆夢中語也。宜邊事之壞，一至此矣？游擊趙寵家在寧夏，楨故以寧夏用之，其謀議遠出諸將。【眉批】不但不違其才，且不□其性。聞我翁曾刮目視之，可見一經冰鑑，則材品自別也。因便，聊布契闊，不吝德音，以慰馳注。

柬石東泉大司馬

諸將畏賊，于女牆懸樓施放銃砲，不敢攻城。楨不得已度地築堤，用水攻之。【眉批】水攻出不得已，葉公乃以爲立意異同，至成讎郤，傷哉！今四面城崩壞各數十丈，懸樓、女牆已空數處，乃又不能近，藉口水隔。各賊小舟往來無所顧忌，登岸擄我軍如縛雞，何賊可以來，而我獨不可往也？獲得奸細，云城中窘迫之甚，百姓餓死者堆積街市。若賊心腹若高才輩，皆以密帖自托，使得名將奮力攻之，一鼓可克。今彼此推諉，且有欲托病辭歸者。更一月之後，闔城軍民盡死，而各賊之糧尚支半年，非虜來助賊，則我軍自變矣。最可恨可畏也，若河東一帶，如延綏而西，花馬而南，人畜盡被虜掠。苗兵一千，存者不過數十。所報六百五十三名，據有尸可驗者耳，餘或踐爲泥土，兼被擄去矣。騎兵死者一百八十餘名，傷者數百。以非楨所宜與，故皆不以相聞。楨孤身在營，無一司道可寄耳目，獨以所損人馬，俱繇營中調去，不得不以實奏。恐激聖怒，姑遲數日。然亦不敢盡言，恐至參差也。制府苦心極矣，奈事勢至此，非倉卒所能挽也。素知此翁重望，今益見其詳。學而未能，尚賴我翁保持之。俚言三首，奉發一笑。

與都中諸公

西事大概見疏中，言言皆目所見，不敢虛僞。虜果束入，殘害至極。欲坐困賊城，則時已乏糧。欲移兵就食，則前功盡弃。只得以水困賊，而後分兵遏虜。所可恨者，將無恩威，軍無紀律，上下離心，安能望其致死？懇乞大賜張主，撫虜以孤賊黨，選將以振軍威。若更遲緩，則事不可爲，且恐倭因報警，益不暇爲西謀矣。【眉批】身在西而料東，方是萬里長城。楨行時，曾以舉將，幾成大嫌。若虜則真有可撫者，使西陲得一如蕭、如邢者，事定久矣。魏制府有是心，而不得要領。其他則徒知顧忌，恐人之議其後矣。時事至此，非可以常理拘也，無任迫切企望之至。

與李寧遠寅城

昨聞有言令郎行師遲緩者。以盛暑之時，日行七八十里，方怪其速，反謂爲遲乎？大都此時言者，多不度理勢，不足爲意。賊勢極窘，平之不難，恨力不能驅使將士，惟有坐困。【眉批】不驅使尚云侵越，敢驅使乎？但恐擒賊之時，人民已盡，得不償失，復何顏面敢以捷聞？【眉批】數言忠上慈下，發乎至性。魏制府實心任事，人心相安，他皆不及。且恐有損，幸加意保全，毋爲人言所搖，則三邊之福也，懇切，懇切。【眉批】人謂先生敗確老，冤哉。

復蔡聞吾憲副

數日即得糧五千，何難萬石哉？【眉批】能人。昨放水止許一二分，若如七八分之說，則事又敗矣。【眉批】此中節制，一毫增損不得。大抵寧夏從來之事，皆此類也。賊時已將困，所慮者虜既得志于苗兵，必乘勝而來。屢與制府言之，欲其分兵謹防各堡，未見即行，不知何故。【眉批】此確老之當罪也。承示，足見所慮之同。草復並請教，不盡。

柬石東泉大司馬

賊自水困之後，勢益窘急，又有內應。奈我兵太怯，不能進攻。楨初意所慮者二，其一從內冲突，其二虜來助之。今者賊馬將盡，兩出被傷，必不敢冲。昨制府聞有報虜欲西者，囑楨慎防之。楨復之云："虜之入犯，必因糧于我，見利而後動。自楨收復各堡，虜來無所掠，又與城內隔絕，不能得賊之利，其不來明甚。不過圖橫城截大渡口,東犯靈州耳。"【眉批】如指諸掌。制府頗相信,而以鄧鳳調防橫城,可無失也。時虜已散歸各帳,必來求撫,望翁主張之。其妙用在剛柔緩急之間,令不驕其志,而又不失其心,則宣大而西永永無事矣。【眉批】宋李綱云:"與金人和宜有法。"此之謂也。楨屢與夷使面言之,其是非頗明,真可理諭也。【眉批】虜勝葉公多矣。制府實心任事,一時在鎮,鮮有其比。聞群議藉藉,恐聖意搖動。楨不敢以虜犯其題者,意蓋爲此。惟我翁極力保持,非爲此公,乃爲三邊。恐倉卒更易,且有他慮,不特如目前之事而已。【眉批】魏確老用兵非其所長,若他人見不合手處多,便更易惟恐不速。先生乃料定,更易復利害。不須長桑君懷中藥,見□一方矣。若賊已在必平,獨兵力不能早攻,致軍民餓死者多,爲可恨耳。時已責成一二將領,數日間爲必取之計矣。

復劉承嗣總戎

灌城將陷,皆督率之力也,敢忘所自哉?沙土易衝,且地窪水猛,尚賴多方備之。如閘板、椿橛、捲帚、草囤之類,一一早辦。如錢糧不足,不妨明言也。

柬石東泉司馬

曾有小啓付李有升轉呈,虜真可撫,奈不得其道,則事終不就。昨各酋見楨責之以理,心服而且悅。處置得宜,費不過二萬金。楨病不能復與事,惟我翁留意耳。恐不久河凍,則寧夏與虜共之賊乘機復出,且有大患。試問之李毓華,即知彼中地勢矣。

張詩、陳守義原無必殺之意,已懇制府寬之,不知肯垂聽否。楨本不宜多言,終有不能自已者。都中從此聞見更雜,是非愈亂,幸高明詳審。諸將人人自危,正爲此也。楨平生不敢妄語,茲亦不敢望翁見信,久當自明耳。【眉批】與賊對壘,而本兵不相信,苦矣。

蔡憲副聞吾乃翁同鄉,常在營中,知之極真。但時時愁嘆而不以奉聞,非同心之義矣。幸密問之。

柬李漸菴都堂

討賊事情，賴制府魏老先生虛心區畫，十已八九。賊甚窘急，內絕糧草，外無援兵，此必克之勢也，諸將已踴躍成功矣。奈魏公一行，又復瓦解。

楨本庸劣，謬膺上命，任事過激，于人多忤。加以旨內有侵越之語，愈難淹留。即欲還駐靈州，奈諸將苦留，皆謂無所倚仗。【眉批】非堅如石，圓如珠，未易處此。今病日沉痼，勢非久生。伏乞垂閔，早得罷歸，即再生之惠也。

密　啓

魏確老任事，毋論苦心。即令弟來省，不能以三兩爲路費。去之日行李蕭然，有所居衙舍，費彩段百餘匹，爲幔地糊壁之用，而猶嫌其陋惡者。則確老清苦，亦可憫矣。既已代其任，而又欲置之死，屢云其罪在劉東暘之上。【眉批】妒婦何無人心！蓋因人傳招安，鐵牌已到靈州，各賊信爲實，求之甚懇。確老欲就其計而擒之，遣官二員，稱有牌到，此權宜之計。葉公亦有百人，往伺其隙，以分其功。賊將開門，因葉公發一告示，又以兵百人破壞其事，賊將告示送出，事遂不成。【眉批】西夏節節壞事處，敗于葉不敗于魏，而魏乃被逮。魏之逮，繇于葉，不繇于先生。而不知者以爲先生實致之，功罪是非一至于此！可勝浩嘆！有城中射出密帖可據。既已壞其事，而又欲致其罪，何其心之忍乎？確老尚未聞此言也。

昨小疏微露其事，恐其有言，以爲後日張本，台臺不可不知也。外具小疏，爲魏確老申辯，俟前疏旨下，然後呈覽奏聞。此公與楨相約同心，今背之不祥。【眉批】英雄心事，青天白日。更完此一事，披髮入山。望台臺哀而許之，無任懇切之至。

與楊冲所職方

八月二十二日，各堡報達虜陸續渡河。弟欲求葉制府遣將發兵，恐緩不及事，不得已權令標下中軍李如樟，以所部兵，往李剛堡暗伏，擊其半渡。弟既不敢專擅調遣，惟約會諸將有願往者。得李寧、麻貴各帥所部，以弟親兵付之。至夜李提督思係大舉，恐致有失，自提兵千人往援。

　　至二十三日早，與虜遇。彼衆我寡，李提督身先士卒，射死數多，手刃者一。身中三箭，手中二箭，幸而未傷。將士奮勇，方在鏖戰，如樟聞兄被圍，帥兵冲突，虜衆大敗。斬獲及生擒一百一十餘名顆，得夷馬數百，追奔六十餘里。【眉批】無米之炊得此大捷，非先生精誠上格天地、下感士卒，何以致此？問之擒者，乃着力兔、打正、把都兒三家，合兵欲據寧夏。檢出夷書內有黄台吉娘子、石答大、劉一元各書與賊，大略謂：朝廷遣有梅巡按、李侯伯，甚是利害。【眉批】中國相司馬矣。比前時人馬不同，你可小心。梅巡按教我不要救你，我恐城中不便，你可出邊外道路寬。等語。大舉對殺，前此所無。虜既奪魄，賊更失望。守城各賊不覺嘆息，口稱怎了。

　　此皆上賴主上大福，石老先生與老丈苦心爲國，故有此捷。若弟碌碌無爲，動與時迕，下同士卒，尚謂侵越。【眉批】可傷。已具疏乞休，惟老丈念其孤立，借重鼎言，俾得俞允，即不朽之賜也。知望之甚切，先此奉聞，容詳報，不盡。

與朱和陽督撫①

　　剿虜大捷，皆我翁與制府指授，諸將用命，大將軍以身先之，楨何與焉？致以溷大疏。雖感翁至情，而自視赧顏矣。【眉批】和老，公道人。

　　魏確老何至于此？楨前二疏，不知曾見之否？何以觸聖怒，累此翁也？營中報未到，奉旨云何？乞示知，至望。

-----

① 朱和陽：朱正色(1539—1606)，字應明，號和陽，直隸南和(今河北邢臺市南和縣)人，萬曆二年(1574)進士。歷任偃師縣知縣、江陵縣知縣、兵部主事、兵部員外郎，寧夏之亂時，任右副都御史，巡撫寧夏。平定後，以病辭官休。著有《涉世雄談》。

與許少薇掌科①

西事詳見小疏。從來未有圍城中，民已餓死，外無援兵，且有內變，而不能平者。賊勢已在掌中，則魏確老虛心任人，功不可誣也。今諸將惟聽督撫指授，聞二公意欲渡河親征，果調度得宜，則天幸也。【眉批】不敢直斥他不善調遣，惟仗天佑國家矣。屢讀大疏，悉中機宜。今弟已病，不能與事矣。國家之事匪異人任，惟萬分加意。

邊報無一足信，以督撫近隔百里，如在夢中，況京師數千里乎？其最著如哱雲死于北門，而云在平虜。原無一人進城，而曰高蓋等三人。諸將與軍士能言之，此獨可與翁丈知耳。虜又入定邊，搶環慶一帶，不久河凍，其憂更大耳。

與楊冲所職方

初意欲與老丈同心，剪除凶逆，今病不能矣。有負盛心，惶愧，惶愧。【眉批】真苦！真難！弟之所以獨處營中，備諸艱險，以勢有不容已者。而見者疑其貪功，至創為侵權之說，此何異誣許由以竊冠，而嚇鵷鶵以腐鼠哉？時事人情，真可痛哭。

賊甚危急，兼有內變，着酋被創，倅難復來。以數千人善調之，呼吸可平。聞套虜又入定邊，其眾不滿萬人。以弟度之，似不能禦。三軍耳目，自有公論，久當知之，毋謂弟不先言也。抱病轉篤，乞借鼎言于貴堂翁，早放生還，真再造之賜也。從此枕泉漱石，皆感恩之日矣。

柬石東泉大司馬

前承台教，獎借過實，銘感，銘感。虜真可撫，賊真可平，自楨視之，

---

① 許少薇：許弘綱(1554—1638)，字張之，號少薇，浙江東陽人，萬曆八年(1580)進士。歷任績溪縣知縣、金壇縣知縣、刑科給事中、兵科都給事中、少詹寺少卿、通政司右通政、通政司左通政、順天府府尹、都察院右副都御史、兵部尚書，天啓六年(1626)致仕，崇禎十一年(1638)卒，贈太子少保。

皆有不能，付之嘆息。蓋莊明既入搶，以釋明安之恨，求撫乃實心也。彼求而我許之，何不可之有？若着、打二酋既被大創，此從來未遭之毒。若有妙用，使鄧鳳、徐龍輩責其自取，因而撫之，其尊常在我，其感常在彼，使我得專意討賊，尤便計也。若賊則内絕糧，外絕援，此唾手可得之時。奈其中甚有難言者，楨救過不暇，何敢復與他事？我翁昨以撫虜相委，實重其禍也。既以狂直獲罪，而又以此言進，亦以國家之事，終不能忘情。且辱翁知己之遇，又不敢隱信。夫三緘之戒，古人所難也。

重陽日會將佐帖

他鄉令節，異姓同心。睹茲風景之殊，必動河山之感。聊一尊而席地，當九日以登高。無論尊卑，共相酬勸。即投醪其可飲，雖落帽亦何妨。絲竹雜陳，觥籌交錯。惟願因時入蔡，度兵鵝鴨之池；乘勝平胡，圖像麒麟之閣。早獻俘于明主，實所望于群公。

柬石東泉大司馬

自修堤灌城，北關塌壞，大有内應。畢邪氣等已約謀擒賊首，囑南關王林等獻關，定于重九前後舉事。許朝又向南關搶括糧食，民間遂傳諸賊欲要盡殺軍民。至初八日晚，王林遂不待畢邪氣等事定，遣十一人下城，招兵原任副將李寧先上，再無繼者。【眉批】赤手空拳以搏猛虎，全是一片精誠。故可以貫金石，可以蹈水火，不然身且不保，安望成功哉？楨不得已自赴城下，催督諸軍如俞尚德等。而董正誼、伯效誠、李如樟敢于自請，牛秉忠老年先到，皆極快人意。李如松親上，堵賊來路。麻貴亦上。楨先傳旗禁止殺人搶財，恐其不聽，只得親上。幸而全活者數百人，闔城居民焚香燒楮錢稱佛。被綁縛者百數十人，一切釋之。再三巡察，頗覺嚴肅，止于暗處被人偷割一首。【眉批】有此售主，彼暗處之首，安得不被割耶？楨傳語云：明早將頭來獻功者，當重治之。乃苗兵聞此言，暗往靈州軍門獻功。幸葉龍潭許其賞而未與，若一有妄殺，則闔城遂空，而大城之守愈固矣。雖事權與楨無干，而特以此報聖主，酬知己,足以長往出林,無所復恨矣。病體日甚,不知前疏得允否?俟命下再力請耳。人便聊布以慰,臨楮無任馳戀之至。

柬石東泉大司馬

逆賊平定,皆賴主上之福,我翁之教也。自兵入南關,秋毫無犯。關城與大城相去僅五六十步,楨即以獻關何廷章、王林等往招守城賊黨云:"我每俱有升賞,各丁一一不殺,你何不早降?獻大城功勞更大。"【眉批】非仗此法,恐入城無期也。彼問某某俱殺死否?皆賊之僞把總等項,平日罪惡最著者也。答云:俱被楨釋放。楨聞此言,即令各人上城與之相見,且以各人如前招之。【眉批】功全在此。賊搖手令勿言,且以手自指其心。楨又約朱撫臺,以花紅迎送獻關爲首者二十七人,騎馬繞城,各執銀定,使賊見之。自張傑下城,日與許朝講話,意欲舉事,而憚哱氏之強。楨訪能説哱氏者,而標下百戶耿憲、武生陳汝松引鳴沙州人李登來見,云登亦獻南關之數,未蒙賞賜,欲幹大功以泄不平。將妻寄母家,子託其弟。云:"若能成功,必有官賞,如其不成,必被賊殺,善撫吾子。"【眉批】李登奇人奇力,其後賞不酬勞,惜哉!楨察其誠,與之諭帖。差監生俞方策、中軍李如樟用小船渡送至城。初放鎗砲,知有諭帖,吊拽上城,乃九月十三日起更時也。

至十四日晚下城,持有稟帖,且云哱拜一見諭帖,跪爲大哭,承恩亦拜,即與畢邪氣等約定,但要印信執照。是夜,李如松飛馬赴葉軍門,討兵部印給札付填寫,又討朱巡撫、如松與楨各與印信執照。

十五夜,李登仍前上城。本夜,劉、許、哱三人同殺土文秀。

十六日早,畢邪氣殺劉東暘,哱承恩殺許朝、許萬忠,至南門報知。楨差溫浩,李如松差小白兒,上城看驗是實。承恩等在城叩頭,請進城安民。李如松、如樟、楊文同上,以後各將亦上。

至十七日,大開南門,哱承恩出南關見撫院與楨,且請進城。時牛秉忠寓哱拜家,同劉承嗣、王通等與哱拜午飯,承恩尚在楨寓,[1]稟稱城中殺掠,乞討禁約,楨如意與之。適葉軍門傳令,今日不殺哱氏父子，定以賜劍行法。承恩方出楨門，即被浙兵擒縛。【眉批】擒降賊于監軍之門，卒以爲功。令人拔劍砍地，不能已已。自此被殺者千餘，今尚未止，此其大略也。楨若直言，又恐異同。欲詭隨混奏，恐城中數十萬耳目，城外數十萬兵將，終不能掩，反涉欺罔。【眉批】竟無一人指葉之短，亦東泉庇之耳。不若捱延，候前告病疏允，即可少此一本。如其不允，婉轉言之。因便先以奉聞，其中難言者久當知之，不敢復以狂直取罪矣。

柬三相公諸公

逆賊蕩平，賴社稷之福，台臺之敎，而制府魏確老之功，不可泯也。【眉批】無一處不爲確老稱冤。賊困已急，而後聽我之間。其所以困，所以間者，皆確老密計已久，而今皆如其言耳。楨病日增劇，萬無復入之理。惟于確老有知己之感，不忍使其獨枉。必待湔雪，而後爲身謀。不然不得不赴闕，以身爭之，即同陷于罪，亦甘之矣。【眉批】好漢。若聖怒已霽，即于中途繳敕印符驗。惟台慈憐而釋之，則生死之感也，無任懇切瞻望之至。

與寧遠李寅城

仗庇逆賊蕩平，人言可息。仰老大爲衆人所忌，萬望韜晦謹言。【眉批】可嘆！不佞決志乞歸，因在通家，不敢不直告也，幸亮恕。

與傅約齊臺長、許少薇掌科

捷書既奏，魏確老或得昭雪矣。楨歸志已決，惟待確老命下，即拂衣行矣。蓋極承此公同心之愛，罪則俱罪，必不使其獨累也。平賊事一一實奏，道路之人皆可問而知，其中有不可言者，久當知之耳。冗中不盡願言，惟台亮，不備。

報蕭制府、邢崐田中丞

逆賊就平，皆賴我翁同心爲國，使虜不得西。賊知援絕，而後得而間之也，敢忘所自哉？初意欲假道聽教，因賤軀多病，決志歸田，故繇潼關入汴，以便還鄉。套虜實意求撫，邊事一大機會也，過此恐倭夷報警，不暇復爲邊計。但賈西老新上罷款之疏，或不肯自背其言。雖各有分地，而戎將生心，未免以爲口實。楨已無意人間事，而猶喋喋如此，所謂嫠婦不恤其緯，而憂宗周之將及也。【眉批】熱腸何時可冷？聊因還役，布其區區。惟爲國自玉，無任瞻企之至。

復董少山總戎

逆賊蕩平，賴主上洪福，諸將協謀。而麾下搗巢以牽制套虜，功不可泯也。初意欲繇舊路還京，再得聽教，今已從潼關行矣。惟奉旨勘搗巢堵虜功次，須了此一事，庶可爲魏制府白冤。已托之靖邊道，幸同心早完，得以復命，受惠多矣。草復，不盡。

復靖邊李龍峰憲副

春初得接高論，至今無日不往來于心也。靖邊當兩鎮之交，虜所出沒。得明公在事，真一方長城矣。逆賊伏庇就平，但殺降太多，恐非聖主意也。賤軀多病，已具疏乞休，決于廿二日行矣，不得面教。山林中得聞套虜歸命，當西向釃酒，爲故人稱賀也。【眉批】倦倦無已。使還草復，不盡願言。

與神木李雙溪大參

不佞已于廿六日行矣。虜來求撫，乃邊事一大機也，但今何時也，又敢越俎而代庖乎？【眉批】臨行于撫虜一事三致意焉，可謂忠君愛國。受人如此阻撓，受人如此讒忌，功罪倒置，憤懣填膺，而猶倦倦不已，可謂愚不可及。廟堂之倚賴于臺下者甚重，不可不力任之耳。因家丁還，草裁布候，不盡願言。

王都俞曰：因西事而知任事之難，因任事而知爲梅先生者，千難萬難也！行者偷掩耳之鈴，言者抓隔靴之癢，風聞皆吠聲之犬，聽斷如病魘之人。于斯有一好漢，説真話，做實事，亦夜鳴求旦之鳥也。哱賊叛逆，滿朝視爲泛常，督撫將領，且以捷聞。先生無故而發大難之端，則建議難。衆口交謫之李寧遠，一旦欲委以兵權，與科臣予盾而持之愈力，則知人難。請假以權，不蒙俞允，畢竟以監軍往，則責重身輕難。哱賊所恃在虜，而某處當撫，某處當戰而後撫，某堡可守，某堡可戰，某時宜堵，某口某將宜陣某處，則着着先手難。鉛彈、弓箭、挨牌、拒馬、火藥、木植、糧餉、牛酒無一同心應副者，則無米之炊難。砲傷馬足而不恐，許朝拔刃直犯而笑以降之，則有膽有識難。相度地勢，知城可灌，卒以困賊，則明于地利難。受降納叛，以收人心，借賊以激民，借民以招賊，凡幾度機關，皆古來用間者所不及。兵不血刃至于底定，則伐謀攻心難。督臣老成而中輟，撫臣嫉妒而共事，百種掣肘，卒能于憂讒畏忌中，成就受君愛國之心，則委蛇含忍難。西事已完，而撫虜一節不啻叮嚀以告衆人，則局外關情難。功成不賞，略無憤懣，惟于魏確老之冤，以死生去就争之，則真誠處友難。驕虜爲之稽首，叛賊爲之泣下，則信格異類難。究竟與初上兩疏一字不爽，而聖主眷顧日加隆厚，則忠結主恩難。如先生者幾人哉！

【校勘記】

［1］楨：原作"禎"，據前後文改。

西征集卷之九

諭帖、告示、條約、榜文

諭莊禿等酋

　　傳諭各虜酋長：即今寧夏逆賊劉東暘等，擅殺撫鎮，據城叛亂，天地神人共憤。爾等受朝廷厚恩，當爲國家出力，共擒逆賊。既得重賞，又有好名。【眉批】名利二字，夷狄也用得着。訪得有等酋長，貪逆賊小利，忘朝廷大恩。或往西助賊，或運送糧草，或絕我糧道，或進邊搶掠，或屯聚邊外，或虛張聲勢，或詐降内應。只顧目前，不思久遠。舉朝卿相科道，俱要先剿爾等。【眉批】得體。

　　賴聖主寬仁，恐賢愚不等，玉石俱焚，心有不忍。行差本院，同遼東總兵都督李，遇路查勘。爾等有原不助賊，不曾入搶者，分爲一等，具名奏請，加與獎賞。有先雖作反，今知改過者，亦加獎賞，許其自新。若能擒獻逆賊，另有重賞加封，各賊家財，盡數給與。其有甘心助逆，定行剿殺。【眉批】以此厭虜之欲。況寧夏賊物，皆朝廷養軍及爾等市賞之費，今已將盡。爾等空有助賊惡名，又無厚利。【眉批】以此奪虜之心。速宜思省，各守本帳。未往者不可再往，已往者速令挈回。朝廷恩信決不負爾，毋爲賊誘，自貽後悔。差官傳諭，立待回報。

諭莊禿賴明愛二酋帖

　　聞你見我諭帖，即時收斂人馬，不許入搶，又不往寧夏助賊。可見你每原是忠順好人，多因邊上將官處得你差了，以致你每作反，朝廷怎麼得知。【眉批】入人心骨之言，夷狄不得不服。今既講明，我即便差人傳與各地方官，叫他開你市賞。我與你上本，你每宜體朝廷厚恩，一一要依我説，再不可暗使部落犯邊，佯推不知。其別頭目有往寧夏的，你每可叫他回。我兵到河西，查得有何人助賊，定不饒他。寧夏逆賊財物已盡，空自負了朝廷，你可與各頭目説知。若依得你説，我也與他撫賞，他也感激你。朝廷聞知，越見你每好處，定重賞你。特此諭知，宜體我意。

諭着力兔打正諸酋

諭着力兔、打正等：各項頭目知之，目今天兵來討叛賊，朝廷恐濫殺無辜，特差我來分別首從。今見你每人馬俱在寧夏地方，指稱哱拜是你一家，助他爲逆。先時他做朝廷好官，你受朝廷撫賞，合該認爲一家，尊奉朝廷。今他做了逆賊，便眞是一家，也不該認了，恐玷辱你宗祖。況本不是一家，只貪圖小利，不顧大恩。【眉批】□忘信，雖蠻貊之邦行矣。今人人都不忿你，我體朝廷寬大之恩，特遣人與你説知。你可作速出邊，守你本分，朝廷還有厚賞。哱拜若不是賊首，我自然招安。他若拒敵天兵，我自然剿殺他。【眉批】更妙。都不與你相干，都是你管不得的。你若不聽我説，要與他死在一處，空自你吃了虧，又失了年年市賞，又受了萬世醜名，你可細思，毋貽後悔。【眉批】他人空讀陳孔璋檄耳，那曉此等經世文字。實言告你，立待回報。

諭賽漢住娘子

一向聞得黃台吉娘子賢良，不肯負了朝廷。今見娘子稟帖，方纔知娘子也與黃台吉娘子一般賢良，曉得道理。他每于今作反，也只搶得些疲牛瘦羊，都是你每有的，怎能勾得些好物件？若肯安分，我與他上本，開他市賞，受用好段匹吃食，比搶的破衣破裳強似多少。【眉批】未有不服者矣。寧夏反賊將朝廷庫內錢糧、金銀、蟒段盡數與了着力兔，賊已窮了。【眉批】四字妙。只在民家搶些金銀與吉囊各頭目，每人只得他金子十兩，銀子三五百兩。別人得了好的，你每與他用力，却不惶恐空自壞了名頭。【眉批】妙。可急急與他每說知，叫他安分，不要被人哄了。他若不聽，你說便罷，他將來後悔。他若聽你說時，可差人來，我與他每上本，朝廷決不虧他。你的好處我已盡知，只待衆人歸順，一起好上本。【眉批】玩弄于掌股。寄茶一篦，收用。

諭切盡比姑等

從來人說黃台吉娘子賢良，體得他夫主的忠義。今見稟帖，果是好人。【眉批】妙在以夷勸夷。說將官不該殺明安，我昨日問將官，說因他掏牆，又砍傷通官，軍士不忿，一時動手，致將明安殺了。吉囊從腹裏地方西行作反，各處勸他不聽，致將他頭畜搶奪也，是他自討的。于今我既奉旨來，分別你每好反，你這情節我都上本，與你說知，你當叫他每安分，朝廷不肯虧人。【眉批】前次有人上本，也不助賊了。寧夏逆賊你每心下也都惱他，明白知他是該殺的，只貪他些小財物，助他爲惡，有甚好處。他的好物件已是別人得了，他城中已空了，你每得他不過幾百兩銀子，幾十兩金子。別人得財，因力量小不能助他，哄你每替他出力，豈不是痴？于今賊城已打破了，城中軍民餓死大半，馬已死絕。只因我念一城性命，不肯下毒手攻他，許他投降。他若不信，我只在旦夕間捉他，你每助他有何好處？你可仔細思想，誰輕誰重，誰的長遠，誰的是好名兒，作速調人馬回，我不失信。你即差人來看，我與你上本，即與撫賞。生事的將官，朝廷自有處置，從此比前更有好處，方信我的言語。若不依我言，他每搶得多少，若被大兵殺敗，悔時遲了，思之，思之。你的來使，我厚賞他，不知你每如何待我通官。【眉批】結局都有體。

論虜酋

我本好意，差通官諭你，你如何又搶我地方？見你稟帖，也有說的是的。你說銀子摻了銅，段匹扯做兩截。這是邊上小官人做的事，朝廷若知，怎肯饒他？【眉批】恐不止小官人。你只該明白與我說，自然處置他。你若學好,自然與你好物件。你于今搶了這番,怎能勾得些好蟒衣、段匹、三梭吃食?你的人馬也吃了大虧,怎比得市賞,又自在不費力,又有好名頭,又得好物件,你可仔細思量。你若不搶時,我多時與你上本討市賞了。你不可拗強說大話,你不知朝廷的世界有多少大。你要說撫賞,即時就是錢糧。你要說戰,即時就有百萬人馬。【眉批】得體。怎說你一二萬部落?切不可負心。比如哱拜等欺了心,于今怎了?【眉批】示以榜樣,妙。聽得有人勸你不要生事,這就是享福的人,你可聽他。有話到神木禀來,我將要回京,不得遲誤。

牌示各營

為奉命剿逆事。本院親詣營陣,督率攻戰,稽察功罪。所有不時傳報,須有符契可以憑驗。為此牌仰各營各差的當夜不收二名,仍備本營號箭二枝,上記暗號送院。遇不時差遣,到營比對字號,然後放進。毋得疏玩,以泄軍機。

攻城榜文

為剿逆安民事。本院奉命討賊,原係宣布朝廷恩威,分別首從,撫惜軍民。不以克城為功,不以多殺冒賞。恐大兵入城,玉石不分,為此示諭。寧夏鎮城將吏軍民人等,照依後開條款,一一遵守。本院叨蒙特遣,務以信義示人,決不一毫虛謬,以失國體,須至示者。

一,出降者不拘已未從賊,俱給免死執照。

一,大兵進城,凡閉門靜坐,即係良民,免死。有執持兵器往來窺望,即以賊論。

一,劉東暘、許朝、哱承恩、土文秀等,果有冤抑別情,許赴本院陳訴。即與分理,必不乘機擒殺,以褻國體。如不相信,可遣親信人代禀。毋自執迷,以貽後悔。【眉批】此榜猶是督撫于監軍未相猜忌之日。後來件件失信,正是老葉主意。使監軍失人心處,監軍且奈之何?

一,擒殺賊首者,自有欽定事例封伯世襲,仍賞銀壹萬兩。

【眉批】葉公能冒首功，而不能邀伯爵，猶是政府不能盡昧良心處。

一，獻城門者，賞銀一千兩。

一，殺賊守城門一人者，賞銀二百兩。

一，殺守城垛口一名者，賞銀一百兩。

一，殺賊一級者，賞銀五十兩。

一，獻賊家口一名者，與殺賊一級同賞。

一，放火燒毀賊人糧草、火藥及賊首房舍家口者，賞銀五百兩。

一，得賊密情來報者，先給免死執照，事平之日，與殺賊同賞。

一，虜酋擒賊首，自有欽定賞例。若聽諭歸巢，亦與獎賞開市。如執迷助賊者，先行剿殺。【眉批】使他自相攻擊。

一，賊首有能擒獻虜酋者，准以功贖罪。

一，克城之日，將領軍士敢有擅入人家、殺戮人口、搶掠財物、欺騙婦女者，即時梟首。

一，克城之日，有在城軍民乘機搶擄者，即時梟首。

示諭城中

示諭城中軍民及劉東暘等新舊家丁人等：城中糧草已盡，破在旦夕，宜早求生路。有出降者，給與執照，全家免死。有獻城、獻門者，賞銀一千兩。能擒殺賊首者，賞銀一萬兩，封伯世襲。作速射出密帖，以便接應。如三日內無人出，方四面攻城，悔之無及。特此示知。

諭城中

本院在京時，聞得寧夏上本人說，起謀全是哱承恩。其父哱拜穿大紅，在火神廟前分付殺人。只虧了劉東暘、許朝禁約軍士，安撫百姓。【眉批】聞得妙。劉、許二人原不與哱氏同謀，只有哱雲、土文秀是哱氏一家，朝廷因此言赦了劉、許，不赦哱氏。今本院奉命來此，分別首從。初出京時，寧夏鄉官李毓華力辯哱拜一生忠義，必不肯反。【眉批】又救李公眷屬。

及本院到此，查得哱拜原不與事，其妻又甚賢良，罵哱承恩不該負了國恩，只因趕了頭畜，哱拜方調達子。哱承詔亦不與事，土文秀原在中衛，不與同謀。此情節朝廷隔遠，盡不得知。你每若肯信我，作速求個生路。若做得好時，連官爵也有你的，只在你心下明白。大丈夫不肯欺人，決不哄你。你每若不聽信，反被人賣了，把乾凈身子與別人頂罪，悔之無及。你于今所恃，只說大兵不能久住。本院既奉特旨，豈肯空回？就住一年半載，也要平定。【眉批】——徹底説破與他。你若想達子來助你，他已不來了。他就往東邊搶掠，也不怕他。你說你城堅，我知糧草已盡，只你家丁有糧，滿城軍民盡皆飢餓。事急生變，你如何能制得他？你【眉批】□兩段令□,不得不害怕。説放水灌城，你有船筏上城樓居住。百姓到急處也，爭上來扯你下去。你只靠各堡運糧草助你，今各堡民都來歸順，已與他免死執照，給與賑濟，放水與他種菜，都有官軍防守。【眉批】如此着數，不得閑閑看過。你每已是籠中之鳥、網中之魚。若早降一個，早免一家。若肯把一人爲首出獻，大家都有官賞。比如姚欽與你同謀，于今與他做了指揮，又與他上本討恩典。你可細思，如何再有生路？何日再得出頭？【眉批】自然動念。

你若口説招安，挨延日子，你當時假此備辦守城器具。你今已守堅固，我兵又不攻城，你不必挨延了。且莫說大兵圍城，就得兵退了時，你不過出城挖壕打草，何處討糧？本院實話説與你每，你可與高才、畢邪氣等從長商量，各求生路，不可執迷，爲小失大。到至急處，他人不和你一心，只顧他家父母妻子，不顧你了。【眉批】鐵也鎔了。汪雲谷家小在監，本院已令人保出在外，此皆體朝廷寬大之恩。你若依本院之言，不惟免死罪，還許你別處立功，如宋江討方臘之事。【眉批】把小説故事與他説，他纔省得。妙！妙！你若信得此言，作速回報，或面來禀説。若再遲疑，只可惜軍民多受幾日辛苦，思之，思之。

諭哱承恩

朝廷聖旨，只要劉東暘一人。説他做總兵，調達子，搶各堡，都是他的印信牌票。今南關衆人説你有心拿他獻功，果有此心，我保你一家富貴。【眉批】步步用間。只要劉東暘一人，其餘一個不可妄殺。朝廷聖旨，原不許殺一人，昨日南關也不敢殺他。衆人信你，是你造化，不可遲疑。許朝昨日使張總兵來，説要殺你立功。我想你父與朝廷立了許多功，你母又忠義，我如何肯把你家與他討富貴？【眉批】妙。今特使李登諭你，你可依我幹這場大事，富貴都在我身上。你若不信時，于今達子敗了，不來顧你。城又淹了，各處兵馬糧草又到，你是死路，可細思之。

諭城中許朝等

本院體朝廷好生之德，以至誠待人，只説你實意歸順，親到城下。若肯即開東門，請總兵進城，于今已與你上本，滿城官民人等，盡賀太平。你每不信良言，只行詭詐，又説南關，又説北門。若不住大城，如何討赦？你每些小智術，只好哄前面將官，本院在此，如何錯用此心？若本院早到十日，張總兵怎得進城？于今事勢，你豈不知？汪雲谷、高才等一味哄你，星象他豈不見？謠言他豈不知？城中黑氣，各家妖怪，你每自家禍事，目已夢兆，豈不明白？如何還要執迷，等待何時？達子決意不來，莫説八十兩金子，縱是八千兩，也顧不得你了。【眉批】消他猶豫。你每各人只依各人心止行，再不可遲疑。毒藥與家丁事，皆不必行。雖有好心，知你一時不好動手，只各自獻城，便是大功，不但赦罪，還有升賞。若先出城投降，赦了罪，只得本身官。若被人擒縛，全家處斬，又有萬世駡名，縱有好心，難以分別。只在一二日內，若再遲疑，連你也顧不得。

本院之心，不比諸將。諸將多殺一個，多一分功。本院只要赦得一個，存一分陰騭。今要差戴朝相等與你説知，他每怕你不放他下城，不肯來，只黃羔兒肯來。戴朝相又説他平日不學好，方纔在監中放出，怕錯説了話，誤了你每的事，故又以此帖諭你。戴朝相等都有為你的心，不可難為他家兄弟妻子。【眉批】如此收拾人心。你每殺人太多了，你每夢中發驚，心中恍惚，都是冤魂索命，不可再殺，一命還他一命。【眉批】自然動念。城樓上住不得,達子在城日久,沒有吃食,事急各自怕死,都亂起來。獵戶與土煞之言,當得信他。各人生命只在自己心下決斷,再不可與衆人商量,血酒吃多没用了。特開你生路,造船不中用,偷堤事越也行不得,莫枉費了心力。馬神廟西,可以密議,思之,思之,毋貽後悔。

再諭許朝等

水已到渠,恐傷滿城官民軍丁人等,心有不忍,特諭爾等作速投降。兵進大城,決不妄殺一人。恐爾等不信我心,遣王以仁進城,以盡我一念爲民之心。如再執迷,雖下毒手,出于無奈,數萬性命皆是爾等害他,天地鬼神自有鑒察,思之,思之。禍在目前,悔之無及。立待回報,無得遲延。

諭汪雲谷

我知你平日有大志,連日不見你一字,心甚怪之。【眉批】開口妙。昨見云云,方知有兩次帖,不知何人收得,未與我見。【眉批】又問得妙。或使的人不的當,誤了事。如此處置,足見作用,甚喜,甚喜。我原知他久有好心,姚欽曾對我説,他若幹得成時,即時封伯,子孫世襲,何但兩個應襲?【眉批】無論有影無影,見此自亂矣。劉東暘、許朝是朝廷赦過的,拿他也不濟事,只得做指揮。不如只拿哱家父子,得一個就完了大事,赦得滿城性命。趁他盡夜大醉,正好下手,可急行之,恐事久則變。凡事只與張四知之,高才、施懷都與你一般的話,且不可問他,待他來尋你,慎之,慎之。【眉批】如此,方令他每各各獐頭鹿耳,彼此生疑,妙絶,妙絶。

諭高才

你的心事我盡知之。榜上不得不寫你名,恐賊生疑,反誤大事。你當日寫文書,不肯寫各官邀功生事一句,我也盡知。今如此做時,甚合我意。從前的事,都不消提起,他的好心,姚欽也對我説,只是不好下手。今趁再吃血酒時下手，極好。昨夜拿了鐘普等，達子已不來了。劉東暘、許朝是赦過的，了不得大事。只哼家父子，拿得一個就好。他既晝夜大醉，正好下手，必封伯爵，何止有兩個應襲？你也有大恩與汪雲谷，好生看顧他，莫等人害他，有話與他商量。急急行之，恐致泄露。此帖有兩個，可密查之，或在施懷家，恐別人收了，報與賊知。【眉批】必令他驚皇失措，起人疑心，妙不容言。

諭城中

昨中禀已到。既有三十五人同心，事決可成。但人多恐易得泄露，宜早早行事。昨寫出二命，丁巳的甲申日干受剋，又行丁未敗運，命中有九刑，是天不蓋地不載之命。【眉批】妙入無倪。丁未命將行好運，庚子日干正旺，二命正又相剋，萬全無疑。【眉批】九天之上，九地之下，此類是也。聞午人亦有此心，看他昨日的話，明白是安小哼的心。他若動手，易如反掌。卯金無用之人，且放在一邊，留與諸將收功。【眉批】使他自疑，妙絕。明日戊子，正丁巳生人命絕之日，我親過東陽城接應。血酒也要吃，正事也要幹，不可失誤。

諭許朝

事勢至此，何不早決。我知你所恃只有三件：一件望達子來救，于今他已不來了。二件捱我人馬退回，于今只見加添，決不退了。三件你說捱一日且活一日，終是不免一死。除此三件，再無別說。你看這景象，多不過一月，少不過半月，一定城破被擒。你活這一月半月，有何好處？我于今許你長遠生路，何不聽我，只要尋死？我知你自知做得罪過多了，怕始終免不得殺你。我明白與你說知，當初殺官，你二人原不在家。後來調達子，也不是你。只在城中殺了人，搶了財物，擄了婦女，拒了天兵，我豈不知？你自計算，你每家丁殺人搶財拒兵的，何止一二千人，我若一一追究，怎殺得許多？可又不激變了，彼此牽連，何時是了？【眉批】透底說破，使之省悟投降，只爲一城生命耳。不然但使水高數尺，賊安所逃？如此好生一念，與生事邀功者，相去何止萬里。卒之一城生命能免于水，不能免于賜劍，則非先生所能逆睹矣。我入城之後，先出榜文，一切不究，不許告擾。有告狀的燒毀不看，再告的決打逐不容，以安人心。于今各堡從你每的人，我盡饒了。況你出降獻城，全得一城性命，即是大功，明白可以贖罪，我豈不能保你一二人？特此明白諭你。此時你已沒走處，我哄你何用？再莫遲疑，自貽後悔。

諭城中

闔城軍民人等：前日招安許朝等，原只爲一城生靈。于今各賊一味延展，口説開門，又不見開。【眉批】此諭妙于激衆。明白爲他有糧，只餓死你每。他有船，只淹死你每。似此凶逆，罪惡滔天，你每可自求生路。城外立有一白旗，上寫受降二字，你每赴旗下，不拘已從賊、未從賊，雖是各賊親信家丁，俱與全家免死執照。從前做過罪惡，一切不究。有告狀者，即燒毀不看。若許朝等真心歸順，叫他開門，送出總兵印信，都饒他死，與他上本。事勢甚急，不可再遲，特諭。

再諭城中

諭城中軍民人等：本院此來，只爲安撫爾等。今知各賊心腹，止有某某幾十幾人，其餘俱係無干，一切免罪，不必懼怕。若某某等早投降，俱准免死。若能獻城殺賊，照例封爵升賞。大兵進城，即時將水泄去，以救滿城性命，決不失信。特此諭知。

入城條約

一，在城宗室士夫，被賊欺凌困辱極矣，題請崇獎。

一，城内士民軍丁人等，或被賊殺傷，或被搶擄，或被拘禁。分別輕重，優恤安撫，決不擾害。

一，各賊親信用事官丁高才、畢邪氣等二十餘人，其中亦有知事者，均係迫脅，出于無奈，俱准免死。其從前所行罪惡，一切免究，以省牽連禁累纏擾不已。

一，哱拜壯年爲國出力，屢立戰功。今雖老邁，還有好心。其妻施氏，苦口勸阻，忠義可嘉。除施氏奏請褒獎外，哱拜父子並應寬議。

一，土文秀原在中箇，不與逆謀，且屢欲歸順。但恐謀事不成，持疑未決，情有可原，亦應寬議。

一，劉東暘本以家丁，被許朝插標在首，強立名色，希圖替伊頂罪，本不足責。但公然據城抗拒天兵，罪在不赦。

一，許朝因子許萬忠犯罪在監，計哄官丁倡亂拒兵，全憑巧言血酒，愚弄哱承恩、土文秀等爲伊出力。口說投降，暗藏奸計，不顧滿城性命，殺人數多，罪在不赦。

以上數條，待入城之後，應崇獎者即與題奏，應優恤者即行賑濟，應赦宥者各開門靜坐。不許官兵妄殺一人，亦不許擅入人家，違者治以軍法。【眉批】使此約不踐，監軍之心傷矣。其劉東暘、許朝二人，雖在不赦，若三日內開門出降，以救滿城性命，仍准贖罪。如再執迷，將哱雲尸首碎割爲例，以泄士民之憤。

入城榜文禁約

一，各賊親屬及心腹用事官員、家人、家丁等，各有身家父母妻子，原非得已。破城之後，許閉門靜坐，丟棄兵仗，俱准免死，仍給執照。凡從前殺人搶擄事情，一切不究，以安人心。

一，各家丁軍餘人等，願在城者在城，願歸堡者歸堡，其有願立功者，許赴本院投報，即行收用，他人不得擾害。

一，軍民人等，曾被家丁人等殘害者，本院自行優恤，不必挾仇報害，以亂人心。

一，官軍入城，除持兵拒敵外，不許擅入人家，妄殺一人，違者償命。

王都俞曰：暢我之旨，得彼之情。宣布君恩，振作士氣。于諭帖榜文中，知先生之才之略。證以殺降一事，又足以剖先生之心。

西征集卷之十

詩

沙泉道中

五月提兵下朔方，岡巒屈曲陣雲長。自尋泉脉穿軍井，首犯炎蒸選戰場。【眉批】意味在富貴外。拊髀忍看憂聖主，請纓直欲縶名王。休言斗大黃金印，一脫戎衣即故鄉。

圍寧夏城二首

鼙鼓轟雷羽檄飛，涼秋揮汗濕征衣。隔河虜騎猶酣戰，冒雨王師又合圍。【眉批】對工。獨把吳鉤開虎帳，幾思楚竹坐魚磯。夜來驚醒高堂夢，未報君恩不敢歸。

其二

黑氣如雲壓女牆，繞城羽旆盡飛揚。一生報國心偏赤，幾度憂時鬢已蒼。屠狗自憐終是俠，非熊誰信不為狂。西師未捷東夷亂，聞道朝鮮已出亡。【眉批】憂時亦至挂。

自靈州回河西口號四首

賀蘭八月靈飛殘，滿地氈氀夜不寒。依舊歸來秋色裏，摩挲長劍對愁看。

其二

秋净黃河澹不流，隔河飛輓盡淹留。忽聞健卒催船去，明日中丞載酒游。【眉批】情景事,三件了了。

其三

鴛鴦相並浴菰蒲,宿鴇將飛也自呼。不省鴟梟緣底事,只將腐鼠嚇鵷雛。【眉批】一聲長嘯。

其四

爲欲酬恩不顧身,眼看白髮鏡中新。不知自把年華誤,却怪年華解誤人。

秋社後見巢燕

雪滿天山儔侶稀,短簷孤壘日相依。烏衣不是忘歸路,應戀深恩不忍歸。

平寧夏即事懷魏尚書確菴時余亦請告矣

卸甲投戈滿路傍,家家門外跪焚香。軍門忽下坑降令,官市翻爲劫奪塲。計就平吳王濬老,心酬返晉介推藏。【眉批】刺惡不覺太露。山中黃石休相笑,已乞仙人辟穀方。

沙井道中

平沙歷亂卷蓬根,秋色偏傷旅客魂。旗外斷雲迷遠戍,馬前斜日度高原。淡烟淺草胡兒路,敗堞荒臺漢將屯。【眉批】初盛何以加焉。督府新承龍劍賜,不知何以答君恩?

出寧夏別送者

鐵騎如雲鼓吹喧,乍收龍劍向中原。風鳴空谷軍聲壯,霜落長途客思繁。馬首遮留憐父老,尊前惜別愧王孫。此行莫問封侯事,歸去青山静掩門。

讀孫侍御壁間詩有竹被煙侵之句

庭竹挺孤節，時時作鳳吟。縱教煙火妒，不改歲寒心。【眉批】自愈。

王都俞曰：先生，文人也。戎馬間筆墨無武夫氣，牢騷中意味無怒罵氣。可以觀，可以興，可以群，可以怨，其先生乎！

後　　語

　　劉子明宦楚時,時時過余。[1]一日見邸報,東西二邊並來報警。余謂子明:"二俱報警,孰爲稍急?"子明曰:"東事似急。"蓋習聞向者倭奴海上橫行之毒也。余謂:"東事尚緩,西正急耳。朝廷設以公任西事,當若何?"子明徐徐言曰:"招而撫之是已。"余時嘿然。子明曰:"于子若何?"余即曰:"剿除之,無俾遺種也。"子明時亦嘿然,遂散去。

　　蓋天下之平久矣,今者非但所用非所養,所養非所用已也。自嘉、隆以來,余目擊留都之變矣,繼又聞有閩海之變,繼又聞有錢塘兵民之變,以及鄖陽之變矣。當局者草草了事,招而撫之。非謂招撫之外,無別智略可以制彼也。彼桀驁者,遂欲以招撫狃我,謂我于招撫之外,的無別智略可爲彼制,不亦謬乎?今者若循故習,不大誅殺,竊恐效尤者衆,聞風興起,非但西夏足憂也。且西夏密邇戎虜,尤爲關中要區,第未審此意,當待何日乃可向人言之耳?

　　已而西事日急,朝廷日徵四方之兵。樞密大臣選鋒遣將,似若無足以當其選者。于時梅侍御客生獨薦李成梁,又不合當事者意,復成道傍之築矣。事在燃眉,可堪議論之多耶?嗣後警報愈急,閱時愈久,客生不得已,乃復疏而上之:此賊當蚤撲滅,失今不圖,遲至秋,孰必滋蔓。滋蔓,則愈費力矣。若徒以不信李成梁故,臣請監其軍以往。于是上遂許之。余時聞此,喜見眉睫,走告子明曰:"西方無事矣!客生以侍御監軍往矣。"子明時又嘿然。蓋子明雖知余言之可信,實未審客生之爲何如也。意者彼我相期,或類今世人士之互爲標榜者耳。[2]呼!此何事也,而可以牝牡索駿,坐斷成事于數千里之外耶?時有如子明輩者,頻頻相見,亦皆以西事爲憂。余皆告之曰:"軍中既有梅監軍在,公等皆可不必憂矣。"諸公亦又嘿然。蓋諸公非但不知客生,且不知余,而又安能信余之言也?[3]

　　未幾而西夏之報至矣,事果大定。獻俘于闕下,報捷于京師。論功稱賞,亦可謂周遍咸矣。褒崇之典，封爵之券。垂綸廣蔭，同載並舉。而客生回朝半歲，曾不聞有恩蔭之及，猶然一侍御，何也？余實訝之，而未得其故。後于他所獲讀所爲《西征奏議》者，乃不覺拊几嘆曰：“余初妄意謂客生西事我能爲之。縱功成而不自居，我亦能之。不知其犯衆忌，處疑謗，日夕孤危，置身于城下以與將佐等伍，而卒能成奇功者也。”余是始愧恨，以謂千不如客生，萬不如客生，再不敢復言世事矣。因密語相信者曰：“西夏之事不難于成功，而難于以監軍成功。”何也？監軍者，無權者也。自古未有不專殺生之權，而可以與人鬥者也。又不難于以監軍成功，而難乎任訕謗于圖城之日，默無言于獻捷之後也。嗚呼！客生既能爲人之所不能爲矣，而世人猶然不知也。方客生之蒙犯矢石于堅城之下也，兵糧不給，虜騎來奔，設奇運謀，賊反以城自獻矣，而世人猶然不見也。況乎監軍之命初下，西征之檄始飛，而我乃呶呶然，斷成事于數千里之外，而欲其必信我，不亦惑歟！

雖然天下之事，固有在朝不知，而天下之人能知之。亦有一時之天下不能知，至後世乃有知者。但得西方無事，國家晏然，則男兒志願畢矣。知與不知，何預吾事？余是以密書此語于《西征奏議》之後，以俟後世之欲任事者知所取則焉。

丁酉長至日，①七十二歲李卓吾老子，②書于金臺之極樂院。[4]

【校勘記】

［1］時時：《續焚書》卷二《西征奏議後語》作"時"。
［2］類：原作"顙"，據《續焚書》卷二《西征奏議後語》改。
［3］安：《續焚書》卷二《西征奏議後語》中無此字。
［4］丁酉長至日七十二歲李卓吾老子書于金臺之極樂院：《續焚書》卷二《西征奏議後語》中無此句。

---

① 丁酉：明神宗萬曆二十五年（1597）。
② 李卓吾：李贄（1527—1602），字宏甫，號卓吾，又號溫陵居士，福建泉州人，嘉靖三十一年（1552）舉人。明代思想家，文學評論家。反對程朱理學，以"異端"自居，曾寓居麻城講學，從者甚衆。後以"敢倡亂道，惑世誣民"罪下獄，自刎獄中。著有《焚書》《續焚書》《藏書》《續藏書》《李溫陵集》等。

書梅客生少司馬《西征集》後

萬曆三大征，梅客生監軍寧夏爲最。客生久客長安，熟游嚴塞。數年作令，甫入臺班。力保世指爲叛逆之李寧遠，人言紛呶，即身請監其軍。上不能信李氏而信客生，始以李仰城爲大將，客生監之。終集大勳，彪古炳今，人人能言之，然言其廓落奇偉耳。

先侍御，其同年生也。余交其冢君惠連亦二十年，近始得讀其《西征集》。喟然曰："有以哉！萬曆末，東奴事棘，世所推而將者，亦楚才也。終以角口舌致兩敗，貽害天下，至于今日。"

當西事時，客生初刼魏確庵，繼而傾心相許，至以性命白其冤。繼與葉龍潭抵捂，龍潭見于尺牘者，幾于漫罵，而公平氣相酬，不屈不挢。龍潭見于章疏者，明相糾駁，而公靜付無言，不以一字相答。此其所以成功歟！均才也，或成或毀，不獨觀者疑也，己亦撫然自失。試取江夏奏牘參看，不俟其言之畢矣。姑舍是心，紛于角口，安得一意于籌敵？況氣不固者，謀不深。即籌之，無當也。江夏何不幸，不早生二十年，執掃除于麻城，庶幾一洗其瑕乎。江夏何足言天下安危繫之矣。

年家子茅元儀止生題。[1]

---

[1] 茅元儀(1594—1640)：字止生，號石民，浙江歸安(今浙江吳興)人，嘉靖三十一年(1552)舉人。明代文學家、軍事家。四次科舉皆落第，因《武備志》一書名聲大噪，協助遼東作戰，被薦入仕，後被誣去職。崇禎二年(1629)隨孫承宗解北京之危，陞副總兵，又受權臣猜忌而去職。崇禎十三年(1640)卒。著有《九學十部目》《督師紀略》《武備志》《石民集》《橫塘集》等。

參考文獻

一、古代著作

《明史》：（清）張廷玉等撰，中華書局1974年版。

《明神宗實錄》：臺灣"中央研究院"歷史語言研究所校印北京大學圖書館藏紅格本《明實錄》，1962年版。

《寧夏鎮哱哱拜哱承恩》：（明）顧炎武編，（清）惲毓鼎跋，《朔方文庫》影印清抄皇明修文備史本，胡玉冰總主編，國家圖書館出版社2018年版。

《兩朝平壤錄》：（明）諸葛元聲撰，韓超校注，上海古籍出版社2022年版。

《〔康熙〕畿輔通志》：（清）格爾古德修，郭棻等纂，清康熙二十二年（1683）刻本。

《〔乾隆〕青城縣志》：（清）方鳳修，戴文熾纂，影印清乾隆二十四年（1759）刻本。

《山西通志》：（清）石麟修，影印文淵閣《四庫全書》本，臺灣商務印書館1986年版。

《〔民國〕萬全縣志》：何燊修，馮文瑞纂，影印民國六年（1917）石印本。

《萬榮縣志》：山西省萬榮縣志編纂委員會編，海潮出版社1995年版。

《麻城梅氏族譜》：百歲堂影印1996年七修本。

《梅國楨集》：（明）梅國楨撰，凌禮潮箋校，湖北人民出版社2006年版。

《續焚書》：（明）李贄撰，中華書局2009年版。

《樓山堂集》：（明）吳應箕撰，黃山書社2017年版。

二、現代著作

《河北古今編著人物小傳續》：馬保超、李梅、徐立群、魏麗編，河北人民出版社 1994 年版。

《邯鄲歷史人物傳續集》：孟曉東主編，張文濤等著，中國文聯出版社 2000 年版。

《吳應箕研究》：章建文著，安徽大學出版社 2009 年版。

《了凡及其善學思想二十六講》：楊越岷著，上海三聯書店 2016 年版。

《邢侗年譜》：譚平國著，東方出版中心 2018 年版。

《明兵部尚書許宏綱》：杜新中、許創生著，河海大學出版社 2019 年版。

《歷代安徽詩文名家別集叙録》：江增華著録，安徽師範大學出版社 2019 年版。

三、論文

《茅元儀研究》：林瓊華撰，浙江大學 2008 届中國古代文學專業碩士畢業論文，指導教師汪超宏副教授。

《梅國楨與哱拜之亂》：吳櫻撰，《黑龍江史志》2009 年第 19 期。

《魏學曾研究》：許震撰，中南民族大學 2013 届中國古代史專業碩士畢業論文，指導教師孟凡雲教授。

《晚明豪傑士人研究——以梅國楨爲例》：盧永竹撰，中南民族大學 2015 届中國古代史專業碩士畢業論文，指導教師賴玉芹教授。